KB253596

일부당천

一夫當天

일부당천 6

임영기 新무협 판타지 소설

초판 1쇄 찍은 날 § 2006년 6월 10일
초판 1쇄 펴낸 날 § 2006년 6월 20일

지은이 § 임영기
펴낸이 § 서경석

편집장 § 문혜영
편집 § 장상수

펴낸곳 § 도서출판 청어람
등록번호 § 제1081-1-89호
등록일자 § 1999. 5. 31
어람번호 § 제2-0932호

주소 § 경기도 부천시 원미구 심곡1동 350-1 남성B/D 3F (우) 420-011
전화 § 032-656-4452 팩스 § 032-656-4453
http://www.chungeoram.com
E-mail § eoram99@chollian.net

ⓒ 임영기, 2005

ISBN 89-251-0164-5 04810
ISBN 89-5831-897-X (세트)

一夫當天

일부당천

6

완결

한 사나이가 관문을 지키니 만인도 어쩌지 못한다
[一夫當天萬夫莫關]

임영기 新무협 판타지 소설

도서출판 청어람

목차

칠천절학 대 칠천절학

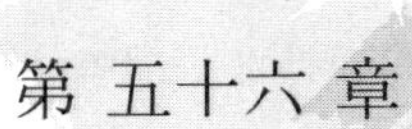

第 五十六 章

　소상은 혼절에서 깨어났지만 눈을 뜨지는 않았다.

　그리고는 지금 자신이 어떤 상황에 놓여 있는 것인지, 자신을 이 지경으로 만든 흑의청년은 어디에 있는지 등에 대해서 찬찬히 알아보기 시작했다.

　우선 자신의 몸 상태부터 확인했다.

　그녀의 마지막 기억은 자신이 발출한 청천신참과 그놈이 발출한 무언지 모를 흐릿한 흰 빛줄기가 정통으로 격돌하는 순간에서 끊어져 있었다.

　그 순간 가슴이 쪼개지는 듯한, 아니, 그 정도로는 그 당시의 충격을 십 분의 일조차 표현할 수 없었다.

　사부마저도 인정했던 그녀의 강한 정신력과 체력을 단숨에 박살 낸 그 충격은 그녀가 태어나서 최초로 접해본 강도였다.

　오죽하면 이날까지 단 한 번도 정신을 잃은 적이 없었던 그녀가 혼절까지 했겠는가?

소상은 혼절하면서 자신이 가볍지 않은 내상을 입었고, 공력이 산산이 흩어지는 것을 아련하게 느꼈었다.

지금이 어떤 상황이든, 그녀는 흩어진 공력을 웬만큼 모으기 전에는 계속 혼절한 척 누워 있어야만 할 것이다.

"……!"

조심스럽게 운공을 해보던 그녀는 한순간 깜짝 놀라서 하마터면 눈을 번쩍 뜰 뻔했다.

어쩌면 몸을 움찔 떨었는지도 모르겠고, 그래서 이 근처에 있을지도 모르는 그놈이 봤을지도 모르는 일이다.

그녀는 즉시 평정심을 되찾으려 애를 썼으며 그것은 오래지 않아서 성공했다.

'어떻게 된 거지? 아무렇지도 않다니…….'

전혀 아무렇지 않은 것은 아니었다. 가슴께에서 은은한 통증이 느껴지기는 했다.

하지만 그녀가 처했던 상황에 비추어본다면 그 정도는 아무것도 아니었다.

공력도 원래 그대로 원활하게 소통되고 있었으며, 가볍지 않을 것으로 여겼던 내상은 아예 처음부터 입지 않은 것처럼 깨끗한 상태였다.

'도대체 이게…….'

그러나 해답을 이끌어내는 데에는 그리 오랜 시간이 걸리지 않았다. 아니, 이끌어내고 자시고 할 것도 없었다.

그녀가 혼절했을 당시에 그녀 주위에는 그놈 혼자뿐이었다.

그러니 죽이든 살리든 그녀의 운명은 온전히 그놈의 손에 달려 있을 수밖에 없었다.

그런데 지금 그녀는 살아 있다.

비단 살아 있을 뿐 아니라 혼절하기 전, 아니, 그놈과 격돌하기 전의 몸 상태와 변함이 없었다.

인정하기는 싫었지만, 소상 자신이 만약 죽었을 경우에 그것이 두말할 것도 없이 그놈의 소행이듯이, 이런 상황에도 역시 그놈의 소행(?)일 것이 분명했다.

'그놈이 나를……'

치료했을 것이다. 그것은 길게 생각해 보지 않아도 알 수 있었고, 길게 생각하고 싶지도 않았다.

그런데 그놈이 어떤 방법으로 자신을 치료했을 것인가, 라는 것에 자연스럽게 생각이 미치자, 그녀는 공력을 모은 후에 그놈을 일격에 쳐 죽이겠다는 계획 따윈 아예 멀찌감치 팽개쳐 버리고 입술을 힘껏 깨물고는 벌떡 일어나 앉았다.

오직 한 가지 생각 외에는 아무것도 떠오르지 않았다.

내상을 치료하는 방법이나, 흩어진 공력을 바로잡기 위해서 취하는 방법이 무엇이라는 것쯤은 그녀도 익히 알고 있었다.

그런 방법은 무림인이라면 필수적으로 알고 있는 상식이었다.

그녀가 일어나 앉아서 눈을 뜨고 가장 먼저 해야 할 일은 그놈을 찾는 일이었다.

최소한 그녀의 이성은 그렇게 명령하고 있었다.

하지만 그녀는 자신의 몸부터 굽어보았다.

지금의 감정 상태는 이성의 명령을 거스르기에 충분했다.

과연 자신이 상식적으로 알고 있는 그 방법으로 그놈이 치료했는지를 확인해야만 했다.

그녀도 어쩔 수 없는 여자였다.

'나쁜 놈!'

그녀의 입술이 뾰족해졌고 눈초리가 상큼 치켜 올라갔다.

그녀의 시선은 자신의 가슴 앞섶에 고정된 채 눈도 깜빡이지 않고 있었다.

앞섶의 매무새는 제대로 되어 있었다. 하지만 그것은 그녀가 평소에 늘 묶는 매듭의 방법이 아니었다.

자신 아닌 다른 사람, 즉 그놈이 손을 댄 것이 분명했다.

갑자기 눈앞이 암흑처럼 캄캄해졌다. 그리고는 전혀 예기치 않았던 일이 벌어졌다.

그녀의 머리가 그녀로서는 조금도 생각하려고 들지 않던 것들을 마구 생각해 내고 있는 것이었다.

이를테면, 소상 자신이 혼절해 있는 동안에 그놈이 무슨 짓을 했을 것인가, 하는 것들이었다.

그놈은 소상의 몸을 벗기고 마음껏 유린했을 것이다. 한 점 부끄러움 없는 그녀의 몸을 짓밟고 더럽혔을 것이다.

그녀는 자신이 아름답다는 사실을, 또한 자신의 육체가 얼마나 농염한지를 잘 알고 있었다.

그래서 아주 가끔씩 자신을 쳐다보는 수하들의 눈빛 속에서 은은한 욕정의 기색이 일렁이던 것을 기억하고 있었다.

남자라면 소상처럼 아름다운 여자를, 더구나 혼절하여 늘어져 있는 상태의 그녀를 그대로 내버려 두지 않을 것이다.

절대로!

그런 생각들이 두서없이, 그리고 마치 그런 일을 당할 당시에 정신이 또렷하게 깨어 있기라도 한 것처럼 너무도 생생하게 그녀의 머릿속에 펼쳐졌다.

소상은 육체라는 것에 대해서 남다른 결벽증을 갖고 있었다.

어쩌면 그것은 이 남자 저 남자에게 천한 웃음과 몸을 팔아야만 했던 기녀 모친에 대한 증오심 때문일는지도 모른다.

아니, 분명히 그렇다.

어린 소상은 모친과 연관되는 모든 것이 싫었다.

그리고 증오스러웠다.

모친이 증오스러웠고, 그녀의 딸로 태어난 자신의 운명 또한 증오스러웠다.

순진한 여자를 유혹해서 몇 달 동안이나 정을 통하며 쾌락을 즐기다가 여자의 배가 점점 불러오자 일말의 가책도 없이 그녀를 기루에 팔아먹은 얼굴조차 모르는 생부도.

어리고 철없는 소상의 머리채를 쥐어뜯으면서, 너만 생기지 않았더라면 남편이 자신을 버리지 않았을 것이고, 자신이 기녀가 되지도 않았을 것이라며, 싸구려 술 냄새를 풍기며 눈물 콧물에 악다구니를 토해내던 모친도.

그리고 식은 밥덩이라도 먹을 수 있을 때보다는 굶어야 할 때가 더 많았던 궁핍했던 어린 시절과 궤짝처럼 좁은 방 안에서 숨죽여 떨면서 모친이 낯선 남자와 살을 섞으며 토해내는 온갖 소리를 듣고 보지 않으려고 눈을 꼭 감고 두 손으로 귀를 틀어막아야만 했던, 깡그리 지워 버리고 싶은 어린 시절의 그 모든 것들이 차라리 저주스러웠던 소상이었다.

그 저주와 증오스러움은 모친이 지독한 성병에 걸려서 온몸이 편독(便毒)으로 인해 퉁퉁 붓고 고름을 흘려내며 악취를 풍기면서도 끝끝내 어린 딸의 존재를 저주하면서 죽어간 후에도 결코 사라지지 않았었다.

이후 천행으로 지금의 사부를 만나 그 모든 더럽고 궁핍한 것들로부터 영원한 작별을 고하게 되었지만, 그녀의 그 기억은 불로 지진 화인(火印)

처럼 결코 지워지지 않았었다.

그녀는 아무도 자신의 몸에 손을 대지 못하게 했다.

천사런 소련주라는 지고한 신분의 그녀였지만, 목욕도 혼자 했으며, 옷을 입고 벗는 데에도, 잠을 자고 깰 때에도 하녀의 시중을 완강하게 거부했다.

심지어는 간혹 사부가 자연스럽게 그녀의 어깨에 손을 얹거나 등을 토닥일 때에도 소스라치게 놀라 뿌리치는 바람에 사부를 놀라게 했을 정도였다.

그녀는 절대 혼인 같은 것은 하지 않을 것이라고 결심했다.

혼인은커녕 남자라는 족속을 사귀지도 가까이 하지도 않을 결심이었다.

아니, 죽을 때까지 사내의 손이 자신의 몸 어느 부위에도 닿지 못하게 할 것이다.

사내라면 이가 갈리는 그녀였다.

그녀에게 사내라는 존재는 모친을 기루에 팔았던 극악한 생부나, 모친에게 몇 푼 돈을 던져 주고 그녀를 유린하던 발정난 수캐 같은 족속에 다름 아니었다.

그런 족속과 혼인을 하여 몸을 섞으면서 살아야 한다는 것은 생각만으로도 치가 떨리는 일이었다.

그런데…… 그놈이 소상을 능욕한 것이었다.

그것도 혼절한 틈을 타서 제멋대로 욕심을 채웠다.

'뽀드득! 찢어 죽일 거야!'

소상은 이를 갈면서 그놈을 찾기 위해 주위를 두리번거렸다.

아니, 굳이 두리번거릴 필요까진 없었다.

그놈 연운정은 그녀에게서 멀지 않은 하나의 낮은 돌 위에 앉아 있었다.

그녀가 발견했을 때 그는 무릎에 팔꿈치를 얹고 손으로 턱을 괸 채 무언가 골똘한 생각에 잠겨 있었다.

소상은 백사십 년 공력을 극한까지 끌어올렸다.

굳이 연운정의 눈치를 볼 필요는 없었다.

그는 생각에 골몰하느라 다른 곳에 시선을 고정시킨 채 눈도 깜빡이지 않고 있었다.

거리는 불과 일 장 반 남짓.

이제 소상 자신이 알고 있는 무공 중에서 무슨 수법을 전개할 것인지를 선택하는 일만 남았다.

'천인강(天刃罡)이 좋겠어.'

천룡사검의 사초식 청천신참을 두 번이나 전개했다가 오히려 낭패를 당했던 전례가 있었으니까 이번에는 천극신장의 마지막 절초를 선택했다.

천인강은 빠르기가 섬전 같고, 일단 적중되면 그것이 돌이든 강철이든 여지없이 박살 내버리고 만다.

소상은 연운정을 쏘아보면서 공력을 오른손에 모으고 천인강의 구결을 외웠다.

그녀의 오른손이 투명한 옥빛으로 변했다. 소매에 가려져 있지만, 어깨까지 오른팔 전체가 옥빛으로 투명하게 변했을 것이다.

저놈을 죽이는 것에는 추호의 망설임도 필요하지 않았다.

무슨 일이든 오래 재고 장고(長考)할수록 그르치게 마련이다. 그것을 그녀는 길지 않은 인생에서 충분히 체득했었다.

천인강을 전개하는 데에는 그다지 큰 동작을 취하지 않아도 좋을 것이다.

그녀의 손이 약간 들어올려지는가 싶더니 손목이 안으로 슬쩍 굽혀졌다가 바깥쪽으로 가볍게 젖혀졌다.

음향도 없으며 보이지도 않는 무형의 강기가 천인강이다.

상대가 호신강기로 몸을 보호하고 있어도 소용이 없다. 적중되면 어느 부위든 관통될 것이고 뼈와 살을 으스러뜨려 놓을 것이다.

그런 일은 일어나지 않겠지만, 소상은 연운정이 혹시 피할지도 모른다는 생각이 들어 천인강을 발출하면서 눈도 깜빡이지 않고 쏘아보았다.

픽!

둔탁한 음향이 터지며 돌가루가 튀었다.

그와 동시에 소상의 얼굴에 실망하는 기색이 스쳤다.

천인강이 적중되려는 찰나 연운정의 모습이 흐릿해지더니 유령처럼 사라지는 것을 발견했기 때문이다.

천인강이 박살 낸 것은 연운정이 앉아 있던 낮은 돌이었다. 돌은 가루가 되어 희뿌옇게 허공을 뒤덮고 있었다.

놈이 피했다. 그녀의 한 가닥 우려가 현실로 드러났다. 그렇다고 이쯤에서 포기할 그녀가 아니었다.

소상은 연운정이 멀지 않은 곳에 소리없이 내려서는 것을 발견하자마자 천풍비영을 발휘하여 빛처럼 쏘아갔다.

쏘아가면서 두 번째 천인강을 뿜어냈다.

첫 번째에는 몰래 발출했기 때문에 위력이 팔성에 불과했으나, 이번 것은 십이성이므로 빠르기와 위력이 첫 번째와 비교할 수 없을 정도였다.

그녀는 연운정의 얼굴이 무섭게 일그러져 있는 것을 발견했다.

놈은 틀림없이 분노하고 있었다.

'이놈아! 화를 낼 사람은 나야!'

그녀는 연운정의 분노를 이해하지도 못했으며 이해하려고 들지도 않았다.

연운정은 첫 번째 천인강을 간발의 차이로 피하면서 공력을 극한으로 끌어올린 상태였다.

그가 지면에 내려서자마자 기다렸다는 듯이 소상의 두 번째 천인강이 쇄도해 오고 있었다.

천인강은 삼십여 년 전에 냉후가 사부를 암습해서 영원한 폐인으로 만들었던 바로 그 수법이었다.

그런데 이제는 냉후의 제자가 또다시 연운정 자신에게 그 수법을 전개하고 있는 것이다.

'발칙한!'

연운정은 극도로 분노했다. 그의 얼굴이 분노로 물들었고, 바로 그때 소상이 그의 얼굴을 본 것이다.

연운정은 살심이 정수리까지 치밀었다.

그는 그 즉시 천인강을 오른손에 모아 전력으로 발출했다.

그러나 찰나를 백으로 쪼갠 순간, 그의 맑고 차가운 이성이 고개를 들었다.

천인강은 지상에 존재하는 모든 강기 중에서 최강이었다.

그러므로 만약 천인강끼리 격돌한다면, 둘 중 하나는 죽거나 돌이킬 수 없는 중상을 당하고 말 것이 분명했다.

'천인강!!'

소상은 두 눈을 한껏 부릅떴다.

천인강이 무형 무음이라서 누구에게도 보이지 않고 들리지 않지만, 그것을 발출한 사람만은 예외다.

마치 아지랑이가 피어오르는 것처럼, 허공에 미세한 균열이 생기면서 천인강 특유의 기운이 느껴지는 것이다.

소상은 연운정이 천인강을 발출하는 것을 분명히 목격했다. 결코 착각이 아니었다.

자신이 발출한 천인강이 연운정을 향해 쏘아가듯이, 그가 발출한 천인강 역시 그녀의 반 장 전면까지 쇄도하고 있는 것이 생생하게 보였고 또 느껴지고 있었다.

소상은 피할 엄두를 내지 못했다.

연운정이 천인강을 발출할 줄은 전혀 예상하지 못했었고, 또한 지독하게 빨라서 피할 수 없다는 것도 이유였지만, 더 큰 이유는 너무 놀랐다는 것이다.

천인강의 아지랑이가 그녀의 얼굴을 향해 저승사자처럼 쇄도하고 있었다.

그러나 그녀는 아무 생각도 나지 않았고 아무런 움직임도 취할 수가 없었다.

그저 두 눈을 부릅뜬 채 만면에는 극도의 경악지색을 떠올리고 있을 뿐이었다.

순간 극양의 열기가 그녀의 뺨 언저리에서 느껴졌다.

그것은 천인강이 그녀의 얼굴 앞에서 급격히 방향을 틀어 뺨을 아슬아슬하게 스쳐 지나갔음을 뜻했다.

그녀는 천인강을 구성까지 익혔기 때문에 일단 발출된 천인강의 방향을 중도에서 바꿀 능력이 없었다.

하지만 상대는 그녀가 하지 못하는 것을 했다. 그녀는 그것을 너무도 생생하게 느낄 수 있었다.

그것은 눈으로는 보이지 않지만 몸이 추위와 더위를 느끼는 것이나 같은 이치였다.

연운정은 마지막 순간에 손목을 비틀어 천인강이 소상을 빗나가게 하였다.

짧은 거리이며, 천인강의 속도가 빛과 같다는 사실을 감안한다면, 그는 발출하자마자 손목을 비틀어야만 했을 것이다.

스웃—

넋을 잃은 채 망연히 서 있는 소상 앞에 연운정이 깃털처럼 가볍게 내려섰다.

두 사람의 거리는 불과 석 자 남짓.

그렇지만 소상은 연운정을 공격하지 않았다. 아니, 공격할 수가 없었다.

연운정은 아무 말도 하지 않은 채 한동안 그녀 앞에 서서 응시하기만 했다.

그는 소상이 심하게 혼란스러워하고 있다는 것을 그녀의 커다란 눈과 격하게 흔들리는 동공, 가늘게 떨리는 어깨를 보고 짐작할 수 있었다.

그래서 그는 그녀가 자신 몫의 혼란스러움을 스스로 정리할 때까지 기다려 주었다.

이럴 때는 무슨 말을 해도 귀에 들리지 않는 법이다. 술독 안에서 일어난 소용돌이는 술독을 똑바로 놔둔 채 시간이 지나면 저절로 가라앉는다.

이윽고 소상의 혼란이 진정되었다. 사실은 진정이 아니라 겨우 억제시켰을 뿐이다.

술독의 수면은 잔잔하게 가라앉았지만 그 속에서는 소용돌이가 계속되고 있었다.

그녀의 시선이 연운정의 얼굴에 고정되었다. 진정되었다고는 하지만 아직도 잔떨림을 보이고 있는 동공이다.

그녀의 눈길은 연운정의 얼굴에 고정되었지만, 눈빛은 그의 내면을 들여다보고 싶어했다.

"너… 는 누구지?"

그녀는 낮고 가늘게 떨리는 음성을 추스르려고도 하지 않으며 물었다. 평소의 강인하고 칼날 같은 절도있는 그녀의 성미로는 어림도 없는 일이었다.

그녀의 물음에는 거의 모든 의문이 집약되어 있었다. 그것에 대한 대답이면 지금 그녀를 혼란스럽게 만드는 의문들이 어느 정도는 풀릴 것이다.

"우선, 내 얘기가 끝나기 전에는 아까 같은 무모한 행동은 절대 하지 않겠다고 약속하시오."

그는 소상이 자신을 죽이려고 했던 행동을 '무모함' 이라고 일축해 버렸다.

지금 그녀의 목적은 그를 죽이는 것이 아니라 이 숨이 막힐 듯한 궁금증을 해소하는 것이었다.

"약속하겠다."

그렇게 대답한 그녀의 시선이 문득 연운정의 얼굴에서 왼쪽 어깨로 흘러내렸다.

그의 어깨에서는 피가 흐르고 있었다. 옷이 찢어지고, 살갗이 베어져 나간 것이 보였다.

그는 소상이 발출한 천인강을 완전히 피하지 못했던 것이다.

그것 때문에 소상은 기껏 진정시켰던 마음이 다시 흔들렸다.

자신은 그를 죽이려고 했는데, 그는 오히려 죽일 수 있었는데도 마지막 순간에 천인강을 빗나가게 하였다. 그리고 그 때문에 자신은 다치고 말았다.

천인강과 천인강끼리 격돌하면 둘 중 하나는 죽던가 폐인이 될 것이라는 사실 정도는 소상도 알고 있었다.

그녀가 죽이고 싶어하는 '이놈' 은 자신이 죽을지도 모르는 상황에서 천인강의 방향을 틀어 그녀를 살리는 대신 자신은 어깨를 다치는 결과를 선택했던 것이다.

만약 천인강의 방향을 틀지 않았다면 그는 다치지 않았을 것이다.

그 대신 소상이 즉사했을 테지만.

어깨 위의 머리가 박살난 채로…….

소상은 아까와는 또 다른 이유 때문에 가슴이 흔들렸다.

더구나 아까의 흥분은 어렵지 않게 가라앉힐 수 있었는데, 지금 이것은 아무리 애를 써도 요령부득이었다. 그래서 그녀는 그만 포기하기로 했다.

"나는 이대 정협이오."

그때 연운정이 거두절미하고 불쑥 입을 열었다.

때로는 빙빙 에둘러서 쓸데없이 많은 설명을 하는 것보다는 설혹 상대가 충격을 받더라도 본론부터 말하는 것이 더 큰 효과를 볼 때가 있다.

"……!"

예상했던 대로 소상의 눈이 잔뜩 커지면서 얼굴 가득 경악이 떠올랐다.

그러나 연운정의 예상은 절반만 맞았다.

그녀의 충격이 꽤 오래갈 것이라고 예상했으나, 그녀는 두세 번 긴 호흡을 하더니 충격을 가라앉힌 후 똑바로 연운정을 바라보며 물었다.

"네가 정협이라는 사실은 과연 놀랍군."

그녀는 정말 네가 정협이냐고는 묻지 않았다. 그것은 그녀에게 진실과 거짓을 가릴 줄 아는 능력이 있음을 뜻하는 것이었다.

"그런데 그것이 네가 천인강을 사용하는 것하고 무슨 상관이 있는 것이지?"

연운정은 약간 어이없는 표정을 지었다가 대답했다.

"정협의 성명무공이 칠천절학이오."

그는 천하의 코흘리개조차도 알고 있는 사실을 일깨워 주듯이 말해주었다.

소상의 초승달 같은 아미가 상큼 치켜 올라갔다.

"나는 말장난을 좋아하지 않는다. 네가 이번에도 제대로 대답하지 않는다면 나 역시 약속을 지키지 못할 것이다."

연운정은 가볍게 눈살을 찌푸렸다. 그녀의 말을 어떻게 해석해야 할지 헷갈렸다.

그러나 한 가지 분명한 사실은, 그녀는 정협의 성명무공이 칠천절학이라는 사실을 모르고 있다는 것이다.

그녀는 천하사파를 일통한 천사련의 소련주다. 그것은 그녀가 모든 면에서 보통 사람들보다 훨씬 뛰어나다는 뜻이기도 하다.

그런 그녀가 정협의 칠천절학을 모르고 있다는 것을 쉽게 이해할 수가 없었다.

더구나 그녀 자신이 직접 칠천절학을 배웠으며 또 사용하고 있지 않은가?

결국 연운정은 그녀가 세상과 단절된 삶을 살았을 것이라고 추측할 수밖에 없었다.

"정협의 칠천절학은 일곱 개의 절학으로 이루어져 있소. 즉, 천극신장, 천영신지, 천풍보법, 천뢰신수, 천극정신공, 그리고 천룡팔검이 그것이오."

"……!"

소상은 연운정을 만나기 전에는 놀랄 만한 일이 그리 없었다.

그녀는 이십삼 년 동안 살아오면서 화가 나고 놀랐던 것보다 연운정을 만난 이후 짧은 시간 동안에 분노하고 놀랐던 것이 더 컸고 많았다.

그러나 그것들을 다 합쳐도 지금 놀라고 있는 것에는 비할 바가 아니었다.

그녀는 경악했다. 그러나 경악만 하는 것이 아니라 새롭게 깨달아지는 것도 있었다.

"그럼 사부님은……."

그녀의 말을 연운정의 낮고 차가운 말이 잘랐다.

"낭자 사부의 이름이 혹시 냉후가 아니오?"

"어… 떻게 그걸……."

소상은 눈을 휘둥그렇게 뜨고 연운정을 바라보았다.

연운정은 그녀의 반응에서 그녀의 사부, 즉 천사련 총련주가 냉후가 틀림없다고 확신했다.

소상은 정말 크게 놀랐다. 그녀는 천하에서 사부의 본명을 알고 있는 사람은 자신 혼자뿐이라 믿고 있었다. 그리고 사부도 그렇게 말했었다.

그런데 생전 처음 보는 이 사내가 사부의 이름을 불쑥 말하고 있는 것이다.

"낭자."

놀라고 있는 소상을 연운정의 조용한 목소리가 흔들었다.

촹!

"이놈!"

순간 소상이 번개같이 발검하여 그대로 연운정의 목을 베어가면서 날카롭게 외쳤다.

반 장이라는 아주 짧은 거리에서 검을, 그것도 소상처럼 절정고수의 공격을 피한다는 것은 아무리 연운정이라고 해도 절대 불가능한 일이었다.

그렇다고 마주 검을 뽑아 막는 것도 늦었다.

콱!

연운정의 목을 베어가던 소상의 피처럼 붉은 검이 그의 목과 한 자 거리를 두고 뚝 멈추었다.

붉디붉은 혈검을 잡고 있는 것은 연운정의 맨손.

순간적으로 천인강을 일으켜 손을 보호했지만 소상의 혈검은 강기를 절반이나 파훼하며 그의 손아귀를 파고들었다.

그의 왼손에서 주르르 새빨간 피가 흘러내렸다.

서슬이 퍼렇던 표정이 스르르 풀리면서 소상의 시선이 혈검을 잡고 있는 연운정의 왼손으로 옮겨지더니 다시 얼굴로 옮겨졌다.

그리고 그녀의 동공이 크게 흔들렸다.

연운정은 추호도 화나거나 고통스러운 표정이 아니었는데, 그것이 그녀를 더욱 당혹케 했다.

연운정이 나직이 입을 열었다.

"낭자, 약속을 깰 생각이오?"

"나는……."

소상의 얼굴이 참담하게 일그러졌다.

그녀는 자신의 입으로 뱉은 약속을 방금 깨뜨렸다는 것을 그제야 깨달았다. 약속을 금석처럼 여기는 사람이 그녀였다.

설사 그 약속 때문에 자신이 죽을지언정, 끝까지 고수하는 대쪽 같은 성격인 것이다.

그러므로 평소의 그녀였다면 방금 벌어진 일은 있을 수도 없는 일이었다. 그녀 자신도 자신의 행위를 이해하지 못하고 또 용서하지 못했다.

그것은 오늘 벌어지고 있는 수많은 있을 수도 없는 일들 중에 하나였다.

'이놈은…….'

소상은 다시 연운정의 얼굴을 바라보았다.

조금의 흐트러짐도 없는, 단아하면서 정의롭고, 다정하면서도 강인한 얼굴이 거기에 있었다.

그것은 그녀가 처음 연운정을 보고 색깔을 규명하지 못했던 것과 비슷한 느낌이었다.

슥!

연운정은 혈검을 뇌주었다.

소상이 약속을 깬 것에 대한 보복도 없었고, 다시는 그러지 말라는 확약도 없이 그냥 뇌주었다.

소상은 시간이 흐를수록 점점 더 이 남자의 색깔을 알아낼 수가 없었다.

그것은 두께를 알 수 없는 강철로 만든 벽 앞에 서 있는 듯한 느낌이었다.

그녀가 보기에 이 남자는 무모한 것 같으면서도 빈틈이 없었고, 부드러운 듯하면서도 또한 그 무엇보다 강했다.

그리고 한 번도 접해본 적이 없는 그 무엇을 그녀는 지금 막 깨닫고 있었다.

그것은 '용서'와 '이해', 그리고 희생이었다.

사부에게도 없으며, 그녀 자신에게도 없는, 그리고 천사련은 물론이고, 그 이전에 그녀가 살았던 병들고 피폐한 생활에서도 찾아볼 수 없었던 것들이다.

"좀 앉읍시다."

연운정은 짧은 풀이 자란 약간 둔덕진 곳을 가리키며 먼저 그곳에 앉았다.

지금 두 사람이 있는 이곳은 소상이 혼절했던 곳에서 백여 리나 떨어진 곳이었다.

연운정은 포위망을 뚫을까도 생각해 봤지만 홀몸이라면 모를까 소상을 안은 채로는 무리일 것 같아서 포기하는 대신 천풍비영을 전력으로 펼쳐서 더 깊은 산속으로 들어와 버렸다.

그리고는 지금 이 장소를 택하여 주위에 진을 펼쳐 두었다.

물론 얼마 전에 소상을 가두었던 진과 같은 것이며, 그 옛날 사부 담운정의 거처 앞에 펼쳐 두었던 진과도 같았다.

바로 무무창허진이었다.

소상은 연운정의 왼편에 약간 멀찍이 떨어져 앉았다.

그녀의 시선은 자꾸 연운정의 다친 왼손으로 향했다.

그의 손에서는 계속 피가 흘렀지만 그는 치료는커녕 눈길 한 번 주지 않았다.

소상은 그의 손이 자꾸 신경 쓰였다.

사람을 죽여보기도 했고, 일벌백계의 벌을 주느라 수하의 사지를 절단하거나 배를 갈라 내장이 흘러나오게도 해본 적이 있는 그녀에게 지금 이것은 이상한 현상이었다.

더구나 그녀는 지금 몇 가지 너무도 궁금한 것들이 있어서 그것을 기필코 알아내야만 할 상황이었다.

그런데도 이상하게 자꾸만 연운정의 왼손에 눈이 갔다.

그의 손에서 흐르고 있는 피가 그녀의 양심이 흘리는 피라는 것을 아직 그녀는 깨닫지 못하고 있었다.

"어떤 노인이 계셨소. 그분의 존함은 담운정이라고 하오."

연운정은 조용하게 말문을 열었다.

소상은 생전 처음 듣는 '담운정' 이라는 이름이 자신의 궁금증을 해소해 주기를 기대하며 잠자코 귀를 기울였다.

바닷가 고향 마을

<h1 style="text-align:center">第 五十七 章</h1>

　사도혜의 설명을 듣는 동안 해룡신검의 표정이 여러 차례 변했다.

　그녀의 설명이 끝나자마자 해룡신검은 제일 먼저 사부 벽파검의 안색부터 살폈다.

　벽파검은 의자에 꼿꼿하게 앉은 채 눈을 꾹 감고 처음의 단아하며 엄숙한 표정을 그대로 유지하고 있었다.

　탁자가에는 사도혜와 벽파검이 찻잔을 앞에 두고 서로 마주 보는 자세로 앉아 있었다.

　그리고 사도혜 뒤에는 얼마 전에 도착한 광무와 조제, 곽두가 나란히 서 있었다.

　그들 세 사람은 강직한 모습과 표정 이외에 어떤 표정도 움직임도 없었다.

　사도혜는 방금 이 년 칠, 팔 개월 전에 광무 일행이 어느 이름 모를 산 중에서 해남검수들에게 당했던 일을 벽파검과 해룡신검에게 잔잔히 설명해 주었다.

해남검파가 어떤 의도로 오십여 명이나 되는 해남검수를 파견하여 정협의 전인을 추적했는지에 대해서는 일언반구도 언급하지 않았다.

다만, 해남검수들이 광무 일행을 핍박했던 일만 그저 조용히 설명해 주었다.

그렇다고 해서 벽파검이나 해룡신검이 정협의 전인을 추적한 사실에 대한 죄의식에서 자유로울 수는 없었다.

오히려 두 사람은 사도혜가 날카롭게 추궁하고 질책하는 것보다 더 큰 당혹과 중압감을 맛보고 있는 중이었다.

영리한 사도혜가 이 일을 연운정 대신 처리하는 데에는 그럴 만한 이유가 있었다.

연운정은 정협이다. 그가 처리하고 해결해야 할 일은 산적해 있는 상태이다.

광무 일행에겐 섭섭하게 들릴지 모르지만, 사실 연운정은 이런 사소한 일에 신경 쓸 여유가 없었다.

하지만 그는 광무 일행을 결코 남이라고 생각하지 않기 때문에 반드시 이 일을 짚고 넘어가려 할 것이다.

정협인 그가 수하들의 일로 해남검파를 나무라는 것은 결코 보기 좋은 모습이 아니었다.

하지만 광무 일행의 일은 꼭 해결해야만 했다. 그래서 사도혜가 나선 것이다.

해룡신검은 협객 중의 협객이었다. 사도혜는 그와의 짧은 만남에서 그것을 느꼈다.

그러므로 정협의 전인을 추적하라는 명령은 그가 아닌 벽파검이 내렸을 것이라는 게 사도혜의 추측이었다.

“사부님.”

벽파검이 오랫동안 아무 반응이 없자 옆에 서 있는 해룡신검이 조심스럽게 그를 불렀다.

그제야 벽파검은 천천히 눈을 뜨고 맞은편 반 장 거리에 앉아 있는 사도혜를 응시했다.

강직하고 근엄한 표정과 눈빛이었다.

벽파검은 무림이십오기 천, 성, 절 상위 육 인 중 ‘절’ 인 벽파검절로서 당금 무림 최고의 배분이었다.

나이가 칠십팔 세인 고령임에도 불구하고 얼굴에는 주름이 거의 없었으며, 기골이 장대해서 앉아 있는 키가 거의 사도혜의 선 키와 맞먹을 정도였다.

“천부인께선 내가 어떻게 하기를 바라시오?”

조용하지만 듣는 이의 기세를 꺾기에 부족함이 없는 웅혼한 음성이 그의 입술 사이로 흘러나왔다.

사도혜는 살포시 미소를 지어 보였다.

“제가 바라는 것은 없어요. 단지 그 사실을 태상문주께서는 알고 계셔야 할 것 같아서 말씀드렸어요.”

그런 의도가 아니라는 것쯤은 사도혜 본인을 비롯해서 벽파검이나 해룡신검도 잘 알고 있었다.

정협은 이유를 불문하고 해남검파 정도는 영원히 봉문을 시켜 버릴 수 있는 위치의 절대적 존재이다.

그리고 지금 이 사안에 대해서 거론하고 있는 여자는 정협의 부인인 것이다.

그것은 그녀도 정협 못지않은 권한을 지니고 있음을 의미하는 것이었다.

다시 잠시의 침묵이 흘렀다.

광무 일행은 석상처럼 꼼짝도 하지 않았다.

"설한경을 불러라."

이윽고 벽파검이 다시 눈을 감으며 입을 열었다.

영문도 모른 채 실내에 들어선 와룡전주 설한경은 감히 고개조차 들지 못했다.

이 방에 있는 사람들이 문주와 태상문주, 그리고 정협의 부인인 천봉화용이기 때문이었다.

삼천(三天). 세 개의 하늘을 이고 있는 그는 숨조차 크게 쉬지 못한 채 하회만 기다릴 뿐이었다.

"너는 저분들을 알아보겠느냐?"

설한경 옆에 서 있는 해룡신검이 광무 일행을 가리키며 준엄한 어조로 물었다.

설한경은 이끌리듯 광무 일행을 쳐다보았다.

낯선 얼굴들이었다.

하지만 그는 오래지 않아서 광무 일행을 기억해 냈다.

평생을 해남검파에 몸담고 오직 문파의 영달(榮達)만을 위해서 전력했던 그에게 있어서 벌레보다 못한 녹림인을 죽인 일은 기억에서 쉽사리 지워지지 않는 오점이었다.

몸에 조그만 가시가 하나 박혀 있어도 성가신 법인데, 하물며 자신에게 오점을 남긴 벌레들을 어찌 기억하지 못하겠는가?

"아느냐?"

해룡신검의 음성이 낮은 호통으로 변하자 설한경은 심장이 오그라들었다.

"아… 압니다."

해룡신검의 얼굴이 보기 싫게 일그러졌다.

사도혜가 거짓 억지를 부리지는 않았겠지만, 그래도 그는 내심으로 이 일에 무언가 착오가 있기를 바라고 있었다.

지그시 눈을 감고 있는 벽파검의 미간이 슬쩍 좁혀졌다. 그 역시 심기가 편치 않다는 뜻이었다.

"너는 어떻게 저분들에게 용서를 빌겠느냐?"

그렇게 묻는 해룡신검의 말속에는 이미 어떻게 하라는 명령이 담겨 있었다.

해룡신검이 광무 등을 '저분'이라고 칭하는 것은 그들을 존경하기 때문이 아니었다.

권력자를 경외하는 사람들은 권력자가 아끼는 개[犬]에게도 머리를 조아리는 법이다.

설한경의 몸이 부르르 떨렸다. 그의 표정과 눈빛에는 갈등하는 기색이 역력하게 떠올랐다.

쿵!

"부디 용서하십시오!"

설한경은 사도혜와 광무 일행을 향해 무너지듯이 무릎을 꿇으며 울부짖었다. 그의 이마는 바닥에 닿아 있었다.

"그 당시의 불미스러운 일은 저 개인이 저지른 것이며 해남검파하고는 상관이 없습니다……!"

그의 목소리는 비통했다. 그래서 굳이 감정이 풍부한 사람이 아니더라도 그가 지금 얼마나 처절한 심정일지 짐작하는 것은 어렵지 않을 듯했다.

해룡신검은 광무 등을 쳐다보았다. 그는 광무 등이 통쾌하게 여길 것이라고 짐작했지만 오판이었다.

그들은 표정의 변화 없이 그저 꿋꿋하게 서 있었다. 아니, 오히려 설한경을 굽어보는 그들의 얼굴에 일말의 안쓰러움이 흐릿하게 떠올라 있었다.

스릉!

"저의 목숨으로 그 일이 무마되기를 간절히 원합니다."

설한경은 검을 뽑아 서슴없이 자신의 목에 대고 떨리는 목소리로 말했다.

냉정하게 그 당시의 일을 논하자면, 사실 설한경에게는 죄가 없었다고 할 수 있었다.

해남검수들이 그곳으로 몰려갔던 것도, 포위망을 쳐두어 광무 일행을 걸려들게 한 것도, 그리고 서귀를 죽게 한 것도 모두 강영의 짓이었다.

설한경에게 죄가 있다면, 강영을 제대로 다스리지 못했으며, 그 무리를 이끈 우두머리였다는 것이다.

벽파검은 물론 해룡신검도 설한경의 결정을 제지하지 않았다.

그들은 그것으로써 정협에게 죄를 사함받고 싶었고, 오히려 방관으로써 설한경의 죽음을 종용하고 있었다.

"그만두시오."

그때 예기치 않게 광무가 특유의 굵직하면서도 낮은 목소리를 울려내자 사도혜와 곽두, 조제를 제외한 세 사람은 적잖이 놀라 그를 쳐다보았다.

광무는 설한경을 굽어보며 진중한 표정으로 말을 이었다.

"이것으로 됐소. 당신을 용서하겠소."

광무는 사태를 정확하게 직시하고 있었다. 지금 이것은 쥐를 잡는 것이 아니라 독을 깨고 있는 것이었다.

광무 일행은 얼마 전에 연운정과 사도혜를 다시 만나기 전까지만 해도 서귀가 비참하게 죽은 것을 한시도 잊지 않았으며 기필코 복수할 것을 맹세했었다.

그러나 연운정을 다시 만나고, 그가 이대 정협이라는 사실을 알게 된 후 그들은 심경에 큰 변화가 생겼다.

자신들이 조그만 실수라도 하던가 행실이 바르지 못하면 그 욕을 정협인 연운정이 먹게 된다는 사실도 알게 되었다.

그들 세 사람은 정식으로 연운정의 수하가 된 후 새사람이 되려고 부단히 노력했다.

각곡유목(刻鵠類鶩). 백조를 그리려고 노력하다가 실패해도 최소한 집오리는 그릴 수 있다는 뜻인데, 지금 광무 일행이 그랬다.

천룡이며 봉황인 연운정과 사도혜를 닮으려고 노심초사 노력하다 보니까 성인(聖人)까지는 아니더라도 어설프게나마 군자의 형태는 갖추게 된 광무 일행이었다.

설한경은 믿을 수 없다는 표정으로 광무 등을 올려다보았다.

광무는 입가에 잔잔한 미소마저 짓고 있었다. 그는 가볍게 고개를 끄덕였다.

"지금 이 시간 이후 우리는 더 이상 그때의 일을 마음에 담아두지 않겠소."

"……."

설한경의 눈에 비친 광무 등의 모습은 더 이상 벌레보다 못한 녹림인이 아니었다.

그는 한 마리 찬란한 봉황 뒤에 나란히 날개를 접고 있는 대붕 세 마리를 보고 있었다.

광무의 용서에 벽파검의 굵은 눈썹이 가볍게 찌푸려졌고, 해룡신검은 낭패한 표정을 감추지 못했다.

"당신은 그만 가보시오."

광무의 목소리가 갈수록 부드러워졌다.

사도혜는 그런 광무 등이 너무나도 자랑스러웠다. 과연 그녀와 연운정의 노력은 헛되지 않았던 것이다.

설한경은 일어나서 광무 등에게 정중하게 포권을 해 보였다.

"고맙습니다. 이제 제 마음이 편하군요."

그는 광무와 조제, 곽두 세 사람의 얼굴에 담담한 미소가 떠올라 있는 것을 보고 그들이 진심으로 자신을 용서했다는 사실을 깨닫고 마음이 가벼워졌다.

해룡신검이 고개를 끄덕이자 설한경은 벽파검과 해룡신검에게 공손히 절한 후 방문 쪽으로 걸어갔다.

그는 방을 나가기 전에 잠시 사도혜와 광무 일행을 돌아보았는데, 그의 얼굴에는 진심으로 고마워하는 표정이 잠깐 떠올랐다가 사라졌다.

벽파검과 해룡신검의 마음은 납덩이처럼 무거웠다.

설한경이 자결을 했다면 그의 한 목숨에 해남검파의 잘못을 한데 묶어서 상쇄시켜 버릴 수도 있었다.

하지만 그가 살아서 버젓이 나간 이상 정협에게 저지른 해남검파의 죄는 앙금으로 남아 있을 터였다.

쿵!

그때 사람들은 방문 밖에서 둔탁한 것이 쓰러지는 듯한 소리를 들었다.

사도혜의 낯빛이 크게 변했다. 그녀는 그 소리가 무엇인지 즉시 알아차린 것이다.

왈칵!

그때 설한경과 함께 왔다가 밖에서 대기하고 있던 임필이 거칠게 방문을 열고 들어서며 부르짖었다.

"와룡전주께서 자결하셨습니다!"

사도혜와 광무 등은 해연히 놀랐다. 설한경이 설마 자결하리라곤 예상하지 못했던 것이다. 이어 그들의 얼굴에는 진심으로 애도하는 표정이 떠올랐다.

반면에 벽파검과 해룡신검은 조금 전보다 더욱 눈살을 찌푸렸다.

설한경이 방 안에서 자결한 것과 방 밖에서 자결한 것에는 큰 차이가 있었다.

설한경은 죽었지만, 해남검파의 정협에 대한 부채는 여전히 남아 있었다.

그런 사실을 설한경이 모를 리 없었다.

그는 정협의 전인을 추적하여 천룡팔검의 검결을 갖고 오라고 자신에게 명령했던 벽파검에게 죽음으로써 복수를 한 셈이었다.

*　　　*　　　*

"진법이다!"

정협과 천사련 소련주가 감쪽같이 사라져 버렸다는 수하들의 보고를 묵묵히 듣고만 있던 신군주 마승은 나직이 외치며 그런 결론을 내렸다.

"귀령마인(鬼靈魔人)을 불러라."

마승의 명령에 심복 일영이 바람처럼 달려갔다.

귀령마인은 마종이 거느리고 있는 다섯 명의 오절마인(五絶魔人) 중

한 명으로 마도에서는 기문진식의 일인자였다.

미승은 울창한 숲의 한 방향을 날카롭게 주시하고 있었다.

그는 거처에서 수하들이 전서구로 보내는 보고를 받고 있다가 어느 순간 전 수하를 이끌고 이곳으로 달려왔었다.

정협에게 전멸한 혈마보를 제외한 마도십칠계 전체와 마총신군 도합 오만 명이 이 일대 백오십여 리를 열 겹으로 삼엄하게 포위하고 있었다.

삼십여 년 전, 삼만 명이던 마총신군보다 무려 이만 명이나 더 많은 숫자였다.

각 산봉우리 위에는 이날을 위해 특별히 수련한 삼천 명의 귀연마궁수(鬼鳶魔弓手)들이 대기 중이었다.

그들 각자의 등에는 귀연(鬼鳶)이라고 이름이 붙여진 연이 메어져 있었다.

그것을 펼쳐서 날면 한 번에 반 시진 이상 높은 하늘에 떠서 적을 향해 활을 쏘아댈 수 있었다.

"후후… 천하가 코앞에 있다."

미승의 붉은 입술이 비틀리며 득의한 미소가 흘러나왔다.

진법을 펼친 것이 정협이든 소련주든 미승은 개의치 않았다.

천하에 귀령마인이 찾아내지 못하고 파훼하지 못하는 진법이란 존재하지 않는다.

그가 도착하면 즉시 색출에 착수할 것이고, 그 다음은 시간문제일 뿐이다.

하나의 변수가 있기는 했다. 정협과 소련주가 필요에 의해서 손을 잡는 것인데, 그럴 가능성은 크지 않았다.

정과 사가 협력한다는 것은 생각할 수도 없는 일이었다.

그러나 그렇다고 해도 그다지 개의치 않았다.

　마승은 정협과 소련주가 오만의 마도고수와 마도 최고수인 자신을 극복하고 살아나리라고는 조금도 믿지 않았다.

*　　　　*　　　　*

　소상의 충격은 너무 컸다. 그녀는 오랜 시간이 흘러도 그 충격에서 헤어나질 못했다.
　그래서 오히려 연운정이 더 놀랐다.
　냉후는 비럭질을 하던 자신을 거두고 절세의 신공을 전수한 친아버지 같은 사부를 죽이려고 한 패악(悖惡)한 자였다.
　그런 사부 밑에서 배운 소상이 뭐가 크게 다르겠느냐는 것이 연운정의 선입견이었다.
　그런데 아니었다.
　소상은 연운정의 설명을 듣고 있는 내내 놀라움을 감추지 못하더니, 냉후가 사부를 죽이려고 급습을 했었다는 대목에서는 거의 기절초풍할 정도의 반응을 보였다.
　연운정은 냉후가 그녀를 나름대로 똑바로 가르쳤다는 것과 그녀의 심성 자체가 올곧다는 것을 그제야 깨달았다.
　한동안 이리저리 서성거리다가는 멈춰 서고, 그랬다가는 망연히 허공을 바라보던 소상이 자신을 쳐다보고 있는 연운정에게 복잡한 눈빛을 던졌다.
　그러나 그녀의 표정은 ‘여태 네가 한 말이 사실이냐?’ 라고 묻고 있지는 않았다.
　짧은 시간이었지만, 그리고 연운정의 색깔이 무엇인지 정확하게 알지 못하는 그녀였지만, 대화를 하고 시간을 보내는 동안에 그에 대해 몇 가지 사실을 알게 되었다.

그것들 중에 하나가 이 남자는 거짓말을 할 사람이 아니라는 것이었다.

그녀는 자신도 모르는 사이에 연운정의 색깔을 알아가고 있다는 사실을 느끼지 못하고 있었다.

연운정이 해준 얘기는, 어떻게 받아들이느냐에 따라서 결과가 사뭇 달라질 수도 있었다.

소상이 '그랬었느냐? 그런데 그게 뭐 어때서?' 라고 대수롭지 않게 처신할 수도 있다.

그리고 지금처럼 너무 큰 충격에 빠져서 헤어나지 못하는 경우도 있는 것이다.

연운정은 전자일 가능성이 크다고 예상했지만 오판이었다. 과연 사람의 생각이란 우주와 다를 바가 없었다.

"사부님이 일대 정협의 제자였다는 말이지?"

"그렇소."

소상은 대답을 듣기를 원하지 않는 혼잣말을 중얼거렸고, 연운정은 다시 한 번 확인해 주었다.

"그래서 너는 사부님을 죽이려고 하겠군?"

"그렇소."

연운정은 솔직하게 대답했다.

소상은 빠르게 냉정을 되찾고 있었다.

"내가 있는 한 어려울 것이다."

"두고 보면 알 것이오."

묘한 관계였다. 어쨌든 연운정과 냉후가 사형제 간이니 연운정은 소상에게 사숙뻘이 되는 것이다.

그런 것을 연운정도 소상도 알고는 있지만 그저 마음속에 담고 있었다.

"그런데……."

소상은 연운정 앞에 마주 서서 말문을 열었다. 그런데 여태까지의 날선 목소리와는 달리 착 가라앉고 좀 주저하는 목소리였다.

"말하시오."

연운정이 말을 하라고까지 했는데도 소상은 다음 말을 잇지 못하고 있었다. 그러는 것은 그녀조차도 이해하기 힘든 행동이었다.

원래 그녀는 끊고 맺음이 분명하며, 부끄러움 따윌 아예 모르는 성격이었다.

하지만 그것은 그녀가 아직 그런 상황에 처해본 적이 없기 때문일 것이다.

특히나 지금 말하려고 하는 몹시 민감한 부분에 대해서는 더욱 그러했다.

만약 상대가 강영 같은 비열한 족속이었다면 차라리 말하기가 쉬웠을 것이다.

아니, 연운정이라는 사람의 색깔을 전혀 모르고 있던 처음이었다면 물불 가리지 않고 퍼부어댔을 것이다.

그러나 지금의 그녀는 뭐라고 규정짓지는 못하지만 어렴풋하게나마 연운정이 무슨 색인지 느끼고 있었다. 그래서 말을 꺼내기가 더 어려웠다.

'내가 왜 이러지?'

그녀는 전혀 자신답지 않은 자신이 이상했다.

문득 그녀는 자신의 솜씨로 묶여 있지 않은 앞섶의 매듭을 굽어보았다.

그러자 비로소 피가 얼굴로 확 몰리면서 용기가 생겼다. 아니, 이것은 용기의 문제가 아니었다.

"날 어떻게 한 거지?"

그녀의 목소리가 처음처럼 날카롭고 차가워졌다.

연운정은 그녀가 무엇을 궁금해하는 것인지 비로소 깨닫고 조용히 대답했다.

"내가 만든 환약을 한 알 복용시켰고 약간의 진기를 주입시켰을 뿐이오."

"……."

소상은 원하던 답을 듣지 못했다.

"뭐가 잘못됐소?"

또다시 용기가 필요했다. 그녀는 필요 이상으로 어금니를 깨물며 소리를 빽 질렀다.

"내 말은, 진기를 어떤 방법으로 주입시켰으며, 내상을 어떻게 치료했느냐는 말이다!"

그런데 그녀가 예상했던 것보다 더 크고 뾰족한 목소리가 쏟아져 나갔다.

그것 때문에 그녀는 조금 창피해졌다. 하지만 화가 나서 얼굴이 붉어진 것으로 보일 수도 있을 테니 계속 화난 표정을 짓고 있는 편이 좋았다.

연운정은 그녀가 무엇 때문에 그러는지 깨달았다.

슥―

그는 자연스럽게 손을 내밀어 소상의 손목을 잡았다.

직후 소상은 자신의 손목을 통해서 부드러운 진기가 주입되는 것을 느꼈다.

그런데 그 진기보다는 자신의 손목을 잡고 있는 연운정의 손이 더 부드럽다는 생각이 들었다.

연운정은 자신이 그런 식으로 진기를 주입했다는 것을 직접 보여주었다.

"……!"

문득 그녀는 연운정이 손을 잡는데도 자신이 아무런 방어도, 피할 생각도 하지 않았다는 사실을 뒤늦게 깨닫고 화들짝 놀랐다.

만약 그에게 살심이 있었다면 그녀는 이미 죽어서 구천을 떠돌고 있을 것이다.

하지만 믿을 수 없게도 연운정이 자신을 죽일 것이라는 생각은 눈곱만큼도 들지 않았다.

그녀는 그가 너무도 자연스럽게 손을 잡았다는 사실과 그럼에도 불구하고 자신이 아무렇지도 않았다는 사실, 그리고 그가 자신을 절대 죽이지 않을 것이라는 터무니없는 믿음을 품고 있었다는 사실들 때문에 어이가 없었다.

그녀가 손목을 잡은 손을 뿌리치면서 발끈 화를 낼 것인가 이대로 가만히 있을 것인가에 대해서 고민하고 있을 때 연운정이 그녀의 고민을 덜어주었다.

손을 놓은 것이다.

"그리고 낭자의 내상은 내 환약으로 치료되었소."

그러니 그의 말인즉 소상의 옷을 벗기지도 않았으며, 그녀를 짓밟았을 리는 더욱 없다는 뜻이었다.

연운정은 소상이 옷고름을 굽어보고 있는 것을 보며 그녀가 무엇 때문에 그러는 줄 깨닫고 그녀를 이해시켜 주었다.

"낭자를 이곳에 데리고 왔을 때 이미 앞섶이 풀어져 있었소. 아마 싸우는 도중에 그렇게 된 듯하오. 그래서 내가 다시 묶어주었는데, 여자 옷 고름을 묶어본 적이 없었기 때문에 제대로 되진 않았을 것이오."

소상은 잠시 더 고개를 숙이고 있다가 들면서 차분한 어조로 중얼거렸다.

"치료를 위해서였다면 네가 무슨 짓을 했든 상관하지 않아. 난 그렇게 속 좁은 여자가 아냐."

그녀는 자신이 속 좁게 오해 같은 것이나 하는 여자가 아니라는 것을 보여주기 위해서 짐짓 의연한 태도를 취했다.

연운정은 고개를 끄덕였다.

"그럴 것이라고 생각했었소."

소상은 빠르게 현실로 되돌아가고 있었다.

"자, 이제 한 가지 남은 일을 해결해야겠군."

연운정은 뜻밖이라는 표정을 지었다.

"알고 있었소?"

"당연한 것 아니냐?"

"알고 있다니 길게 설명하지 않아도 되겠구려."

"물론이지. 우린 어떻게 싸울 거지?"

"무슨 소리요?"

연운정이 의아한 얼굴로 되묻자 소상은 그보다 더 어이없는 표정을 지었다.

"너는 정협이고 나는 천사련의 소련주야. 그러므로 우리의 싸움을 피할 수 없다는 것쯤은 알고 있겠지?"

연운정은 가볍게 실소를 흘렸다.

"낭자 말이 맞소."

"그런데?"

소상은 연운정의 실소에서 그의 말과는 다르게 자신이 뭔가 틀렸을 것이라는 느낌을 강렬하게 받았다.

연운정은 현재 자신들이 있는 산중턱의 아담한 공간 주위를 천천히 둘러보았다.

그리고 소상은 그의 표정이 방금 전과는 달리 점차 굳어지는 것을 놓치지 않았다.

그래서 연운정이 말을 꺼내기도 전에 그녀의 표정 역시 굳어지기 시작했다.

연운정은 말없이 작게 접은 종이 쪽지 하나를 그녀에게 내밀었다.

백 마디 설명보다는 마도고수가 마총신군 신군주에게 어떤 내용의 서찰을 보내려고 했었는지를 직접 보여주는 편이 더 빠르고 정확할 것이다.

그리고 그의 짐작은 맞았다. 소상은 서찰의 짧은 내용에서 많은 것을 알아차렸다.

"그러니까 지금 우리가 마총신군에게 포위됐다는 건가?"

"그렇소."

"놈들은 우리 둘을 일거에 제거하겠다는 속셈이로군?"

"그렇소."

"그렇다면 지금 우리는 '적의 적은 동지다' 인 셈이지?"

"역시 그렇소."

신군주 미승이 그럴 가능성은 크지 않다고 예상했던 이들 두 사람의 협력이 아주 자연스럽게 이루어지고 있었다.

문득 소상의 얼굴에 흐릿한 안도의 기색이 스쳐 가는 것을 연운정은 발견하지 못했다.

"지금 상황을 말해줘. 놈들은 현재 어디까지 왔으며 숫자는 얼마나 되는 거지?”

연운정은 소상을 만난 이후 한 번도 보지 못했던 모습을 접하고 있었다.

지금의 그녀는 영락없는 천사련의 소련주였다.

위험의 한복판에 처한 상황에서도 추호의 흔들림이 없으며, 냉철하게 사태를 분석하고 있는 그녀였다.

“낭자가 깨어나기 전까지는 우리의 이십여 리 주위에 최소한 이천 명의 감시자가 있었소.”

그들은 포위망 가장 안쪽, 그러니까 제일 포위망을 형성한 마도고수들이었다.

소상의 눈빛이 가볍게 흔들렸다. 많아야 수십 명 혹은 수백 명 내외일 것이라던 그녀의 짐작이 큰 소리를 내며 무너져 내렸다.

“내 추측으로는 포위망이 겹겹이 쳐진 것으로 미루어 놈들은 최소한 그보다 서너 배는 더 많을 것 같소.”

소상의 눈빛은 더 이상 흔들리지 않았다. 그 대신 지그시 어금니를 악물었다.

바로 소련주다운 모습이었다.

“여긴 대체 어디지? 우린 아무것도 하지 않은 채 이곳에 이대로 있어도 괜찮은 것인가?”

“이곳은 낭자가 혼절했던 곳에서 동남쪽으로 백여 리가량 떨어진 곳이고 가파른 산중턱이오.”

정확히 설명하자면 산중턱 중간의 평평하며 아담한 공간이었고, 주위에는 숲이 울창했다.

겨울이어서 나뭇잎이나 풀은 없었으나 나무가 워낙 많아서 시야가 완벽하게 가려졌다.

"산중턱이라고? 좀 더 은밀한 곳은 없었나?"

"이 산중에서 수천 명이 수색을 시작하면 발견해 내지 못할 은밀한 곳이란 없소. 동굴이든 어디든 놈들이 찾아낼 것이오. 설혹 있다고 해도 낭자는 그런 곳에서 놈들이 물러갈 때까지 몇 달이고 나와 함께 있고 싶소?"

"……."

"내가 이곳 가파른 산중턱을 택한 이유는, 놈들보다 우리가 먼저 놈들을 발견해야 하기 때문이고, 어디로 움직이든 이동이 자유롭기 때문이며, 만약 싸움이 벌어졌을 경우에는 지형적인 이유 때문에 놈들이 한 번에 공격할 수 있는 인원이 많아야 백여 명 안팎으로 제한될 것이기 때문이었소."

"……."

소상은 연운정의 논리 정연함과 뛰어난 판단력에 내심 감탄을 금치 못했다.

그녀가 다시 생각해 봐도 지금 상황에서는 연운정이 선택한 방법이 최선일 수밖에 없었다.

"나는 이 주위에 진법을 펼쳐 두었소."

"아무도 파훼하지 못하는 절진이기를 빌어야겠군."

"무무창허진이라는 것이오."

소상은 자신이 얼마 전에 갇혔던 진이 그것이라고 짐작했다.

"내 수하 중에도 기관이나 진법만을 전문으로 다루는 자들이 족히 수백 명은 될 거야. 너는 마총신군에도 그런 자들이 있을 것이라는 생각은 하지 않은 것이냐?"

연운정은 그녀가 추궁하듯이 묻자 슬쩍 검미를 찌푸렸다.

그는 아무리 바빠도 한 가지는 제대로 바로잡아야겠다는 생각이 들었다.

"물론 했지. 너는 내가 그렇게 멍청하다고 생각하는 것이냐?"

"……."

연운정이 갑자기 하대를 하자 소상은 어이없다는 듯한 얼굴로 그를 쳐다볼 뿐 아무 말도 못했다.

"나는 여기까지 일직선으로 오지 않았으며, 또한 최소한 다섯 군데에 무무창허진을 펼쳐 두었다. 어떠냐? 네 생각에 그것은 잘한 것 같으냐?"

"너……."

연운정은 소상이 내유외강의 성격이라는 것을 진작부터 간파하고 있었다.

자신들 두 사람이 마총신군의 포위망을 뚫고 살아나갈 때까지 얼마가 걸릴지 예측할 수 없는 상황이었다.

최소한 그때까지는 두 사람이 싫든 좋든 협력하면서 함께 있어야만 할 것이다.

즉, 생사고락을 함께한다는 뜻이다. 그렇지 않으면 공조(共助)는 깨지고 위험은 두 배 이상이 될 것이다.

그러기 위해서 반드시 두 사람의 관계를 조율해 둘 필요가 있었다.

그 첫 번째가 귀에 거슬리는 소상의 말투였다. 연운정을 함부로 대하는 것은 그 다음 문제였다.

"너도 전서구의 서찰을 읽어봐서 알겠지만, 아마도 마총신군의 신군주가 직접 왕림할 것 같다. 그것은 이 싸움이 결코 쉽지만은 않을 것이라는 뜻이지."

이날까지 소상을 이런 식으로 대한 사람은 아무도 없었다.

"너도 말을 놓으니까 한결 낫군."

그러나 그녀는 내심하고는 정반대로 말해 버렸다.

연운정의 느닷없는 하대에 속으로는 어이가 없고 거슬렸지만 겉으로는 대범함을 보이려고 애쓰는 그녀였다.

연운정은 반말에 익숙하지 않았다. 그래서 그는 소상을 일깨워서 존대를 쓰게 하려던 것이었는데 결과적으로는 엉뚱한 쪽으로 흘러가 버리고 말았다.

하지만 이제 와서 다시 '하오'를 할 순 없는 노릇이었다.

"네… 말이 맞다. 마총신군에도 진법에 뛰어난 자들이 있을 것이고, 언젠가는 이곳도 깨질…… 것이다."

버릇을 고치려고 일부러 할 때는 잘 나가던 반말이 막상 서로 반말을 하기로 결정되자 제대로 되지 않았다.

"내게 방법이 하나 있다."

소상은 말하면서 품속에서 반 자 길이의 가느다란 대롱 하나를 꺼냈다.

"천리화통(千里火筒)이야. 이걸 쏘아 올리면 최소한 삼백여 리 밖에서도 볼 수 있지."

천리화통은 자신의 위치를 동료들에게 알리기 위한 신호용이었다.

"어쩔 셈이지?"

소상은 당연하다는 듯한 표정을 지으며 천리화통의 뒷부분을 분해하기 시작했다.

천리화통 뒷부분에는 화섭자가 달려 있었다. 소상은 화섭자의 불씨를 천리화통의 심지에 서슴없이 갖다 댔다.

"내 수하들이 이걸 발견하면 칠만 명의 천사패도단을 이끌고 당장 달려올 거야."

연운정의 눈이 커졌다. 천사패도단이 칠만 명이나 된다는 것은 상상조차 못했었다.

탁!

"그만둬!"

연운정은 깜짝 놀라서 불씨가 심지에 닿기 직전에 재빨리 천리화통을 낚아챘다.

"왜 그래?"

뚝!

연운정은 대답 대신 천리화통을 분질러 버렸다.

소상의 눈이 샐쭉해졌다.

"호오~! 그러니까 너는 내 수하들이 달려와서 널 죽일까 봐 겁이 난 게로군?"

연운정은 그녀가 무슨 말을 하려는지 짐작했다.

"그런 게 아니다."

"그럼 뭐지?"

연운정은 굳은 얼굴로 천리화통을 들어 보였다.

"만약 이것을 쏘아 올리면 천사패도단보다 마총신군이 먼저 달려올 거야."

소상은 아무렇지도 않게 대꾸했다.

"그렇더라도 내 수하들이 당도할 때까지만 버티면 돼. 그 정도는 할 수 있지 않겠어?"

연운정의 표정은 냉담했다.

"그들이 마총신군을 뚫을 수 있다고 생각하나?"

"물론이지. 마총신군이 제아무리 많아도 천사패도단을 당해내지는 못해."

소상은 자신만만하게 말을 이었다.

"사부님께선 수많은 사파무공들을 모조리 섭렵하신 후 그중에서 열

가지 무공을 골라 더욱 강하게 만드셨어. 그게 바로 천사십무(天邪十武)
지."

연운정은 가슴이 답답해지는 것을 느꼈다.

"우리는 지난 십여 년 동안 수십만 명의 사파고수에게 천사십무를 가
르쳤고, 그들 중에서 우수한 칠만 명을 뽑아 천사패도단을 결성한 거야."

소상은 말하고 있는 중에 자신감과 당당함이 점점 커졌다.

"호홋! 마총신군이든 균천협맹이든 우리 천사패도단에겐 여풍등(如風
燈)일 뿐이야. 우린 정파와 마도를 모조리 쓸어버리고 이 땅에 전혀 새로
운 세상을 세울 거라구!"

연운정은 적잖이 놀란 얼굴로 소상을 쳐다보았다.

그는 여태 대화를 하는 동안 소상에게서 때 묻지 않은 순수함과 여린
마음을 느꼈었는데, 지금 그녀의 모습은 그런 것들을 착각으로 치부하게
만들었다.

슥!

소상이 품속에서 또 하나의 천리화통을 꺼내 들자 연운정은 흠칫 놀랐
다.

"천리화통은 얼마든지 있어. 하지만 이번에도 뺏으려 든다면 죽을 각
오를 해야만 할 거야."

연운정은 냉후를 한 번도 본 적이 없지만 지금 소상의 모습이 냉후의
모습일 것이라고 생각했다.

연운정이 판단하기에, 소상은 양면성(兩面性)을 지니고 있는 것 같았
다.

하나는 냉후에게서 훈련받은 후천적인 성격이 분명했지만, 또 하나는
무엇인지 감이 잡히지 않았다.

하지만 한 가지는 확실했다.

후천적으로 형성된 성격이 그녀를 지배하고 있는 이상 지금의 상황은
파국으로 치달릴 수밖에 없을 것이라는 사실이었다.

"이름이 뭐지?"

연운정은 그녀가 천리화통을 쏘아 올리는 것에는 관심이 없다는 듯 아
까 앉았던 곳에 앉으며 조용히 물었다.

"무슨 수작이야?"

소상은 천리화통에서 화섭자를 분리해 내고 나서 날카롭게 연운정을
쏘아보았다.

천리화통이 쏘아 올려지면, 마총신군도 천사패도단도, 그리고 균천협
맹에서도 거의 동시에 발견할 것이다.

그것은 제일 먼저 마총신군이 몰려오고, 그 다음에 천사패도단과 균천
협맹이 앞서거니 뒤서거니 몰려올 것이라는 뜻이다.

그리고 그 후는 외길이다. 정해진 수순에 의해서 파국으로 치닫게 될
것이다.

균천협맹과 천사패도단과 마총신군은 이 구련산 중에서 한 치의 양보
도 없는 '무림대전쟁(武林大戰爭)'을 최후의 승자가 남을 때까지 벌일
것이다.

그러나 그것은 승리가 아니다.

적게 잡아도 십만이 훨씬 넘는 시체가 이 산중을 뒤덮은 후에 얻어지
는 것이 어찌 진정한 승리겠는가?

그것은 패배일 것이다.

아니, 무림의 죽음이다. 순리의 역행이며, 전무후무한 대재앙일 뿐 결
단코 승리는 아닌 것이다.

연운정은 그런 파국을 막고 싶었다. 삼십여 년 전에 사부가 그랬듯이,
그도 수많은 인명을 살려내기를 갈망했다.

그것이 진정한 승리인 것이다.

"내가 진정으로 원하는 것이 무엇인지 알고 싶지 않나?"

소상은 천리화통 심지에 화섭자를 대려다가 멈추고 시큰둥한 얼굴로 연운정을 쳐다보았다.

"이 전쟁을 정파의 승리로 끝내는 거겠지. 물론 사파와 마도를 깡그리 몰살시킨 후에 가능하겠지만."

"아냐."

연운정은 고개를 흔들었다.

소상은 약간 호기심을 가졌다.

"정파의 태양 정협이 그게 아니면 무얼 원하겠어?"

소상은 다시 화섭자를 심지에 대려고 하며 실소를 흘렸다.

"내 어머니께선 대륙 남쪽의 어느 산촌에서 평범한 객잔을 꾸려 나가고 계시지."

"……."

소상은 심지에 불을 붙이려는 것을 두 번째로 멈추고 의외라는 표정을 지으며 연운정을 바라보았다.

"우리 집은 너무나도 가난했기 때문에 병이 드신 할머니를 의원에게 보일 수조차 없었어. 그래서 할머니는 끝내 돌아가셨지."

소상은 눈을 크게 뜨고 연운정을 바라보았다. 그녀는 처음으로 연운정의 말을 믿지 못하겠다는 듯한 표정을 짓고 있었다.

"내가 열두 살 어렸을 때였어. 아버지께선 풍비(風痺:중풍) 때문에 발작을 일으키신 할머니를 업은 채 의원이 요구한 은자 다섯 냥을 구하기 위해 억수같이 비가 퍼붓는 마을을 밤새 미친 듯이 헤매고 다니셨지."

소상은 어느새인가 연운정의 곁에 앉았다. 처음처럼 멀찌감치가 아니라 한 자 거리를 두고 붙어 앉았다. 그리고 그녀는 연운정의 이야기 속으로 빠져들었다.

지금 연운정 옆에 앉아 있는 소상은 선천적인 성품의 소상이었다. 하지만 후천적인 소상은 여전히 손에 천리화통을 쥔 채 언제라도 심지에 불을 당길 태세를 갖추고 있었다.

"하지만 아버지는 돈을 구하지 못하셨지. 산골 마을에서 은자 닷 냥은 너무나 큰돈이었거든."

산골에서만이 아니라 성내에서도 은자 닷 냥이 큰돈이라는 것을 소상은 어렸을 때부터 잘 알고 있었다.

은자 한 냥을 벌자면 그녀의 엄마는 열 명도 넘는 사내 앞에서 옷을 벗어야만 했다.

그리고 그러는 동안에 어린 소상은 또 얼마나 엄마에게 매를 맞고 '저 주받은 년' 이라는 욕을 들어야 했는지…….

"아버지는 의원에게 애원했지만 의원은 들은 체도 하지 않았어. 그리고 할머니는 의원 문밖에 웅크려 앉은 아버지의 품 안에서 돌아가셨지. 그때 나는 아버지께서 우는 것을 처음 봤어. 어머니도 나도, 할머니 시신을 부둥켜안고 얼마나 울었던지……."

소상은 크고도 신선한 충격을 받은 표정이었다.

그녀는 정파가 하늘처럼 떠받드는 존재인 정협이라면 굉장한 명문세가 출신이라서 무엇 하나 부러울 것 없이 자랐을 것이라고 생각했었다.

어쩌면 그래서 연운정에 대한 마지막 벽을 허물지 못한 것인지도 몰랐다.

그녀 자신은 그것이 마지막 벽인지 느끼지 못하고 있겠지만.

"두 달 후, 아버지께선 누군가로부터 은자 천 냥이라는 거금을 선불로 받고 집을 떠나셨어. 그곳이 어딘지는 모르지만, 아버지께선 가난에서 벗어나고 싶으셨던 거야."

연운정의 시선이 파란 하늘로 향했다.

소상은 그의 눈빛과 얼굴에서 그리움을 발견할 수 있었다.

"그 후 어머니께선 고향에서 이십여 리 떨어진 해풍현에 객잔을 내셨어. 일층은 탁자가 여섯 개 있는 주루고, 이층은 객방이 다섯 개 있는 조그만 객잔이야."

소상은 연운정이 응시하고 있는 하늘을 바라보았다. 그녀는 거기에서 연운정의 고향 마을의 작지만 정겨운 객잔을 볼 수 있었다.

"그곳에서 지금도 어머니께서는 나와 아버지를 기다리고 계실 거야."

그리고 소상의 눈에는 객잔 밖에 서서 행주치마에 손을 닦으며 아들과 남편을 기다리고 있는 중년의 초라한 여인도 보였다.

"내 꿈은, 그곳에서 우리 세 식구가 다시는 헤어지는 일 없이 평화롭게 살고 싶다는 거야. 예전처럼, 밭도 가꾸고 바다에서 고기도 잡으면서… 밤에는 화롯불에 감자와 고구마를 구우며 날이 새는 줄 모르게 이야기꽃을 피우고……."

소상은 연운정이 꿈꾸고 있는 그 집에 한 사람이 더 있었으면 좋겠다는 생각을 아주 잠깐 해보았다.

그러자 그녀는 연운정과 같은 꿈을 꾸게 되었다.

"세상의 모든 사람에겐 나처럼 가족이 있을 거야. 그리고 그들 역시 가족끼리 평화롭고 행복하게 여생을 보내고 싶겠지."

선천적인 소상은 자신도 모르게 고개를 끄덕였다.

"그럴 거야."

"이곳에 모여 있는 모든 사람들, 균천협맹이나 천사패도단, 그리고 마총신군의 고수들은 고수이기 이전에 한 가정의 가장이고 남편이며 아들이고 또 아버지겠지."

연운정은 하늘에서 시선을 거두어 소상을 바라보았다. 그의 눈빛은 너무도 순수하고 맑아서 손을 대면 맑은 물이 될 것만 같았다.

"나는 이들이 모두 살아서 가족에게 돌아가길 원해. 그리고 나도, 또 너도."

'나를 반겨줄 가족이란 없어.'

소상이 속으로만 쓸쓸하게 중얼거렸다.

연운정은 소상의 눈빛이 조금 전 천리화통에 불을 붙이려고 했을 때와는 많이 달라져 있는 것을 발견했다.

그리고 그 눈빛이 어떤 종류인지 이제는 알 수 있었다.

그녀의 양면성 중에서 후천적인 것이 냉후에 의한 패도(覇道)와 군림이라면, 선천적인 것은 순수(純粹)였다.

"내 이름은 소상이야."

그녀는 사부 외의 사람에게 처음으로 자신의 이름을 밝혔다. 그것도 아주 흔쾌히.

"나는 연운정."

소상은 기다렸다는 듯이 물었다.

"운정, 네가 무사히 집에 돌아가서 어머니와 함께 저녁을 먹으려면 이제부터 어떻게 하면 되는 거지?"

"어머니는 요리 솜씨가 훌륭하셔."

"그럴 것 같아."

"상매가 원하면 우리 집에 초대할게."

"……."

소상은 말문이 막혔다.

아니, 말문만이 아니라 목까지 막혔다.

연운정이 자신의 이름에 누이를 뜻하는 '매(妹)'를 붙였기 때문이고, 자신이 연운정의 가족과 함께 식탁에 둘러앉아서 식사를 한다고 생각하니 가슴이 벅찼기 때문이다.

　소상은 얼굴이 나이보다 어려 보였고, 연운정은 좀 더 어른스러워 보였다.

　중요하지 않은 작은 오해는 그렇게 벌어졌다.

❖ 第五十八章 ❖
천부인(天婦人)

第 五十八 章

연운정이 밤이 되도록 돌아오지 않자 사도혜는 초조함이 극에 달해서 방에 있지 못하고 밖으로 나와 있었다.

'대체 무슨 일이 있는 건가요, 운정 오라버님…….'

그녀는 은모래를 뿌려놓은 듯한 겨울의 밤하늘을 바라보며 가슴속이 새카맣게 타 들어갔다.

그녀는 칠천절학을 터득한 연운정을 어떻게 할 만한 인물이 당금 무림에는 거의 없을 것이라고 생각은 하고 있지만, 마음은 생각처럼 냉정하지 못했다.

처음에 그녀는 연운정이 자신들을 곧 뒤따라서 균천정협성으로 돌아올 것이라고 생각했다.

그러다가 그가 늦어지자 어쩌면 그가 자신들을 감시하던 마도고수들을 미행하여 마총신군의 본거지를 알아내려는 것이라고 거의 정확하게 추측했었다.

미행뿐이라면, 그래서 마총신군의 본거지를 알아내는 것뿐이라면 하등의 위험할 일이 없었다. 그리고 이처럼 늦을 이유가 없었다. 이것은 연운정에게 무슨 일이 생겼음을 뜻하는 것이었다.

그렇다고 무작정 그를 찾으러 산속으로 들어갈 수도 없는 일이었고, 이대로 기다리자니 피가 말랐다.

그 무언가가 연운정의 앞길을 막고 있을 정도라면, 그것은 필경 평범한 것이 아닐 것이다.

'아아…… 운정 오라버님…….'

이 년 반 전, 지하 동굴 속으로 추락하기 전의 사도혜는 연운정을 자신의 목숨보다 더 사랑했었다.

그리고 두 사람은 자신들만의 별세계에서 거의 부부나 다름없이 이 년 반을 보냈다.

그러니 지금 그녀가 연운정을, 아니, 두 사람이 서로를 얼마나 사랑하는지를 묻는 것 자체가 우문(愚問)일 것이다.

그녀 뒤쪽에는 광무와 조제, 곽두가 나란히 서 있었다. 이곳에 온 이후 그들은 사도혜를 그림자처럼 보호했다.

"혜아."

그때 사도천이 그녀에게 다가왔다.

"할아버지."

사도혜는 돌아서며 빠르게 그의 표정을 살폈다. 연운정에 관한 좋은 소식이라도 가지고 왔나 해서였다.

그런데 사도천의 표정이 몹시 어두운 것을 발견한 사도혜는 가슴이 철렁 내려앉았다.

"할… 아버지."

사도천은 무겁게 입을 열었다.

“본 맹의 척후(斥候)들이 보내온 보고가 당도했단다.”

사도혜의 머릿속이 이녕(泥濘)이 돼버렸다. 그처럼 총명하던 두뇌도 연운정에 대한 걱정이 앞서자 전혀 빛을 발하지 못했다.

평소라면 연운정이 아직 돌아오지 않은 상황에서 균천협맹의 척후가 무슨 보고를 했을 것인가 정확하게 짐작할 수 있는 그녀였다.

사도천은 극도로 긴장한 표정으로 자신의 다음 말을 기다리고 있는 손녀를 애틋하게 응시하며 입을 열었다.

“마총신군이 움직이고 있다는구나.”

“……”

그동안 꼼짝도 하지 않았던 마총신군이 갑자기 움직이고 있다. 그들의 목표가 아직 돌아오지 않고 있는 연운정일 것이라고 짐작하는 것은 그리 어려운 일이 아니었다.

“얼마나 되나요?”

사도혜의 머릿속을 채웠던 진흙이 걷히고 있었다.

“오만 명이란다, 애야.”

옆에서 듣고 있던 광무 등은 얼굴 가득 경악지색을 떠올렸다.

사도혜의 얼굴색은 해쓱했지만 눈은 차갑게 빛났다.

“마총신군이 노리는 사람은 운정 오라버님이 분명할 거예요.”

사도천은 사도혜의 어깨를 감싸며 전각 안으로 이끌었다.

“들어가자. 모두들 널 기다리고 있단다.”

사도혜는 연운정에 대한 걱정과 어떻게 하면 그를 구할 수 있을지를 생각하느라 눈도 깜빡이지 않았고 숨조차 쉬지 않았다.

사도천이 사도혜를 데리고 들어간 곳은 매우 넓은 대회의실이었다.

“천부인, 방금 들어온 보고에 의하면 마총신군에 이어서 천사패도단도 움직이기 시작했다고 하오.”

사도혜와 사도천이 실내로 들어서는 것을 보고 은기상이 일어서며 말했다.

실내에 있던 도림설과 선하린, 벽파검, 그리고 무림이십오기로서 균천협맹에 가입한 네 명과 구파일방의 장문인, 스물다섯 명의 대방파와 대문파 우두머리들이 일제히 일어서서 정중히 허리를 굽히며 사도혜를 맞이했다.

그들 모두는 직사각형의 긴 탁자 둘레에 서 있었는데, 죽장신개의 안내로 사도혜가 상석에 좌정하자 모두들 의자 소리도 나지 않게 조심스레 자리에 앉았다.

사도혜 앞쪽 좌우에는 사도천과 정삼제, 벽파검이, 그 다음엔 무림사기(武林四奇)와 구파일방 장문인들이 섞여서 앉았으며, 그 다음은 스물다섯 명의 우두머리의 순서로 앉아 있었다.

무림사기와 구파일방 장문인들이 섞여서 앉은 이유는, 장문인들 중에 죽장신개를 비롯한 소림장문, 무당장교, 화산파 장문인, 청성파 장문인이 무림이십오기에 속해 있기 때문이다.

사도천은 천부인의 친조부이며 정협의 장인이라는 신분 덕분에 성검협 은기상보다 오히려 한 단계 높은 사도혜의 오른쪽에 앉을 수 있었다.

그게 아니라면 그는 배분상 정삼제와 벽파검 아래 무림이십오기 자리에 앉았을 것이다.

척후는 개방의 만집당과 청성파의 고수들이 나갔었는데 대표로 죽장신개가 일어나 천부인 사도혜에게 극히 공손한 자세와 목소리로 아뢰기 시작했다.

“본 맹은 여태껏 이곳 구련산에서의 천사패도단과 마총신군의 본거지를 파악하지 못하고 있었습니다. 그러자면 많은 고수들을 내보내야만 하는데 자칫 놈들에게 발각되어 큰 싸움으로 번질 것을 우려했기 때문입니다."

좌중은 숨소리조차 들리지 않을 정도로 조용했다.

"그런데 이번에 마도십팔계는 물론 마총신군 전체가 한꺼번에 움직이는 바람에 놈들의 본거지가 드러났습니다. 역시 천사패도단도 대규모로 움직이자 본거지가……."

"방주님, 지금 시점에서는 더 이상 그들의 본거지가 중요하지 않을 것 같군요."

사도혜의 나직하지만 또렷한 음성이 죽장신개의 말을 잘랐다.

평소였다면, 더구나 그녀의 성격상 절대 누군가의 말을 중간에 자르지 않았을 것이다.

하지만 지금은 연운정의 안위가 위급한 상황이었다.

늘 그렇듯이 중대한 사건이나 변괴일수록 느리게 진행되는 법이란 없다. 그런 것은 순간에 벌어지고 순간에 끝나 버리기 때문에 손을 쓸 여지가 없게 마련이다.

더구나 사람이 목숨을 잃게 되는 일은 그보다 더 빨리 벌어지고 끝나 버린다.

죽장신개가 말을 줄이면, 혹여 그것 덕분에 연운정을 죽음에서 건질지도 모른다고 생각하는 사도혜였다.

사도혜의 말에 좌중은 더욱 조용하고 무겁게 가라앉았다.

방금 그녀가 한 말이 무슨 의미를 함축하고 있는지 중인은 금세 깨달았다.

마총신군과 천사패도단 전체가 한꺼번에 움직였다면, 그들이 자신들의 본거지를 버렸다는 뜻이며, 아울러 최후의 결전이나 그에 버금갈 정도의 중대한 일을 각오한다는 뜻이었다.

즉, 적을 치러 가면서 배를 타고 물을 건너고 나서는 돌아갈 배를 태운다[濟河焚舟]는 것이다.

그러므로 마총신군과 천사패도단의 배, 곧 본거지는 더 이상 중요하지 않다고 말한 사도혜였다.

"천사패도단의 수는 얼마나 되나요?"

사도혜의 물음에 죽장신개가 즉시 대답했다.

"육, 칠만으로 추산됩니다."

마총신군의 오만을 합치면 십만이 훌쩍 넘는 엄청난 수였다.

어느 누구 하나 섣불리 입을 여는 사람이 없었다. 그만큼 십만이라는 수는 좌중을 압도하고 있었다.

사도혜는 정삼제에게 균천협맹에 모인 군웅이 채 일만에도 미치지 못하는 팔천여 명이라고 들었었다.

정협의 생존 소식을 접한 정파의 군웅이 모여들 것이라고 예측하고 있지만, 먼 곳의 물로는 지척의 불을 끄지 못한다.

"어쩌면 이것은 정협의 계획일는지도 모릅니다."

그때 좌중의 한 사람이 침묵을 깨고 조심스레 입을 열었다.

그는 화산파 장문인이며 무림이십오기 중의 한 명인 등천신도(騰天神刀)였다.

중인의 시선이 일제히 그에게 집중되었다.

"혹시 정협께선 스스로 미끼가 되어 마총신군과 천사패도단을 유인, 그 두 세력이 격돌하는 사이에 우리가 어부지리를 얻도록 유도하신 것이 아니겠습니까?"

충분히 일리가 있는 의견이었다. 중인들 중에 몇몇 사람도 그런 생각을 하고는 있었지만, 감히 자리가 자리니만큼 입을 열지 못하고 있었다.

하지만 그런 생각을 하지 못했던 사람들은 보일 듯 말 듯 고개를 끄덕이며 공감을 표시했다.

그러나 아무리 정협이라고 해도 어림잡아 십만이 넘는 적의 대공격에는 불가항력일 것이다.

만약 지금의 사태가 등천신도의 말처럼 정협의 계획이라면, 그는 죽음을 각오하고 있음이 분명하다고 중인은 생각했다.

이른바 살신성인인 것이다.

등천신도의 말은 매우 설득력이 있었기 때문에 정삼제마저도 어느 정도는 수긍을 하고 있는 터였다.

"그렇지 않아요."

잠시 침묵이 흐른 후에 사도혜가 나직하지만 또렷한 목소리로 입을 열었다.

"대가께선 그렇게 무모한 분이 아니에요."

그녀의 말에 중인의 표정이 제각기 변했다.

정삼제와 사도천을 제외한 사람들은 사도혜의 말을 제대로 알아듣지 못했다.

정협이 자신의 목숨을 초개처럼 던질 사람이 아니라는 뜻으로 받아들인 것이었다.

현존하는 강호의 최고 기인 은기상이 가볍게 고개를 끄덕이면서 중인의 오해를 풀어주었다.

"정협께선 무림이 평화로울 수만 있다면 자신의 목숨 따위 안중에도 두지 않으실 분이오. 하지만 천부인의 말씀은 정협께서 그처럼 무모한 방법을 선택하지는 않으셨을 것이라는 뜻이오."

중인은 은기상의 말뜻을 잘 이해하지 못해서 반신반의하는 표정으로 그를 주시했다.

사도혜는 일각이 여삼추 같은 상황이었으나 그녀 자신도 아직 생각을 정리하지 못한 상태였다.

은기상의 조용한 말이 실내를 울렸다.

"여러분은 삼십여 년 전에 일대 정협이신 천룡검천께서 마종과 황산 대결을 벌이셨던 일을 잊었소?"

"은 대협의 말씀은……."

은기상은 등천신도의 말을 잘랐다.

"일대 정협께서는 마종과 일 대 일로 싸워 승리하셨기 때문에 수많은 생명을 구하셨소."

은기상의 어조에는 확고한 믿음이 어렸다.

"일대 정협께선 정파든, 마도든 모든 생명을 소중하게 여기셨소. 노부는 이대 정협도 그러실 것이라고 믿소."

좌중이 약간 술렁였다.

"마총신군과 천사패도단이 싸움을 벌일 때에 본 맹이 어부지리를 노린다는 것은 확실히 하나의 방법이기는 하오. 하지만 그 싸움에서 수많은 희생자가 나올 텐데, 그것은 정녕코 정협이 원하는 바가 아닐 것이오."

잠자코 있던 도림설이 묵직하게 고개를 끄덕이며 은기상의 말을 받았다.

"그렇다면 지금의 형세는 정협께서 의도하신 바가 아니겠군요?"

"분명히 그렇네."

은기상은 고개를 끄덕였다.

"아마도 정협께선 싸우지 않고 이기는 방법을 모색하시다가 그들에게 발각되신 것 같네."

싸우지 않고 승리한다.

구련산에 균천협맹과 마종과 천사련이 모두 운집해 있다. 그 수효만도 무려 십이, 삼만을 상회하고 있다.

천하가 구련산에 있다고 해도 지나친 말이 아니었다.

또한 그것은 세 개의 거대한 화약고 주위가 온통 불바다인 것과도 다르지 않았다.

화약고에 언제 불이 옮겨 붙게 될지 모르는 상황이며, 일단 불이 붙게 되면 그 누구라도 절대 끄지 못하고 상상도 하기 힘든 대폭발을 일으킬 것이다.

그런데도 정협은 싸우지 않고 승리하려고 한다는 것이다.

중인은 아무도 그것이 성공할 수 있을 것이라고 생각하지 않았다.

심지어 정삼제의 도림설과 선하린, 사도천마저도 불가능한 일이라고 여기고 있었다.

"대가의 계획은 상책이에요. 그러므로 우리는 무슨 일이 있어도 대가를 도와 그것을 이루어야만 합니다."

사도혜가 침묵을 깨자 중인의 시선이 그녀에게 집중됐다.

머리에 서리가 앉은 듯 백발이지만 아름다운 용모이며, 몸매는 성숙한 중년 여인의 그것을 유지하고 있는 균천선음 선하린이 처음으로 입을 열었다.

"혹시 천부인께선 좋은 방법이라도 생각해 내셨나요?"

모두들 사도혜를 주시하고 있지만 그녀는 잠시가 지나도록 입을 열지 않았다.

눈의 초점이 허공중에 고정되어 있으며 깜빡이지도 않는 것으로 미루어 깊은 생각에 잠겨 있는 것 같았다.

정삼제를 포함한 중인은 사도혜를 처음 대했다. 그러므로 그녀의 뛰어

남을 모르는 것은 당연했다.

단지 그녀가 정협의 부인이며 천하제일미라는 사실만으로 그녀를 상석에 앉히고 존경을 표하고 있을 뿐이었다.

또한 정삼제는 사도혜를 존중하는 입장에서 우선 그녀의 의견을 들어본 후에 만약 그녀 말에 타당성이 있다면, 그것으로 갈래를 잡아 자신들이 작전을 세우겠다는 의도였다.

그런 사도혜가 촌각을 다투는 지금 생각에 잠겨 시간을 지체하고 있는 것이다.

사실 중인의 전체적인 생각은 이 기회에 어부지리를 얻자는 쪽으로 굳어지고 있었다.

그리고 사도혜와 정삼제, 사도천 등은 그런 좌중의 분위기를 이미 감지한 상태였다.

사도혜와 정삼제가 말은 그렇게 했어도 중인의 생각은 달랐다. 정협이 자신을 희생해서 최후의 승리를 정파에게 안겨주려 한다고 굳게 믿고 있었다.

이윽고 사도혜는 생각을 멈추고 죽장신개에게 부탁했다.

"척후의 보고를 요약해 주세요."

죽장신개는 기다리고 있었다는 듯 공손히 보고했다.

"현재 마총신군은 이곳 용남현으로부터 동남향 이백여 리를 기점으로 하여 남남동 쪽을 향해서 한 시진에 십여 리의 느린 속도로 이동하는 중입니다."

"그들은 처음부터 느리게 이동했나요?"

"아닙니다. 처음에는 빨랐으나 세 시진 전부터 점차 느려지더니 지금의 속도로 느려졌습니다."

"마총신군은 현재 이동하고 있는 위치에서 포위망을 형성한 상태겠군요?"

"천부인께서 그것을 어떻게……."

죽장신개의 노안에 놀라움이 얼핏 떠올랐다. 아니, 실내의 모든 사람들이 놀랐다.

중인은 죽장신개의 보고를 듣고 있으면서도 아무도 그런 사실을 짐작조차 하지 못했다.

"마총신군이 처음에 빠르게 이동했다는 것은 목표물, 즉 대가를 맹추격 중이라는 뜻이고, 속도가 한 시진에 십여 리 정도로 느려졌다는 것은 대가께서 계신 위치에 거의 도달하여 수색하고 있는 중이라는 뜻일 거예요."

사도혜는 중인이 감탄할 기회를 주지 않았다.

"앞으로 마총신군의 이동이 완전히 정지한 상태에서 포위망을 더욱 두텁게 형성한 후에 점차 좁혀 들어간다면 바로 그 지점에 대가께서 계실 거예요."

정삼제를 비롯한 중인은 고개를 크게 끄덕이며 공감을 표했다. 그러면서 그들은 점점 사도혜의 명석함에 감탄하기 시작했다.

죽장신개의 보고가 이어졌다.

"천사패도단은 마총신군의 이동이 현격하게 느려진 시점, 즉 세 시진 전에 일제히 모습을 드러내며 이동을 개시했습니다."

사도혜는 눈도 깜빡이지 않고 그의 보고를 들었다.

"천사패도단은 이동 속도가 느려진 마총신군의 후미에 출동한 지 두 시진 만에 당도했지만 쌍방 간의 충돌은 없었습니다. 그곳에서 돌연 천사패도단의 주력(主力)은 크게 셋으로 나누어졌는데, 한 무리는 마총신군의 좌측으로, 또 한 무리는 우측으로 빠르게 앞지르기 시작했으며, 마지막 한 무리는 그대로 마총신군의 후미를 천천히 뒤따르는 상태를 지속하고 있습니다.”

중인들의 시선과 귀는 사도혜에게 집중되었다.

그들은 이번 보고를 듣고 그녀가 어떻게 분석하려는지 몹시 기대 어린 표정이었다.

“마총신군이 대가를 쫓는 이유는 대가를 죽이기 위해서일 거예요. 그들로서는 큰 희생을 감수하면서까지 정협을 생포해야 할 이유가 없으니까요.”

그녀의 말에 공감하지 않는 사람은 한 명도 없었다.

“하지만 알 수 없는 것은 천사패도단의 움직임이에요. 마총신군이 정협을 죽이면 천사패도단은 가만히 앉아서 큰 이득을 보는 셈인데, 어째서 굳이 출동하여 마총신군을 맹추격하고 있으며, 그것으로도 모자라 주력의 삼 분의 이씩이나 동원하여 앞지르려고 하는 것인지 모르겠군요. 그것도 자신들의 전력을 총출동해서 말이에요.”

아무도 입을 열지 않았다.

아니, 입을 열 수가 없었다. 중인들로서는 그 이유를 도무지 유추해 낼 수 없었기 때문이다.

사도혜의 생각은 너무나 앞서 가고 있었다. 목표점이 백이라면, 그녀는 거의 칠, 팔십에 도달했는데 중인은 이제 출발하려고 하는 중이었다.

잠시 눈을 내리깔고 생각을 정리한 사도혜가 맑은 목소리로 말을 이었다. 그녀의 영롱한 눈빛은 그녀가 방금 전에 품었던 의문이 풀렸음을 뜻하고 있었다.

“천사패도단이 마총신군을 앞지르려는 것은 대가에게 먼저 당도하기 위해서일 거예요.”

사도혜를 주시하는 중인들의 얼굴에 한결같이 ‘왜?’ 라는 의문이 선명하게 떠올라 있었다.

천사패도단이 마총신군을 앞질러 정협에게 먼저 도착하려는 이유가 무엇일지는 설사 신이라고 해도 모를 것 같았다.

사도혜는 아름다운 눈으로 선하린을 바라보았다.

"만약 맹렬하게 달리고 있는 한 대의 마차가 그 앞쪽의 길에 쓰러져 있는 저를 짓밟으려 하는 것을 삼숙(三叔)께서 목격하신다면 어떻게 하시겠어요?"

선하린은 생각할 것도 없다는 듯 즉시 대답했다.

"두말할 것도 없이 몸을 날려 천부인을 구해야겠죠."

"삼숙께서 마차의 뒤에 계시다면 어쩌죠?"

"그야 마차를 앞질러야겠지요."

두 사람의 대화를 듣고 중인은 알쏭달쏭한 표정을 지었다.

그러나 그들은 사도혜가 달리는 마차를 마총신군으로, 길에 쓰러져 있는 사도혜는 정협으로, 선하린을 천사패도단에 비유했다는 것 정도는 알 수 있었다.

"그렇다면 천사패도단이 정협을 구하려 한다는 말씀이십니까?"

사도혜는 고개를 가로저었다.

"그건 아닐 거예요."

중인은 일제히 어리둥절해졌다. 사도혜는 중인들이 오래 의혹을 품고 있도록 내버려 두지 않았다.

"대가께선 혼자 계시는 게 아닌 것 같아요."

이번에는 잠자코 있던 도림설이 사도혜의 말이 끝나자마자 급히 물었다.

"그렇다면 정협이 누구와 함께 있다는 말씀이시오?"

"그것까지는 모르겠어요. 그러나 현재의 상황으로 미루어 마총신군은 대가는 물론 대가와 함께 있는 사람까지 죽이려고 하는 것이 분명하고, 천사패도단은 대가와 함께 있는 동행자를 구하려는 것 같아요."

중인들은 크게 놀라는 표정을 지었으나 잠시 사도혜의 말을 곱씹어 생각해 보고는 그렇게밖에는 결론이 나오지 않는다는 사실을 깨달았다.

불감찬일사(不敢贊一辭).

너무도 훌륭하여 감히 칭찬조차 할 수 없는 상황이 바로 지금이었다.

이제 정삼제는 물론이고 중인 모두는 사도혜가 단지 정협의 부인이라는 이유 하나만으로 상석에 앉아 있는 것이 아니라는 사실을 절감했다.

그래서 그들은 누가 뭐라고 하지도 않았지만 은연중에 사도혜가 이 사태를 해결해 주기를 원했으며, 그녀의 명령이라면 기꺼이 따르리라 다짐하고 있었다.

사도혜는 차분하게 다시 입을 열었다.

"한 가지를 분명하게 해둘 게 있어요. 마총신군과 천사패도단이 서로 싸우게 해서 얻는 어부지리는 불가해요."

중인들은 사도혜의 탁월함을 알기 전에는 무언중에 그런 중론(衆論)을 품고 있었다.

그런데 사도혜의 말은 그런 중론을 여지없이 박살 내버렸다.

또한 중인은 그녀의 말이 동의를 얻자는 것이 아니라 선포라는 사실을 깨달았다.

하지만 아무도 그녀의 선포에 이의를 제기하지 않았다.

"그렇게 하겠소."

은기상이 중인을 대표하여 진지하게 대답했다.

"또한 우리 모두는 천부인의 명령에 무조건 복종하겠소이다."

중인들은 침묵으로 동의했다.

"현재 누가 마총신군과 천사패도단을 감시하고 있나요?"

"본 방의 만집당과 청성파 제자들입니다."

죽장신개가 벌떡 일어나며 대답했다.

"감시의 정도는요?"

"정확도는 떨어집니다. 짐작하시겠지만, 그들의 영향권 안으로는 잠입할 수 없기 때문입니다."

"잠입시키세요."

"……."

사도혜의 느닷없는 요구에 죽장신개는 할 말을 잃었다.

그뿐 아니라 모두 놀라서 사도혜를 쳐다보았다.

사도혜는 꿈쩍도 하지 않은 채 말을 이었다.

"지금 우리가 아무리 빨리 달려간다고 해도 늦어요. 그러니 그곳에 있는 우리 편을 최대한 이용해야만 해요."

죽장신개는 반사적으로 은기상을 쳐다보았다.

은기상은 자르듯이 말했다.

"노부를 쳐다보지 말게. 천부인의 명령은 곧 정협의 명령일세."

그는 사도혜에게 전폭적인 힘을 실어주었다.

"하명하십시오."

죽장신개는 사도혜에게 깊숙이 허리를 굽혔다.

"척후는 모두 몇 명이지요?"

"이백 명입니다."

"그중에서 가장 고강한 사람 아홉 명을 뽑아 삼 인 일조(一組) 세 개의 조를 만드세요."

그녀는 마치 며칠 밤을 지새워 작전을 세우고 말을 연습한 것처럼 일사천리로 지시를 했다.

"편의상 세 무리로 나누어진 천사패도단 중에서 마총신군을 왼편에서 앞지르고 있는 무리를 제일, 오른편에서 앞지르는 무리를 제이, 마총신 군 후미를 뒤따르는 무리를 제삼패도단(覇道團)이라고 부르겠어요."

죽장신개는 물론 중인 모두는 사도혜의 막힘없는 명령 속으로 소용돌이를 일으키며 빨려들고 있었다.

"척후의 제일조는 제일패도단에, 제이조는 제이패도단에 잠입시키고, 제삼조는 그 모두를 앞질러 가게 하세요."

"앞지르라는 말씀은……."

"마총신군의 선두 무리가 진행하고 있는 방향을 최소한 백여 리 정도 앞질러 가게 하세요. 그들은 현재 한 시진에 십여 리의 속도로 이동하기 때문에 어렵지 않을 거예요."

"그 다음에는 어떻게 합니까?"

"백여 리를 앞질러 간 지점에서부터 마총신군 선두 쪽을 향해 거슬러 올라오면서 정확하게 오 리마다 한 그루 나무에 노부(路符)를 새기라고 하세요."

"노부라고 하셨습니까?"

사도혜는 지필묵을 가져오게 하여 그 자리에서 다섯 개의 노부를 그려 주었다.

그것은 사도천이 만든 것으로서 사도혜가 다시 연운정과 광무 등에게 가르쳐 주었었다.

그 다섯 개의 노부를 이으면 어떤 내용이 되는데, 연운정이 그것을 발견한다면 사도혜의 계획을 알게 될 것이다.

"아무 나무에나 새기면 되는 것입니까? 만약 마총신군이나 천사패도 단이 본다면……."

"방주. 이 노부는 내가 만든 것이라서 나와 천부인, 정협 외에는 아무도 모르오."

죽장신개가 사도혜로부터 노부가 적인 종이를 받아 들고 물으려고 하자 사도천이 대신 대답했다.

"제가 아는 바로는, 대가께서 스스로 모습을 나타내기 전에는 마총신군도, 천사패도단도 결코 대가를 찾지 못할 거예요."

사도혜가 강한 믿음을 갖고 말했다.

"그렇다면 정협께선 마총신군 포위망 밖에 계시다는 겁니까?"

"그렇지는 않을 거예요. 다만 포위망 안쪽이되 선두의 무리하고는 일정한 거리를 유지하고 계실 거예요."

죽장신개가 난색을 표했다.

"하지만 천부인, 말이 쉽지 천사패도단 속으로 잠입하는 것은 너무 위험합니다. 척후가 해낼지 모르겠습니다."

"가능해요."

죽장신개의 작은 항의를 사도혜는 그대로 일축했다.

이쪽의 척후를 침투시키자면 천사패도단 고수를 죽인 후 수하로 변장하는 방법밖에 없다.

죽장신개는 사도혜가 그것을 요구하고 있음을 알아차렸다.

그는 생각에 잠겼다.

산중이니만큼 지세가 험할 것이고, 제일, 이패도단은 마총신군을 앞지르기 위해서 빠르게 달릴 것이기 때문에 벌판에서처럼 질서정연하게 이동하지 못할 것이다.

울창한 숲과 암석군, 수많은 계류들, 더구나 구련산은 다른 산들과는 달리 산세가 험하고 굴곡이 심하다. 그런 곳을 이동하자면 어쩔 수 없이 대열이 흐트러질 수밖에 없다.

무리에서 벗어나 혼자가 된 자를 암습하여 죽이는 일은 그리 어렵지 않을 것이다.

죽장신개는 사도혜가 거기까지 계산했다는 것을 깨닫고 적잖이 놀랐다.

"가능합니다. 즉시 명령을 전하겠습니다."

그는 힘주어 대답을 하곤 쏜살같이 문을 향해 달려갔다.

"기다려요!"

사도혜가 급히 죽장신개를 불러 세웠다.

"지금 중요한 것은 천사패도단의 출동 목적이에요. 즉, 대가와 함께 있는 사람이 누군가 하는 것이지요. 그것을 알아내는 즉시 척후 일조와 이조는 철수하라고 하세요."

"알겠습니다."

"척후 삼조 역시 나무에 노부를 새기는 즉시 철수하도록 하세요."

죽장신개가 번개같이 달려나가자 도림설이 사도혜에게 조심스럽게 물었다.

"천부인, 우린 뭘 하면 되겠소?"

사도혜는 준비하고 있었던 것처럼 즉시 대답했다.

"본 맹에서 가장 강하고 빠른 분 삼백 명만 선발하세요."

은기상이 고개를 끄덕였다.

"삼백 명을 각 백 명씩 삼 개 조로 나누는 것이겠구려?"

사도혜는 보일 듯 말 듯한 미소를 지어 보였다.

"맞아요, 대사숙."

연운정이 위험에 처한 상황이 아니었다면 사도혜는 특유의 아름다운 미소를 지어 보였을 것이다.

"각 조의 선두는 세 분 사숙님과 여기에 계신 분들께서 맡아주셨으면 해요."

"맡겨주시오."

정삼제를 비롯한 중인의 얼굴에서 결의가 빛났다.

"만약을 대비하여 본 맹의 전체 군웅을 여덟 개의 대(隊)로 편성하고, 마총신군과 천사패도단이 운집해 있는 둘레 팔방(八方)에 포진시키세요. 정확한 위치는 척후 일, 이조의 보고가 도착한 직후에 알려 드리겠어요."

은기상이 조심스럽게 사도혜에게 물었다.

"천부인께선 혹시 정협과 함께 있는 인물이 누군지 짐작하고 계시지 않소?"

사도혜는 침묵함으로써 그 물음을 인정했다.

중인들의 얼굴에 큰 놀라움이 떠올랐다.

가만히 앉아서 천 리를 본다[坐見千里]는 사람이 있어도 놀랄 일인데, 사도혜는 앉아서 구천 리를 내다보고 있는 것 같았다.

"누구라고 짐작하시오?"

은기상이 조금 전보다 더 조심스럽게 묻는데, 중인들은 극도로 긴장하여 사도혜의 입만 주시하고 있었다.

"아마 천사련주일 거예요."

중인들은 대경실색했다.

웬만해서는 표정의 변화가 별로 없는 은기상과 벽파검마저도 이때만큼은 크게 놀라워했다.

정협이 어떤 연유로 천사련주와 함께 있는 것인지, 그것을 또 사도혜가 어떻게 아는 것인지 중인으로서는 짐작도 못할 일이었다. 하지만 정협이 천사련주와 함께 있을지도 모른다는 사실은 대경실색할 일이었다.

연운정은 천사련주가 사부를 배반한 냉후일지 모른다는 사실을 사도혜에게 조심스럽게 말해주었고, 사도혜 역시 그렇게 짐작하고 있었노라고 대답한 적이 있었다.

사도혜에 대한 정삼제와 중인들의 감탄과 칭송은 극에 달했다.

비록 입을 여는 사람은 없었지만, 사도혜를 주시하는 그들의 얼굴에는 진심 어린 존경과 흠모가 가득했다.

이윽고 사도혜의 조용한 음성이 나직이 실내를 울렸다.

"삼십 년 전에 그랬듯이, 우리는 이번에도 천하 무림을 지켜낼 거예요. 저는 여러분을 믿습니다."

그녀의 말 한마디 한마디는 중인의 심장에 꽂혔다가 뜨겁게 핏속으로 섞여들었다.

정삼제를 비롯한 모든 사람이 일어나 사도혜를 향해 일제히 포권을 하며 우렁차게 외쳤다.

"명을 받듭니다!"

"아! 그런 일이……."

사도혜는 아연실색하여 말을 잇지 못했다.

그녀는 방금 은기상에게 연운정의 부친 연충조에 대해서 간략하게 설명을 들었다.

그녀는 연충조가 이 년 반 전 자신들이 지하 동굴 속으로 추락하기 전부터 지금껏 이곳을 떠나지 않은 채 아들을 찾으려고 애를 태웠을 것을 짐작하고는 가슴이 아려왔다.

그녀는 또한 그 당시에 자신과 연운정이 비살루 살수들과 살신에게 공격과 추적을 당하고 있을 때 전음입밀로 도움을 준 사람이 연충조였다는 사실을 지금에야 깨달았다.

전각 앞 돌계단 위에는 사도혜와 정삼제, 그리고 사도천 네 사람이 서 있었다.

균천협맹은 벌집을 건드린 것처럼 분주했다. 넓은 마당을 가로질러 많은 고수들이 오가는 광경이 보였다.

"부친도 개방일척도 아직까지 돌아오지 않는 것은 필경 변고가 생겼기 때문일 것이오."

누구나 다 짐작할 수 있는 것을 은기상이 다시 한 번 확인시켜 주었다.

"그 지역으로 본 맹의 고수들을 보냈으니 조만간 무슨 소식을 가지고 올 것이오."

사도혜는 너무도 큰 충격을 받아서 슬픔에 빠져 아무 말도 할 수가 없었다.

그녀는 연운정이 자신의 부친을 얼마나 존경하고 사랑하는지 너무도 잘 알고 있었다.

그렇기 때문에 만약 연충조에게 무슨 일이 생겼다면 연운정이 받을 충격은 상상하는 것 이상일 것이다.

사도혜는 연충조를 한 번도 본 적이 없다. 그런데도 이처럼 가슴이 무너지건만, 연운정은 오죽하겠는가.

자신의 슬픔에 연운정의 슬픔이 더해져서 사도혜는 깊이를 알 수 없는 나락으로 떨어지는 듯했다.

"혜아, 할아버지가 그곳에 한번 가보마."

사도천이 사도혜의 등을 토닥였다. 사석에서까지 사도혜를 천부인으로 받들 필요는 없었다.

"부탁해요, 할아버지."

사도천은 손녀의 눈에서 간절함을 읽었다.

❖ 第五十九章 ❖
진정한 사랑

第 五十九 章

"도대체 진법을 몇 개나 펼쳐 둔 것인가?"

보름달이 휘영청 떠 있어서 꽤나 밝은 밤이었다.

귀령마인은 다섯 개째의 무무창허진을 앞에 두고 오만상을 쓰며 투덜거렸다.

그는 이곳까지 오면서 이미 네 개의 무무창허진을 파진했다. 그런데 또 하나를 찾아낸 것이다.

더구나 이것까지 다섯 개의 진법이 이름만 무무창허진으로 같을 뿐이지 사실상 진법의 구조는 제각기 달랐다.

갈수록 어려워져서 애를 먹이며 파진하는 속도를 늦추더니, 이번 진법은 아예 골머리를 싸매게 했다.

최초의 무무창허진을 파진할 때에는 신군주 마승이 자신의 그림자인 구마영과 오절마인 중에 사절마인을 거느린 채 귀령마인 뒤에 서서 파진을 기다렸었다.

그 진법을 마총신군의 최정예고수들이 겹겹이 에워싼 것은 두말할 필요도 없었다.

마승은 곧 모습이 드러나게 될 정협과 소련주를 상대할 만반의 준비를 갖추었다.

그런데 예상 밖으로 최초의 진은 텅 비어 있었다.

그 다음 진도, 또 그 다음 진도 비어 있기는 마찬가지였다.

두 번째 진까지는 그래도 인내심을 갖고 묵묵히 지켜봐 주던 마승도 짜증이 났는지 세 번째 진 때에는 물러갔고, 삼엄하던 포위망도 느슨해졌다.

그러더니 네 번째 진 때에는 전혀 다른 곳에 정협이 출현했다는 보고를 접하자 최정예고수들마저도 그쪽으로 불려갔다.

그것이 한 시진 전의 일이었다.

귀령마인은 기운이 죄다 빠진 상태였다. 처음의 진을 파진하는 데에는 반 시진이 걸렸다.

그런데 두 번째 진은 한 시진, 세 번째는 한 시진 반, 네 번째는 두 시진, 그리고 지금 이 진은 또 얼마나 더 걸릴지 짐작조차 할 수 없었다.

하지만 귀령마인이 기운이 빠진 이유는 그것 때문이 아니었다.

큰 기대를 갖고 지켜봐 주던 신군주 마승이 이 자리에 없기 때문이었다.

마승이 있을 때에는 귀령마인도 신이 났었다. 곧 파진이 되고 정협과 소련주의 모습이 드러나서 마승이 그들을 제압하면 그것이 자신의 공이 될 것이라고 여겨 힘든 줄도 모르고 파진에 전력을 기울였었다.

그러나 지금은 마승은 물론, 구마영도, 사절마인도, 최정예고수들도 없었다.

그저 마총신군 정예고수 삼십여 명이 무무창허진이 펼쳐져 있는 반경 십여 리 일대를 포위하고 있는 정도였다.

만약 지금 같은 상황에서 정협과 소련주가 모습을 드러낸다면 귀령마인이나 정예고수들은 호랑이 앞에 놓인 여우 신세가 되고 말 것이다.

하지만 그럴 가능성은 거의 없었다. 정협은 이미 다른 곳에 나타났다고 했다.

그리고 그 이전에 이미 마승은 여러 개의 진을 설치해 둔 것이 자신을 현혹하기 위한 정협의 술책이었을 것이라는 쪽으로 생각을 정리했었다.

그리고 지금에 와서는 파진하고 있는 귀령마인 자신마저도 이 진 속에 정협과 소련주가 있을 것이라고는 눈곱만큼도 예상하지 않고 있었다.

그는 점점 복잡해지다가 이제는 골머리를 싸맬 지경이 돼버린 무무창허진의 오묘하고 난해함 때문에, 그리고 밀려드는 허탈감 때문에 파진하던 도중에 그냥 나무 그루터기에 주저앉아 한숨을 푹푹 내쉬고 있는 중이었다.

소상은 전면의 멀지 않은 곳에 있는 한 명의 회포노인을 보면서 은근히 짜증이 났다.

곧 돌아오겠다면서 진 밖으로 나간 연운정이 아직도 돌아오지 않고 있었다.

그게 벌써 세 시진 전의 일이었다.

그런 데다, 마총신군의 고수로 보이는 회포노인 한 명이 그녀의 몇 장 앞에서 끙끙거리면서 파진하고 있는 광경을 지켜보고 있어야 하는 그녀의 심정이 오죽하겠는가.

연운정은 소상더러 앞뒤 두 개의 바위 사이의 반경 일 장가량의 좁은 공간을 벗어나서는 안 된다고 말했었다.

그래서 그녀는 그곳에 꼼짝없이 갇힌 상태에서 진이 깨지고 있는 광경을 지켜보고 있을 수밖에 없었다.

여기에서는 파진하고 있는 회포노인이나 진을 포위하고 있는 마도고수들의 모습이 훤히 보이고, 그들 눈에는 이곳의 모습이 절대 보이지 않는다는 말을 연운정에게 듣기는 했었다.

그렇지만 불과 몇 장 앞에서 파진하느라 꾸물대고 있는 작자나 진 주위에서 어슬렁거리고 있는 마도고수들을 보고 있어야 하는 기분이란 썩 좋은 것이 아니었다.

만약 진이 깨져서 자신의 모습이 드러난다고 해도 두려워할 소상이 아니었다.

그녀는 냉후의 제자로 발탁된 이후 여러 가지를 잃었는데, 그중 하나가 두려움이었다.

설혹 파진된 상태에서 신군주 마승이 이 자리에 있다고 해도 외눈 하나 깜짝하지 않을 그녀였다.

지금 그녀를 괴롭히고 있는 것은 아무것도 하지 않는 데에서 오는 짜증스러움이었다.

그리고 무슨 일인지 세 시진이 지나도록 돌아오지 않는 연운정 때문이었다.

그녀는 비록 연운정과 오랜 시간을 함께 있지 않았지만 그와 여러 상황을 겪었다.

그것만으로는 연운정이라는 한 사람을 아는 데에는 부족하지만 한 가지만은 확신할 수 있었다.

그에 대한 믿음이 그것이었다.

한 번 믿으면 끝까지, 목에 칼이 들어와도 믿는 것이 소상의 성격이었다.

지금 그녀는 연운정이 돌아올 것을 믿고는 있지만, 너무 늦는 것에 짜증이 나는 것이었다.

그리고 숨길 수 없는 약간의 걱정이 있었다.

자신과 연운정은 결국 마지막에 가서는 목숨을 걸고 싸우게 되지 않을까 하는 걱정이었다.

파진을 하던 회포노인, 즉 귀령마인이 긴 한숨을 토해내며 나무 그루터기에 주저앉은 것은 바로 그때였다.

소상도 서성거리던 것을 멈추고 낮은 돌 위에 앉았다.

"좀 늦었지?"

그때 소상은 자신의 바로 옆에서 들려오는 나직한 음성에 흠칫 놀라 쳐다보았다.

언제 왔는지 연운정이 그녀 옆 돌 위에 걸터앉고 있었다.

그 즈음 소상은 자신과 연운정이 같은 칠천절학을 익혔지만, 그가 자신보다 성취가 높다는 사실을 어느덧 인정하고 있었다.

그녀는 아홉 살 때 냉후에게 발견되어 그의 제자가 되어 칠천절학을 배웠다. 그러므로 지금까지 십사 년 동안 칠천절학을 배운 셈이었다.

그런데도 그녀는 연운정을 만나 두 차례 손속을 나눈 결과 두 번 다 졌었다.

검법이면 검법, 강기면 강기, 연운정은 그녀보다 뛰어났었다.

그런데 그는 방금 그녀가 전혀 감지하지 못하는 사이에 곁에 나타난 것이다.

그것은 경공술인 천풍비영 역시 연운정이 그녀보다 뛰어나다는 뜻이었다.

그는 일대 정협과 사부 냉후의 관계를 설명하면서 자신이 열두 살 때 정협의 제자가 됐다고 말했다.

지금 그가 몇 살인지 모르지만, 소상은 그가 자신보다 나이가 많지는 않을 것이라고 생각했다.

그렇다면 칠천절학을 수련한 햇수로 쳐도 소상이 더 오랜데 오히려 그보다 더 뒤처져 있는 것이었다.

소상은 누구보다도 자존심이 강한 사람이었다. 그래서 그 사실을 인정하면서도 뼈를 깎는 것처럼 자존심이 상하는 것을 어쩌지 못하고 있었다.

"어때?"

소상은 내심을 추스르며 조용히 물었다.

"이곳에서 동쪽으로 오십여 리 떨어진 지점에서 한바탕 소동을 벌인 후에 북상하는 것처럼 보이다가 왔어."

"그리고?"

연운정의 표정이 진지해졌다.

"마총신군 고수 한 명을 은밀하게 제압해서 심문하여 두 가지 사실을 알아냈어."

"말해봐."

"마총신군의 신군주가 이곳에 와 있다는 거야."

"그놈이?"

소상의 눈에 소름 끼치는 안광이 번뜩였다.

"그리고 현재 이곳 백여 리 일대에 마총신군 오만여 고수가 총동원된 상태야."

소상은 조금도 놀라지 않았다. 아니, 오히려 입가에 흐릿한 미소를 떠올렸다.

"잘됐어."

연운정은 의아한 표정을 지었다.

"뭐가?"

"구련산에는 마총신군만 있는 게 아냐."

소상이 싸늘한 미소를 머금으며 중얼거리자 연운정은 불길한 느낌이 들었다.

"마총신군 오만 명이 내 수하들 눈에 띄지 않고 움직인다는 것은 불가능한 일이야. 그러니 지금쯤 내 수하들도 총출동해서 마총신군을 견제하는 한편 나를 찾고 있겠지."

그 정도는 짐작하고 있었던 연운정이다.

그래서 마도고수를 심문할 때 그 점에 대해서도 캐물었으나 그자는 안쪽 포위망, 즉 제일 포위망에 배치되었기 때문에 포위망 바깥, 그러니까 제삼 포위망 외곽의 사정에 대해서는 전혀 모르고 있는 것이 당연했다.

"혹시 천사련 총련주도 이곳에 와 있어?"

연운정은 긴장과 흥분을 억제하며 조용히 물었다.

"아냐. 나만 왔어. 천사패도단은 내 소관이야. 사부님께선 총련의 전 수하, 즉 총사군단(總邪軍團)을 지휘하시지."

'총사군단.'

그 말을 듣는 순간 갑자기 연운정의 가슴이 답답해졌다.

"이곳의 일이 여의치 않으면 사부님께서 직접 총사군단을 이끌고 오시겠지만, 아마도 그런 일은 없을 거야. 여긴 나하고 천사패도단만으로도 충분히 제압할 수 있으니까."

"총사군단은 얼마나 되지?"

연운정이 무거운 표정으로 묻자 소상은 그를 힐끗 쳐다보고 나서 아직도 나무 그루터기에 앉아 있는 귀령마인에게 시선을 던지며 대수롭지 않게 대답했다.

"본단(本團) 오만에 외단(外團) 이십만이야."

“……..”

본단은 천사련 총련 휘하이고, 외단은 사검비살이 말했던 천사련 휘하 천사구번(天邪九幡) 수천 개 조(組), 즉 사도방파에서 선발된 고수들일 것이다.

총사군단 이십만.

그것은 일국(一國)의 군사력과 맞먹는 숫자였다. 아니, 군사와 고수를 비교할 수는 없다.

그러므로 총사군단은 몇 개의 나라를 능가하는 세력을 보유하고 있는 셈이었다.

연운정은 놀라움과 답답한 마음으로 소상을 쳐다보았다.

그녀는 귀령마인에게 시선을 고정시킨 채였다.

귀령마인은 이윽고 몸을 일으키더니 다시 주위를 둘러보면서 파진을 재개했다.

그가 파진을 마치려면 앞으로 최소한 반 시진 이상이 걸릴 것이라고 연운정은 예상했다.

소상은 극비라고도 할 수 있는 내용을 연운정에게 서슴없이 말하고 있었다.

두 사람은 실로 기묘한 관계였다.

서로 적대 관계면서도 적이라고 여기지 않았으며, 어떤 면으로는 사숙질(師叔姪) 간이라고 할 수 있으면서도 조금도 사숙과 사질 같지 않았다.

또한 남녀 간의 묘한 감정의 기류가 흐르는 듯하면서도 따지고 들자면 딱히 그런 것도 아니었다.

그러면서도 서로 비밀을 공유하고, 함께 행동하면서 마치 오랜 친구처럼 굴었다.

"후후. 마총신군은 천사패도단의 적수가 못 돼. 숫자로도 이만이나 적지만, 전력 면으로 치자면 턱도 없지."

마총신군이 천사패도단보다 이만이 적다면, 천사패도단은 무려 칠만 명이라는 얘기다.

소상은 아주 느긋해져서 미소를 지으며 연운정의 어깨를 가볍게 두드리며 위로해 주는 여유까지 보였다.

"후후. 걱정하지 말고 조금만 더 기다리자. 머지않아서 천사패도단이 마총신군을 전멸시킨 후에 나를 모시러 올 테니까."

그것은 연운정이 염려하고 있는 최악의 상황이었다.

칠만 명과 오만 명이 생사대전(生死大戰)을 벌인다면, 어느 쪽이 승리하는지는 차치하고서라도 아무리 적게 잡아도 절반 이상은 죽음을 당할 것이다.

절반이면 자그마치 육만 명이다.

드넓은 벌판에 육만 명을 운집시키면 그 끝이 보이지 않을 만큼 많은 사람이고 인명이었다.

또한 그들을 오매불망 기다리고 있을 가족들까지 친다면 그 수는 수십만으로 불어날 것이다.

남편과 자식과 형제와 어버이의 시체를 산중에 방치해 둔 가족의 삶이란 살아 있어도 산 것이 아니다.

그러므로 이 한 번의 싸움에서 육만 명이 육신의 생명이 끊어질 것이고 최소한 수십만 명이 영혼의 목숨을 잃게 될 것이다.

하지만 연운정의 염려는 그것이 끝이 아니었다.

천사패도단과 마총신군의 대대적인 움직임은 당연히 균천협맹에도 포착될 것이다.

굳이 확인해 보지 않아도 균천협맹은 수적으로나 전력 면에서 천사패도단과 마총신군에 크게 열세일 것이 분명하다.

이제나저제나 두 사마(邪魔) 세력의 눈치만 보고 있을 균천협맹이 이 절호의 기회를 놓칠 리가 없었다.

균천협맹에는 사도혜가 있고 또 경륜과 덕망이 높은 정삼제가 있지만, 형편없이 열세에 처한 전력으로 천사련과 마종을 동시에 괴멸시킬 수도 있을 기회를 저버리지는 않을 것이다.

만약 천사련이나 마종이 득세하여 천하를 지배하게 된다면, 구련산에 있는 모든 사람들이 전멸하는 것과는 비교도 할 수 없는 대재앙이 벌어질 테니까 말이다.

천사패도단과 마총신군은 쌍방 간에 사력을 다해서 싸울 것이다.

그래서 최후에 어느 한쪽이 남게 된다고 해도 그들은 최후의 승자가 될 수는 없다.

왜냐하면 남은 쪽은 균천협맹의 맹공격을 받게 될 것이기 때문이다.

거기에서 이겨야지만 최후의 승자라고 할 수 있다.

하지만 그렇게 되기까지는 얼마나 많은 생명들이 이 산중에 주검으로 묻혀야 한다는 말인가?

'그게 아니다……!'

문득 연운정은 한 가지 사실에 생각이 미치자 온몸에 소름이 쫙 끼쳤다.

'아직도 천사련과 마종의 몸통은 모습을 드러내지 않았다……!'

천사련 총련주와 마종.

소상은 자신의 사부 냉후가 거느리는 총사군단 이십오만 명이 있다고 말했다.

천사련이 그 정도라면 마종이라고 다르지는 않을 것이다.

규모의 차이는 있겠지만, 마종 역시 마총신군이 전부는 아닐 것이라는 게 연운정의 짐작이었다.

다시 정리하자면, 이곳 구련산에서 천사패도단과 마총신군이 격돌을 벌인다.

대기하고 있던 균천협맹이 그 싸움에서의 승자를 공격, 다시 싸움이 벌어지게 된다.

그러나 이 싸움에서 반드시 균천협맹이 승리한다고 장담할 수는 없었다.

최초 싸움에서의 승자가 어느 쪽이 됐든 생존자의 수가 이, 삼만 명 이상은 될 것이기 때문이다.

한 번의 싸움에서 지쳤다고는 해도 이, 삼만이라는 수는 결코 만만히 볼 상대가 아닌 것이다.

그 상황에서 이십오만에 달하는 천사련 총사군단과 짐작조차 할 수 없는 마종의 본세력이 등장한다.

연운정은 더 이상 생각하는 것을 그만두었다.

생각의 끝에는 파국(破局)이 도사리고 있을 것이다.

'무슨 일이 있어도 막아야 한다!'

그는 주먹을 움켜쥐며 각오를 새로이 했다.

"상매."

연운정이 조용히 부르자 소상은 비로소 귀령마인에게서 시선을 거두어 그를 바라보았다.

"나는 상매와 싸우고 싶지 않아."

연운정이 뜬금없이 불쑥 말했지만 소상은 그의 말뜻을 곧 깨달았다.

그녀도 내내 연운정과 같은 생각을 하고 있었다는 뜻이다.

그녀 역시 연운정과 싸우고 싶지 않았다.

그가 자신보다 조금 강하기 때문이 아니었다. 왜 그런지 이유는 그녀도 알 수 없었다.

하지만 그것은 '될 수 있으면' 이지 '절대' 는 아니었다. 싸울 수밖에 없는 상황이 된다면, 그녀는 싸울 것이다.

"나도 그래."

아까보다 진을 조금 더 깨뜨렸는지 귀령마인은 이 장 전면까지 다가와 있었다.

하지만 그는 두 사람의 대화를 듣지 못했다. 무무창허진은 모습뿐만 아니라 소리까지도 차단시켰다.

연운정이 짐작해 볼 때 귀령마인은 일각 안에 파진할 수 있을 것 같았다.

"천사련의 목적은 무림을 제패하는 것인가?"

연운정이 소상을 직시하며 조용히 물었다.

"그래."

소상은 '내가 왜 이 녀석의 물음에 꼬박꼬박 대답하고 있는 것이지?' 라는 의문조차 품지 않고 대답했다.

"그것은 물론 총련주의 야망이겠지. 그렇다면 상매의 야망도 같은 거야?"

"나는……."

소상은 잠시 생각하다가 대답했다.

"사부님께서 원하시는 것이 내가 원하는 거야."

고로, 자신은 무림제패를 원하지 않는데 사부가 원하기 때문에 무조건 따른다는 뜻이었다.

"총련주와는 별개로, ???가 원하는 것은 뭐지?"

소상은 아무 말도 하지 않았다.

얼마 전까지만 해도 그녀는 원하는 것이 없었다. 그래서 사부의 야망을 자신도 맹종했었다.

그런데 지금은 그녀의 가슴 깊은 곳에서 무언가 작은 것이 싹을 틔우고 있었다.

그것은 무림제패 같은 거대한 야망 따위가 아니었다.

그저 작은 소망이라고 할 수 있었다.

그녀는 싸움도, 살인도 없는 작고 평화로운 시골 마을에서 살고 싶다는 꿈이 생겼다.

부모는 없지만, 자신을 받아주는 사람이 있다면 그를 부모나 형제처럼 모시면서 살고 싶었다.

그 사람이 작고 평범하지만 그림처럼 예쁜 객잔 같은 것을 운영하고 있다면 한결 좋을 것이다.

주위에 밭이 있고, 멀지 않은 곳에 바다가 있어서 가끔은 백사장을 거닐기도 하고 고기잡이도 할 수 있다면 금상첨화겠지.

그리고…….

그곳에서 한 남자의 평범한 아내가 되어 살 수만 있다면, 단 하루를 살아도 좋으리라.

그 남자는 당연히 연운정이어야만 할 것이다.

'내…… 내가 무슨 생각을!?'

소상은 상상의 끝에 도달했다가 너무도 터무니없는 결론에 화들짝 놀라고 말았다.

연운정이 '상매가 원하는 것은 뭐지' 라고 묻는 바람에 '과연 내가 원하는 것은 뭘까?' 하고 생각하다가 자신도 모르게 그런 상상을 하게 된 것이었다.

"난 소원 같은 거 없어!"

소상은 자신이 상상했던 것을, 아니면 얼굴이 빨개진 것을 들키기라도 할까 봐 일부러 큰 소리로 냉랭하게 대답했다.

"부탁이 있어."

"말해봐."

연운정의 말에 그녀는 짐짓 방금 전보다 더 차갑게 내뱉었다.

연운정은 의아한 얼굴로 그녀의 표정을 살피다가 말했다.

"상매가 천사패도단을 철수시켰으면 좋겠어."

"……."

소상은 놀란 것 같기도 하고 어이없는 것 같기도 한 표정으로 연운정을 쳐다보았다.

"이것은 무의미한 싸움이야."

"훗! 쓸데없는 소리 그만 해."

연운정은 귀령마인을 힐끗 쳐다본 후에 호흡을 가다듬고 다시 진지하게 말했다.

"상매가 냉후에게 전해줘. 죄없는 사람들 앞세우지 말고 나하고 단둘이 결판을 내자고."

다른 사람이 사부의 이름을 함부로 불렀다면 소상은 그 사람의 삼족을 멸하려 들었을 것이다.

그러나 사정을 알게 된 지금은, 오히려 연운정이 사부의 욕을 하지 않음을 다행으로 여겼다.

만약 그녀가 연운정의 입장이었다면, 배신자의 제자인 자신을 갈가리 찢어 죽이려 할 것이다.

"어림없는 소리야."

"곧 진이 깨질 거야. 그럼 내가 상매를 포위망 밖으로 무사히 보내줄 테니 꼭 내 말을 냉후에게 전해줘. 그리고 천사패도단을 철수시켜. 알았지?"

소상은 눈을 약간 크게 떴다.

이 포위망이 세 겹에다 백여 리에 걸쳐서 쳐져 있다는 것을 그녀도 잘 알고 있었다.

그런데 연운정이 포위망 밖으로 보내준다고 하자 놀라움보다 어이가 없었다.

하지만 연운정은 오직 사람들을 살리는 일에만 매달렸다.

"잘 생각해 봐. 싸움이 시작되면 이곳 구련산은 무림의 무덤이 되고 말아. 그리고 천하가 통곡하게 될 거야. 상상해 봐. 천하 곳곳에서 수십만의 가족들이 목 놓아 우는 모습을."

"……."

그러자 소상의 눈에는 정말로 구련산을 가득 뒤덮은 수만 구의 시체들이 보이는 듯했다.

또한 그들의 시체 썩는 냄새가 역겹게 풍기는 것 같았고, 어디선가 구슬픈 통곡성이 들려오는 것 같았다.

슥!

갑자기 연운정이 두 손을 뻗어 소상의 양 뺨을 가볍게 잡는 바람에 그녀는 움찔 놀랐다.

소상은 그의 손이 몹시 부드럽고 따스하다고 느꼈다.

연운정은 소상의 큰 눈을 빤히 들여다보며 진지하게 말했다.

"무림을 구하고 천하의 어머니와 자식들을 울지 않게 하는 것은 너에게 달렸어."

소상은 자신이 연운정의 눈 속으로 걷잡을 수 없이 빨려드는 것 같은 착각을 느꼈다.

그의 말 한마디 한마디는 설득력이 있었다. 아니, 내용 자체가 설득력이 있는 것이었다.

그리고 그 말을 듣고 가슴이 짠해지고 있는 소상 역시 선한 성품의 소유자였다.

연운정의 표정과 음성이 한층 엄숙해졌다.

"정협은 나 혼자가 아냐. 무림을 구하려는 사람이면 누구나 정협인 거야. 상매, 부탁이야. 정협이 되어줘."

그의 부탁을 들어줄지 어떨지는 아직 모를 일이었다. 아니, 들어주지 않을 가능성이 더 컸다.

하지만 꼭 한 가지는 확인하고 싶었다.

슥!

소상은 자신의 뺨에서 연운정의 두 손을 떼어내고 이번에는 자신이 그의 양 뺨을 잡았다.

"운정, 내가 묻는 말에 대답해."

연운정은 소상의 손이 몹시 차다고 느꼈다. 그러나 부드러웠다.

"날 좋아해?"

소상은 자신이 남자에게 이런 것을 묻게 될 것이라고는 연운정을 만나기 전에는 꿈에서조차 상상해 본 적이 없었다.

"응."

연운정의 대답은 예상외로 간단했다. 또한 그의 표정으로 미루어 진심이 분명했다.

소상의 얼굴에 미심쩍다는 표정이 떠올랐다.

"날 여자로서 좋아하느냐는 거야."

그녀는 좀 더 구체적으로 물었다.

"사랑하느냐고 묻는 거야?"

"그런 걸 사랑이라고 하나? 좋아. 그렇다면 날 사랑해?"

"아니, 그냥 친구로서 좋아해."

연운정의 대답은 역시 간단명료했다.

소상의 표정이 크게 흔들렸다.

하지만 연운정은 거짓말을 할 수는 없었다. 그것은 사도혜뿐 아니라 소상까지도 모독하는 행위였다.

그는 방금 전에 소상에게 온갖 설득을 동원하면서 무림의 사활이 걸린 부탁을 했었다.

어쩌면 이 대답 여하에 따라 소상의 결정이 바뀔는지도 모른다.

아니, 당연히 그럴 것이다.

그래도 그는 거짓말을 할 수는 없었다.

"어째서지?"

"내겐 아내가 있어. 정말로 사랑하는……."

"천봉화용인가 그 여자야?"

"응."

소상도 정협에 대한 소문은 익히 듣고 있었다.

그녀의 얼굴이 먹구름처럼 어두워졌다. 연운정의 뺨을 놓은 그녀의 손이 힘없이 아래로 처졌다.

그때 소상은 귀령마인이 이쪽을 보면서 석상처럼 굳은 채 크게 놀라는 모습을 발견했다.

대화를 하는 사이에 어느새 진이 깨지고 연운정과 소상의 모습이 드러나 버린 것이었다.

귀령마인이 서둘러 품속에서 은빛의 작은 호각을 꺼내 막 입으로 가져가는 것이 보였다.

연운정과 소상이 두 개의 큰 바위 사이에 있었기 때문에 파진이 됐어도 포위망을 형성하고 있는 마도고수들 눈에는 아직 발견되지 않은 것 같았다.

창!

순간 소상이 귀령마인을 향해 빛처럼 쏘아간 것과 발검은 동시에 이루어졌다.

팍!

미약한 음향과 함께 귀령마인의 몸이 세로로 쪼개졌다.

소상은 방금 연운정에게 받은 충격을 귀령마인에게 풀었다.

하지만 귀령마인의 몸뚱이가 세로 절반으로 쪼개져서 쓰러지는 것을 보면서도 마음이 백 분의 일도 풀리지 않았다.

"검을 줘."

그때 어느새 곁에 다가온 연운정이 소상에게 손을 내밀었다.

소상은 망설임없이 자신의 혈검을 연운정에게 주었다. 사부가 친히 하사한 검이었다.

바로 그때 포위망을 형성하고 있던 삼십여 명의 마도고수가 두 사람의 모습을 발견했다.

후우우!

연운정은 빠르게 공력을 극한으로 끌어올렸다.

그의 전신에서 찬란한 금광이 눈부시게 뿜어졌다.

연운정이 뜨거운 눈빛으로 소상을 쳐다보았다.

"명심해. 너는 정협이야. 무림을 구해줘."

그의 음성은 눈빛보다 더 뜨거웠다.

웅웅웅!

그가 허공으로 뻗은 혈검에서 핏빛이 아닌 금광이 이 장 길이로 뿜어져 올랐다.

"이제 어검비행(馭劍飛行)을 전개할 거야. 천룡팔검의 육초식인 천룡종운(天龍從雲)이야."

연운정의 나직한 음성이 소상의 고막을 두드렸다.

소상은 천룡검법이 팔초식까지 있다는 사실을 연운정에게 처음 들었다.

그리고 사부 냉후가 오래전에 사신에게 정협의 전인에게서 천룡팔검법 후반부 비급을 탈취해 오라고 명령했다는 사실을 아울러 깨달았다.

"검이 천룡이 되고, 상매가 구름이 되는 거야."

천룡종운.

천룡이 가는 곳을 구름이 좇는다.

"내가 검을 쏘아 올리는 것과 동시에 상매도 솟구쳐서 검을 잡아. 검이 솟아오르기를 멈추면 방향을 남쪽으로 잡은 후 최대한 몸을 가볍게 하여 바람을 타면 돼."

"운정."

소상은 갑자기 눈앞이 뿌예지고 목이 메었다. 생각지도 않았던 현상이었다.

두 사람의 이별은 너무 빨리, 그리고 준비하지도 않은 상태에서 찾아왔다.

소상은 복잡한 표정으로 연운정을 바라보았지만, 그는 금광에 휩싸여 막 검을 쏘아 올리려 하고 있었다.

연운정도 자신처럼 이별을 슬퍼할까? 하고 잠시 생각하던 소상은 고개를 가로저었다.

삐이익! 삐익!

마도고수들은 오류 장 근처까지 접근했지만 감히 공격하지 못하고 요란하게 호각을 불어 신호를 하거나 허둥지둥 갈피를 잡지 못하고 있었다.

그들은 연운정과 소상을 발견한 즉시 두 사람이 정협과 천사련 소련주라는 사실을 간파했다.

하지만 그들이 목숨을 여벌로 서너 개쯤 더 갖고 있지 않다면, 삼십여 명의 적은 숫자로 감히 정협과 천사련 소련주에게 덤벼들지 못할 것이다.

그들은 정협이 허공으로 비스듬히 검을 뻗고 있으며, 소련주는 안타까운 표정으로 서 있는 것을 뻔히 보면서도 무얼 하는 것인지 짐작조차 하지 못했다.

"기회는 한 번뿐이야! 간다!"

연운정이 짧고 강하게 외쳤다.

소상은 연운정이 이번 초식에 엄청난 공력을 쏟고 있다는 것을 알아차렸다.

공력을 회복하려면 시간이 흘러야 할 것이고, 더 빨리 회복하려면 운공을 해야만 할 것이다.

그러나 소상이 떠나고 나면 이곳은 지옥을 방불케 하는 전쟁터로 변하고 말 것이다.

혼자 남게 될 연운정에 대한 걱정이 앞섰지만 지금으로서는 어쩔 도리가 없었다.

쉬이익!

순간 연운정의 손을 떠난 혈검이 눈부신 금광을 뿌리면서 빛처럼 쏘아 올랐다.

그것과 거의 동시에 소상은 힘껏 솟구쳐 올라 아슬아슬하게 혈검의 손잡이를 잡았다.

그리고는 반사적으로 연운정을 내려다보았다.

그는 부드럽게 미소를 짓고 있었다. 미소 짓는 모습이 빠르게 멀어져 갔다.

헤어지면 남일 수밖에 없는 사람인데도, 소상은 어쩌면 이것이 영원한 이별일지도 모른다는 불길함이 엄습했다.

소상은 눈 깜짝할 사이에 지상에서 삼십여 장이나 높게 솟구쳐 올랐다.

그녀는 그저 몸을 가볍게 했을 뿐인데 검이 그녀를 하늘 높은 곳으로 이끌고 있었다.

한 번도 올라보지 못한 높이며, 자신의 힘만으로는 오를 수 없는 높이였다.

그녀가 아래를 보며 안력을 돋우자 연운정은 그때까지도 미소를 지은 채 그녀를 바라보고 있었다.

순간 그녀는 갑자기 가슴이 미어지는 듯하고 눈물이 왈칵 솟구쳐 올랐다.

그녀는 더 높이 떠올랐지만 그에게서 시선을 떼지 않았다.

연운정의 모습이 개미처럼 작게 보였다.

그러더니 그나마도 곧 나무에 가려져서 더 이상은 그가 보이지 않았다.

연운정이 보이지 않는 것이 마치 생명줄을 놓쳐 버린 것 같은 절망감으로 엄습했다.

그때 검의 솟구쳐 오르는 속도가 점차 느려지더니 어느 순간 멈추었다.

연운정은 그녀더러 남쪽으로 가라고 했다.

소상은 검을 수평으로 눕히면서 남쪽으로 방향을 잡았다.

지금은 연운정의 말을 거역할 힘이 그녀에겐 없었다.

바람이란 높은 곳일수록 강하다.

그리고 그녀가 잡고 있는 혈검에는 천룡종운의 기운이 아직도 강하게 실려 있었다.

그 기운은 연운정의 것이었다. 그의 모습은 보이지 않지만 그의 기운은 검을 통해 그녀에게 생생하게 느껴졌다.

그녀는 자신의 몸이 조각구름보다 더 가벼이 바람을 타고 빠르게 쏘아가는 것을 느꼈다.

"후우……."

연운정은 소상에게서 시선을 거둔 후 한차례 길게 심호흡을 하며 심신을 추슬렀다.

그는 방금 천룡종운을 전개하면서 일순간 전 공력을 쏟았기 때문에 지금은 삼 분의 일가량의 공력이 빠져나간 상태였다.

그것이 저절로 회복되려면 최소한 두 시진 이상의 시간이 필요했으며, 아니면 일각 동안 운공을 해야만 할 것이다.

그렇기 때문에 연이어서 방금과 같은 전력의 천룡종운을 펼쳐서 연운정 자신도 이곳을 빠져나갈 수는 없었다.

아니, 그럴 공력이 남아 있다손 치더라도 그는 그럴 생각이 추호도 없었다.

그에게는 할 일이 있었다.

마총신군의 신군주나 마종을 만나는 일이 그것이었다.

그는 오륙 장 거리의 주변에 몰려들어 있는 마도고수들을 잠시 쓸어보았다.

연운정과 시선이 마주친 마도고수들은 움찔 놀라면서 얼굴에 역력히 공포가 떠올랐다.

연운정은 그들에게서 시선을 거두고 북쪽으로 방향을 잡은 채 신형을 날렸다.

❖ 第六十章 ❖
아호지혜(餓虎之蹊)

第 六 十 章

‘이것은?’

연운정은 한 그루 나무 앞에 멈춘 채 나무에 새겨진 낯익은 노부를 뚫어지게 주시하고 있었다.

그것은 사도혜의 명령을 받은 개방 만집당 고수가 새긴 노부였다.

또한 틀림없는 사도혜의 노부이기도 했다.

─대가, 두 세력의 허리를 자를 거예요. 두 우두머리 중 한 명은 제압하고, 다른 한 명은 외딴 곳으로 유인하세요.

노부는 그런 내용을 담고 있었다.

‘혜매…….’

연운정은 거의 하루 가까이 헤어져 있던 사도혜가 너무도 보고 싶었는데 노부를 대하자 마치 그녀를 만나기라도 한 것처럼 가슴이 뭉클하며 반가움이 솟구쳤다.

노부의 내용. 즉, 두 세력이란 당연히 천사패도단과 마총신군을 가리키는 것이다.

그리고 허리를 자른다는 것은, 길게 띠를 이룬 형태인 마총신군의 포위망의 한복판을 균천협맹의 절정고수들이 관통하며 말 그대로 자른다는 뜻이다.

마지막 두 명의 우두머리는 두말할 것도 없이 소련주 소상과 마총신군의 신군주다.

사도혜는 그 둘 중 한 명을 제압하라 했다.

그 말은, 연운정이 천사련의 우두머리와 함께 있다는 것을 사도혜가 간파했다는 뜻이다.

그래서 천사련 우두머리를 제압한 후 마총신군 신군주를 외딴 곳으로 유인하라는 것이다.

연운정은 빙그레 미소를 지었다.

'과연 혜매로군.'

그녀의 뜻은 파국을 몰고 올 생사대전을 피하자는 것이었다.

그러므로 소련주를 제압하고 신군주를 외떨어진 곳으로 유인하여 연운정으로 하여금 담판을 짓게 하려는 계획이었다.

이렇게 되면 연운정이 우려했던 일. 즉, 천사패도단과 마총신군의 전쟁이 벌어진 후 균천협맹이 어부지리를 얻으려고 제이차 전쟁을 벌일지도 모른다는 것이 사라져 버리는 것이다.

이런 일련의 계획들은, 사도혜가 균천협맹을 완전히 장악했기 때문에 가능했을 것이라고 연운정은 추측했다.

연운정은 사도혜의 총명함을 익히 알고 있었지만, 그조차도 그녀를 과소평가한 것이었다.

그녀는 연운정이 기대하던 것 이상으로 훌륭하게 해내고 있는 중이었다.

그러나 사도혜는 연운정과 소련주 소상이 미묘한 사이가 되었다는 사실까지는 추측하지 못했다.

그러므로 연운정이 소상을 제압하지 않고 오히려 탈출하도록 도우면서 다른 부탁을 했으리라고는 상상조차 못할 것이다.

연운정은 일단 소상을 믿는 쪽으로 방향을 잡았다.

그리고 북상하면서 마총신군 신군주가 있는 근처로 접근한 후 그를 유인해 내리라고 계획을 변경했다.

연운정이 천풍비영을 전력으로 펼친다면 그를 추격할 만한 고수는 신군주나 그에 버금가는 한두 명뿐일 것이다. 사도혜는 그것에 착안한 것이었다.

세 겹의 두터운 포위망을 뚫으면서 싸움이 벌어질 것이다.

하지만 전력으로 질주하면서 뚫는다면 불가능한 일도 아니었다.

물론 그것은 연운정의 공력이 완전하게 회복되었을 경우라는 전제가 붙었다.

노부가 새겨진 나무는 눈에 잘 띄는 곳에 있었다. 그러므로 마총신군 고수들도 노부를 발견했을 터이다.

하지만 아무리 들여다봐도 뜻을 모를 테니 고서를 펼쳐 든 까막눈이나 다르지 않을 것이다.

그때 연운정은 마도고수들 수십 명이 사방에서 빠르게 접근하는 것을 감지하고 즉시 신형을 날렸다.

휘익!

노부 앞에서 너무 지체한 듯했다.

그가 쏘아가고 있는 전면과 좌우에서 부챗살처럼 십여 명의 마도고수들이 마주쳐 오는 것이 보였다.

아니, 그게 전부가 아니었다.

그들 뒤로 모습을 드러내고 있는 자들의 수는 삽시간에 수십, 수백 명으로 불어났다.

이렇게 되면 정면으로 돌파를 할 수밖에 없고, 그러자면 살인이 불가피했다.

스릉!

연운정은 바람처럼 쏘아가며 검을 뽑아 들었다.

그를 향해 선두의 마도고수들이 화아(火蛾:불나방)처럼 덮쳐 오고 있었다.

쏴아아—

높이가 천여 척이나 되는 산봉우리 위에 집결해 있던 마총신군 휘하 귀연마궁수 오백여 명이 일제히 까마득한 벼랑 아래로 몸을 날렸다.

좌우 폭이 일 장 반이나 되는 귀신 형상의 귀연(鬼鳶)이었다.

그런 것이 한꺼번에 오백여 개나 밝은 보름달 아래에서 비행하는 광경은 거대한 하나의 흑운(黑雲) 같았다.

그들의 표적은 저 아래에서 남쪽으로 흐릿한 금광을 발하면서 쏘아가고 있는 하나의 물체였다.

소상은 불과 반 각 만에 처음 쏘아 올라온 곳으로부터 남쪽으로 오십여 리나 비행하고 있었다.

지금 그녀의 마음은 몹시 이상했다. 그것은 한 번도 경험해 본 적이 없는 묘한 현상이었다.

입 안과 목이 바싹바싹 타 들어가는 것 같았는데, 절대 목마른 갈증 같은 것은 아니었다.

또한 심장이 오그라드는 것 같았고, 창자가 끊어질 것 같기도 했는데, 중독되거나 병에 걸린 것은 아니었다.

그런 현상은 연운정과 헤어지자마자 시작되었으며, 시간이 지날수록 중세가 점점 더 심해지고 있었다.

소상은 그 원인이 연운정과 헤어졌기 때문일 것이라고 어렴풋이 짐작할 수 있었다.

그리고 그녀는 마침내 그것이 무엇인지 깨달았다.

'보고 싶어……!'

그리움이었다.

자신을 낳아준 친부모도, 자신을 수렁에서 건져 준 사부도, 그 누구도 보고 싶어한 적이 없었던 그녀였다.

그런데 어이없게도 만난 지 겨우 하루밖에 안 되는 연운정이 보고 싶은 것이다.

그것도 그냥 보고 싶은 것이 아니라, 보고 싶어서 금방이라도 숨이 끊어질 것 같은 느낌이었다.

연운정과 헤어진 지 이제 불과 반 각이 지났을 뿐이었다.

소상은 시간이 지날수록 이 그리움 혹은 보고픔이라는 병이 점점 악화될 것이라고 예감했다.

그리고 이 병이 천하의 그 어떤 독(毒)보다 더 지독하다는 사실을 깨달았다.

소상은 보름달을 우러러보며 씁쓸한 표정을 지었다.

'내 몫의 운명이라는 것은 왜 하나같이 이 모양인지……'

그 순간 그녀의 눈동자가 가벼이 흔들렸다.

그녀가 바라보고 있던 보름달이 갑자기 시야에서 사라져 버렸기 때문이다.

"……!"

소상은 눈을 커다랗게 떴다.

연이었다.

수백 개의 시커먼 연이 허공을 새카맣게 뒤덮은 채 그녀의 머리 위에서 소리없이 하강하고 있었다. 보름달이 사라진 것이 아니라 그것들이 보름달을 가린 것이었다.

그리고 그 연이 수백 명의 흑의인 등에 마치 나비의 날개처럼 부착되어 있는 것을 발견했다.

촤아아아!

다음 순간 오백 명의 귀연마궁수가 소상을 향해 일제히 화살을 발사했다.

조화지경(造化之境)에 들지 않고는 어검비행 중에 다른 초식을 펼치지 못한다.

호신강기를 전개하면 화살을 모조리 튕겨낼 수 있겠지만 그로써 어검비행이 깨져 추락하고 말 것이다.

그렇다고 이대로 가만히 있다가는 고슴도치가 되는 것은 시간문제였다.

'호훗! 그렇지 않아도 꿀꿀한 기분이었는데 잘 만났다, 이놈들!'

소상은 내심 살기 어린 웃음을 흘리고 나서 오른손으로는 혈검의 손잡이를, 왼손으로는 검끝을 잡은 채 무릎을 굽혀 두 발끝을 검신에 살짝 얹은 후 힘껏 검신을 박차면서 탄환처럼 위로 솟구쳐 올랐다.

파파아아—

그녀가 쏘아 오르면서 펼쳐 낸 검막(劍幕)에 수많은 화살들이 부러지며 튕겨졌다.

아마도 천룡검법이 이처럼 드높은 하늘에서 펼쳐진 적은 없었을 것이다.

파파파팍!

그녀의 혈검에서 섬뜩한 몇 줄기의 혈광이 뿜어져 나가 귀연마궁수와 연을 관통하고 베었다.

"흐악!"

"크아악!"

그녀의 모습이 몇 겹의 귀연마궁수를 뚫은 후 보름달 아래로 불쑥 솟아올랐다.

귀연은 수평으로 이동하거나 하강하는 데에는 용이하지만 반면에 상승하는 것은 적당한 맞바람을 받아야만 한다. 그리고 또 그 동작이 크고 느렸다.

소상은 모든 귀연마궁수들의 위로 떠올라 그들을 굽어보며 잔인하게 웃음을 터뜨렸다.

"아하하하! 보채지 마라! 차례대로 모조리 죽여줄 테니까!"

파파아아!

그녀의 발끝이 귀연을 살짝 밟는가 싶은 순간 여러 줄기의 검기가 와르르 쏟아지며 순식간에 십여 명을 주살했다.

그녀는 귀연과 귀연 사이를 이리 딛고 저리 디디면서 덩실덩실 검무를 추었다.

그녀가 검무를 출 때마다 반경 삼 장 이내의 귀연마궁수, 아니, 박쥐들이 쪼개져서 훌훌 저 깊은 아래로 추락해 갔다.

그리고 그녀는 박쥐들 속으로 파고들었다.

차차창!

소상이 공격권 내로 제 스스로 뛰어들자 박쥐들은 일제히 도검을 뽑아

들고 공격을 개시했다.

소상이 순식간에 오십여 명을 죽였다고 하지만 아직도 사백오십여 명이나 남아 있었다.

도마뱀은 그저 꼬리를 잃은 것뿐이었다.

소상은 좀 더 쉬운 싸움을 선택할 수도 있었다.

조금 전처럼 박쥐들의 날개를 밟고 이리저리 옮겨 다니면서 차례대로 주살하는 것이다.

하지만 지금 그녀는 애간장이 끊어지는 것 같고, 울분이 치밀어 올라서 그러고 싶지 않았다.

자신이 그렇게 된 이유가 이들 박쥐들 때문이기라도 한 것처럼, 자신의 검으로 직접 목을 자르고 사지육신을 자르며 피가 튀는 것을 보고 싶었다.

검기가 아닌 진검으로.

*　　　　*　　　　*

촤악!

퍼퍽!

"끄악!"

"우아악!"

검기를 발출할 만한 거리가 아니었다.

마총신군 마도고수들은 죽여도 죽여도 끝없이 몰려들었다.

개미 떼나 불나방 떼 같은 아적(蛾賊)이란 바로 그들을 두고 하는 말 같았다.

연운정은 그들을 죽이고 싶지 않았다.

그들이 뒤집어쓰고 있는 '마도' 라는 껍데기를 벗겨내면 그들 역시 정파인이나 다름없는 사람인 것이다.

수많은 길 중에서 '마도' 라는 길을 잘못 선택한 사람들이다.

어쩌면 이들에게는 '마도' 로 들어서는 것밖에는 선택의 여지가 없었을지도 모른다.

살아남아야만 하고, 가족들을 부양해야 하며, 그래서 눈곱만큼이라도 희망이 있다고 여겼기 때문에 선택한 길이 하필이면 '마도' 일 수도 있는 것이다.

하지만 이들은 너무도 악착같았다. 살인을 하고 싶지 않은 연운정에게 끝도 없이 덤벼들었다.

하찮은 미물들조차도 자신들이 당해낼 수 없는 존재에게는 덤비지 않는 법이다.

그런데 이들은 자신들이 연운정의 일초지적도 되지 못한다는 사실을 잘 알면서도 동료들의 시체를 밟고 공격했다가 그 시체 더미 위에 쓰러지며 또 다른 더미를 만들었다.

그것은 무지함이라고밖에 말할 수 없었다.

미물보다도 더한 무지.

연운정은 한시바삐 북상해야만 하고, 그러면서 손실된 공력을 회복해야만 하는 상황이었다.

그런데 지금 그는 처음 마도고수들을 맞닥뜨린 곳에서 겨우 십여 리 정도 북상했을 뿐이었다.

그는 자신이 이런 상황에 처하게 될 줄은 상상조차 못했었다.

허공으로 솟구쳐도 보았었다.

그러면 허공의 사면팔방을 마도고수들이 겹겹이 뒤덮으며 쏟아져 내렸다. 그들 때문에 밤하늘이 보이지 않을 정도였다.

최고의 경공술 천풍비영을 전개하여 이리 뛰고 저리도 뛰어봤지만, 마도고수들 때문에 몇 장 이상을 나아갈 수가 없었다.

말 그대로 인(人)의 장막(帳幕)이었다.

연운정은 싸움을 시작한 지 반 시진 만에 벌써 삼백여 명 이상이나 죽였다.

그것은 일방적인 도륙이었다.

그런데도 마도고수들은 점점 더 빨리, 그리고 더 많이 몰려오고 있었다.

정협이 출현했다는 보고가 일파만파로 퍼져 나가 근처에 있는 자들부터 멀리 떨어진 자들까지 속속 모여들고 있는 것 같았다.

그들은 끝없이 밀려드는 파도 같았다.

하나의 파도는 미약하지만 결국 바위를 부수어 모래로 만든다.

이대로 나가다가는 연운정이 먼저 지쳐 버리고 말 것이다.

사도혜의 노부에는 균천협맹의 절정고수들이 마총신군의 한복판을 관통할 것이라고 했다.

그것은 아마도 연운정에게 신군주를 유인할 수 있는 기회를 주기 위해서 모험을 강행하려는 의도일 것이다.

그러므로 연운정은 그것을 최대한 이용해야만 한다. 그들의 모험을 헛되지 않게 해야 한다.

지금쯤 신군주가 이곳으로 달려오고 있는 중일 것이다.

그가 도착하면 그를 유인하여 일 대 일로 싸우려는 계획은 수포가 되고 만다.

또한 마총신군 한복판을 관통하려는 균천협맹의 계획은 무위로 그치게 된다.

아니, 신군주는 더 많은 마도고수들을 몰고 올 것이다.

더구나 그중에는 절정고수들도 있을 것이다.

만약 연운정이 이곳을 벗어나기 전에 신군주가 당도한다면, 연운정은 자칫 이곳에 뼈를 묻을 수도 있다.

'어쩔 수가 없다!'

이래 죽이나 저래 죽이나 어차피 마도고수들을 죽이는 것은 마찬가지가 아니겠는가?

한시바삐 이곳을 빠져나가 신군주를 유인해 내는 것이 마도고수들을 한 명이라도 덜 죽이는 길이었다.

후우우!

순간 연운정의 전신에서 눈부신 금광이 뿜어져 나왔다.

금광 때문에 한밤중에 등잔불로 달려드는 불나방 같던 마도고수들의 공격이 주춤했다.

파아아!

북으로 방향을 정한 연운정이 시위를 팽팽하게 당겼다가 놓은 화살처럼 벼락같이 쏘아져 나갔다.

그의 모습은 잘 보이지 않고 대신 눈부신 금빛 광채가 긴 꼬리를 그으면서 마치 유성처럼 숲을 가로질렀다.

퍼퍼퍼퍼퍽!

그의 앞을 가로막고 있던 마도고수들의 몸뚱이가 가랑잎처럼 튕겨지며 허공으로 떠올랐다.

그 몸뚱이들은 떠올랐다가 먼지가 되어 흩어져 버렸다.

연운정이 천극신장의 이초식 천광폭(天光爆)을 전개하고 있기 때문이었다.

천광폭은 극양지기를 끌어올려 두 손 혹은 온몸으로 발산하는 장공이었다.

그것에 스치기만 해도 무엇이든 순식간에 타버려서 재가 되고 마는 가공한 절기였다.

하지만 내공의 소모가 크다는 단점이 있었다.

화아악!

퍼퍼퍼퍽!

금빛 불덩이가 지나가는 곳은 사람이든 나무든 바위든 모조리 재로 화했다.

비명도 없었고 시체도 보존하지 못했다.

또한 마도고수들은 연운정이 너무 빨라서 도저히 추격할 수가 없는 상황이었다.

포위망을 뚫으면서 연운정은 포위망이 예상보다 두텁다는 사실에 적잖이 놀랐다.

그가 포위망을 뚫는 것은 촘촘하면서도 거대한 그물의 한쪽을 뚫는 것과 같았는데, 오 리가량을 전진했는데도 그는 여전히 포위망 속에 있었다.

어림잡아도 반경 십여 리 이내에 만여 명 이상의 마도고수가 운집해 있는 것 같았다.

천광폭을 전개하면서 포위망을 뚫어나가며 그는 이 방법을 사용하길 잘했다고 생각했다.

그렇지 않았다면 만여 명의 마도고수들을 다 죽이든지, 아니면 그 자신이 기력이 고갈되어 쓰러지고 말았을 것이다.

아니, 제아무리 초절정고수라고 해도 악착같이 덤벼드는 정예고수 만여 명을 당해내는 것은 불가능한 일이다.

아마도 그전에 신군주가 당도하여 연운정의 운이 더 일찍 끝나게 될 것이다.

파아아!

마침내 겹겹의 포위망을 뚫었다.

마지막으로 대여섯 명의 마도고수가 허공으로 튕겨졌다가 재로 화하는 것을 보면서 연운정은 수십 장이나 쏘아갔다.

그의 몸에서 금광이 점차 엷어졌다. 공력이 많이 소모되기도 했지만 더 이상 천광폭을 전개하지 않아도 되기 때문에 공력을 거둔 것이었다.

하지만 아직도 드문드문 마도고수들의 모습이 보였다.

그들은 금광이 흐릿해지고 있는 연운정을 향해 전력으로 쏘아오고 있었다.

현재 연운정은 공력의 절반가량을 소모시킨 상태였다.

만약 이 상황에서 조금 전과 같은 포위망 속에 갇히던가 신군주를 맞닥뜨리게 된다면 끝장이다.

연운정은 아까 소상을 혼자 무무창허진 속에 남겨둔 채 진 밖으로 나갔을 때, 동쪽으로 오십여 리 떨어진 거리에서 한바탕 소동을 피우고 돌아왔었다.

정협이 그곳에 출현했다는 사실을 증명하려고 당당하게 모습을 드러내 여러 명의 마도고수를 죽이면서 포위망을 뚫으려고 애쓰는 것처럼 보인 후에 슬며시 종적을 감추어 다시 소상에게로 돌아왔었던 것이다.

바로 그 즈음에 귀령마인은 세 번째 무무창허진을 파진하고 있었으며, 정협이 출현했다는 보고를 접한 신군주 마승은 구마영과 사절마인, 그리고 최정예고수들을 이끌고 동쪽 오십여 리 지점으로 달려갔었다.

그러므로 신군주가 또다시 정협이 출현했다는 보고를 접한다면 동쪽에서 달려올 것이다.

그리고 연운정은 북상하고 있는 중이다. 그러므로 계산대로라면 두 사람이 마주치는 일은 없을 것이다.

그러나 방심은 금물이다.

신군주에게 전달되는 보고가 예상보다 빠르고 또 정확하다면, 그는 이미 정협이 북상하고 있다는 보고를 받았을지도 모른다.

그래서 신군주가 남서쪽으로 달려오다가 다시 방향을 서쪽으로 바꾼다면 정면으로 연운정과 맞부딪치게 될 것이다.

그런 생각이 들자 연운정은 초조해졌다. 지금 당장이라도 신군주 일행이 숲에서 튀어나올 것만 같았다.

퍼퍼퍽!

'지금이라도 방향을 바꿔야만 한다!'

연운정은 좌우에서 덮쳐드는 마도고수 다섯 명을 검기로 꿰뚫으면서 생각했다.

달리면서 전면과 좌우를 살펴보니 여전히 메마른 겨울 숲이 끝없이 펼쳐져 있었다.

아직도 간간이 공격하고 있는 마도고수들과 이 주변에 도사리고 있을 마도고수들에게는 연운정 자신이 계속 북상하고 있는 것처럼 보여야만 한다.

그리고 연운정은 신군주를 유인하기 위해서라도 그의 곁을 떠나서는 안 된다.

그렇다면 방향을 바꿔 신군주로부터 멀어지는 것만이 능사가 아니었다.

잠시 후 이곳은 굶주린 호랑이가 눈에 불을 켜고 서성거리는 아호지혜(餓虎之蹊)가 될 것이다.

굶주린 호랑이는 신군주다. 그리고 그가 거느리는 심복들은 굶주린 늑대였다.

절반도 남지 않은 공력으로 연운정은 그 한복판에 남아 있어야 하는 것이다.

　　　　　　*　　　　　*　　　　　*

우지직! 딱!

쿵!

"윽!"

지상에서 백여 장 높이에서 추락하던 소상은 높은 나무에 떨어져 나뭇가지 여러 개를 부러뜨린 후 등을 아래로 한 채 얼어붙은 땅에 내동댕이쳐지듯 떨어졌다.

"으음!"

그녀는 잠시 가만히 있다가 혈검을 지팡이 삼아 천천히 일어섰다.

그녀의 온몸은 피투성이였다. 마치 핏물 속에 잠겨 있다가 방금 나온 것 같은 모습이었다.

하지만 겉으로 보는 것처럼 심하게 다친 상태는 아니었다.

자신이 흘린 피가 약간이었고, 나머지는 전부 귀연마궁수의 피가 튀어서 묻은 것이었다.

그녀는 지상에서 백여 장 높이의 하늘에서 오백 명의 귀연마궁수를 모조리 죽였다.

마지막 귀연마궁수를 죽인 후에 절반쯤 찢어진 귀연을 붙잡아 추락하는 속도를 약간 늦출 수 있었다.

또한 나뭇가지에 두 차례 부딪치면서 하강하던 속도가 많이 완화되었다.

그게 아니었다면 그녀는 지상과 충돌하면서 즉사했을 것이다.

그렇다고 백여 장 높이에서 떨어진 그녀의 몸이 아무렇지 않을 리는 없었다.

"아!"

조심스럽게 한 걸음을 떼어놓던 그녀는 낮은 신음과 함께 얼굴을 찡그렸다.

왼발 발목 부위가 끊어지는 듯 아팠고 발에 전혀 힘을 줄 수가 없었다.

아마도 땅과 충돌할 때 뼈가 부러진 것 같았다.

절정고수의 뼈와 살은 평범한 사람과는 비교할 수 없을 정도로 강건한 법이다.

그런 뼈가 부러질 정도라면 얼마나 심하게 땅하고 충돌했는지 짐작할 수 있었다.

하늘에서 귀연마궁수를 만났을 때 그들이 쏟아낸 화살을 호신강기로 막으면서 비스듬히 하강했더라면 이런 일이 벌어지지 않았을 것이다.

그때는 싸우고 싶었다.

누군가를 마구 죽이고 싶었다. 그랬기에 소상은 지금도 싸웠던 것을 후회하지는 않았다.

이까짓 뼈가 부러진 것쯤이야 운공을 하여 공력으로 부러진 부위를 접합한 후 며칠쯤 부목을 하고 나면 깨끗이 치유될 것이다.

그녀는 옆구리와 어깨, 가슴에 몇 군데 베이는 검상을 입었지만 심한 정도는 아니었다.

아니, 다리가 부러지고 검상을 입었으며 피를 뒤집어쓴 형편없는 꼴이 되고 말았지만 기분은 아까보다 한결 나아져 있었다.

최소한 싸우기 전의 이상한 갈증이나 애간장이 끊어지는 것 같던 느낌 이 지금은 사라진 상태였다.

과연 마구잡이 살인과 피를 본 것은 효과가 있었다.

소상은 나무를 짚고 하늘의 달과 별자리를 보고는 이곳이 출발했던 곳 에서 서남쪽이라는 것을 깨달았다.

어검비행을 하는 도중에 싸우다가 추락했으니 아직 포위망을 벗어나 지는 못했을 것이라는 게 그녀의 추측이었다.

‘운정은 어떻게 됐을까?’

불쑥 그런 생각이 들었다.

아니, 생각이 아니라 염려였다. 생각하려고 생각한 게 아니라 그냥 떠오른 것이었다.

‘부질없는……’

소상은 고개를 세차게 흔들어 연운정에 대한 생각을 애써 떨치려 하면서 남쪽으로 방향을 잡아 신형을 날렸다.

왼발에는 힘을 줄 수가 없어서 오른발로만 경중경중 경공을 펼치는 터라 속도가 평소의 절반에도 못 미쳤다.

그래도 그녀는 쉬지 않고 달렸다.

일단 포위망을 벗어나고 나면 포위망을 휘돌아서 천사패도단을 찾을 것이다.

좌련주나 장로들이 바보가 아닌 이상 지금쯤 눈에 불을 켜고 그녀를 찾고 있을 것이다.

또한 마총신군과의 대결전을 준비하고 있을 것이다. 그것은 정해진 수순이며 기본이었다.

소련주가 없을 경우에는 어떻게 하라는 것쯤은 이미 다 지시해 둔 터였다.

천사패도단을 만나기만 하면 마총신군 놈들을 깡그리 박살 내겠다는 것이 소상의 생각이었다.

그녀는 나름대로 조심을 하면서 아픈 다리를 이끌고 이십여 리 정도 남하했지만 마총신군의 마도고수로 보이는 자들을 한 명도 발견하지 못했다.

그녀가 멈춰 선 곳은 크고 작은 수많은 바위들이 난립해 있는 암석 지대였다.

‘운정이가 놈들하고 싸우고 있는 거야. 그래서 놈들이 그곳으로 대거 몰려가느라 포위망이 사라졌어.’

소상은 그렇게 짐작했다. 그리고 그 짐작은 정확했다.

연운정이 오만 명의 마총신군 속에서 혼자 고군분투할 것을 생각하니 마음이 더할 수 없이 조급해졌다.

그녀의 마음 한 귀퉁이에는 연운정이 부탁했던 말이 빗장이 채워진 채 꼭꼭 가두어져 있었다.

그녀는 그의 부탁대로 따를 생각은 없었다.

그를 좋아하고, 또 그와 함께 있으면 말로 설명하기 어려울 정도로 좋은 것은 사실이지만, 그것 때문에 사부를 배신할 수는 없는 일이었다.

그렇다고 그의 부탁을 마음속에서 완전히 없애 버리지도 못했다.

그것이 점점 커져서 감당할 수 없을 정도가 될까 봐 가슴속 한 귀퉁이에 억지로 눌러두고 있는 것이었다.

소상은 난립한 바위들 때문에 몇 장 앞도 제대로 보이지 않는 암석군의 한곳에 자리를 잡았다.

사면이 삐죽삐죽한 바위로 다 막혔고 좁은 틈새로 들어가면 제법 아늑한 공간이 있는 장소로 잠시 운공을 하기에는 최적이었다.

일단 그곳에서 운공을 하여 잃은 공력을 회복하면서 부러진 발목을 접합시킬 생각이었다.

운공을 넉넉하게 잡아도 이각이면 충분할 것이다.

그 후에는 본격적으로 천사패도단을 찾아 나서고, 수하들을 만난 다음에는 마총신군 주살이다.

그녀는 바위 속 공간의 한복판에 가부좌로 앉아 서서히 운공에 빠져들었다.

❖ 第六十一章 ❖
겁탈

第 六十一 章

“……!”

소상은 이상한 느낌에 번쩍 눈을 떴다.

아니, 정신을 차렸다는 말이 옳았다. 그녀는 정신을 잃고 있었던 것이다.

그것은 정말 이상하기 짝이 없는 느낌이었다. 또한 생전 처음 느껴보는 것이기도 했다.

여러 가지 느낌이었는데, 그것은 차라리 고통에 가까웠다.

그녀는 자신의 유두가, 아니, 젖가슴이 통째로 어딘가에 강하게 빨려 들어가는 느낌을 받았다.

그뿐만이 아니었다. 자신의 몸 한복판, 허벅지 가장 깊은 곳의 옥문(玉門) 속이 온통 후벼지는 느낌도 동시에 받았다.

그리고 묵직한 중압감, 무엇인가 그녀를 찍어 누른 채 규칙적으로 움직이고 있었다.

“헉헉헉!”

또한 그녀는 자신의 젖가슴 부위에서 거친 숨결을 느꼈다.

‘이것은?!’

겁탈이었다.

누군가 그녀를 짓밟고 있는 것이었다.

그녀는 발작적으로 몸부림치면서 자신의 몸 위에 있는 것을 힘껏 뿌리쳤다.

그런데 그 물체는 꿈쩍도 하지 않았다.

아니, 그녀의 몸이 손가락 하나조차도 움직여지지 않는 것이었다.

‘어떻게 이런……’

머릿속이 새하얗게 탈색되었다.

아무 생각도 들지 않았다.

이십삼 년 동안 고이 간직해 온 순결이 누군지도 모르는 놈에게 무참히 짓밟히고 있는데도 그녀는 그냥 사지를 늘어뜨린 채 당하고만 있을 수밖에 없었다.

고통.

그것은 그녀의 옥문에서 비롯된 것이었다.

마치 벌겋게 단 인두를 옥문 속으로 깊이 찔러 넣어 마구잡이로 휘젓는 것 같았다.

옥문이, 아니, 하복부가 폭발해 버릴 것처럼 아팠다.

그때 그녀의 몸 위에 있는 놈의 온몸이 경직되는 것 같더니 동작을 뚝 멈추었다.

그리고는 옥문 속에 깊숙이 꽂혀 있는 인두가 불끈거리면서 무언가를 깊은 곳에 쏟아내는 느낌이 들었다.

슥!

그제야 그놈은 빨고 있던 소상의 젖가슴을 놓아주며 약간 상체를 일으키며 그녀를 굽어보았다.

소상은 그놈의 얼굴을 발견하는 순간 두 눈이 화등잔처럼 커지고 심장이 목구멍 밖으로 튀어나올 것처럼 경악했다.

'강영!!'

틀림없었다.

자신을 굽어보면서 기이한 웃음을 흘리고 있는 번들번들한 얼굴의 사내는 강영이었다.

그의 얼굴에는 비웃음과 만족감, 교활함, 잔인함이 동시에 떠올라 있었다.

"흐흐… 계집. 우린 이렇게 또 만났구나."

악마나 마귀가 따로 있는 것이 아니라, 느물거리는 미소를 지으며 눈알을 번들거리며 그녀를 굽어보고 있는 강영의 모습이 바로 악마고 마귀였다.

소상은 그 얼굴에 침을 뱉어주고 싶었고, 목을 물어뜯고 싶었으며, 일장에 그 대가리를 박살 내고 싶었지만, 움직이기는커녕 목소리조차 나오지 않았다.

아혈마저 제압된 것이다.

얼마나 분노했는지 그녀의 몸이 부들부들 떨렸으며 부릅떠진 눈에서는 눈물이 흘러내렸다.

슥―

강영이 몸을 일으켰다.

벌거벗은 그의 몸은 근육질로 잘 발달되어 있었다.

한 번의 사정(射精)으로도 강직도가 꺾이지 않은 그의 음경이 막대기처럼 끄떡거렸다.

소상은 자신의 얼굴 위에서 자신의 순결의 징표인 시뻘건 앵혈을 흠뻑
묻힌 채 끄떡이고 있는 음경을 쏘아보았다.

"네년의 눈빛과 표정을 보니까 아직도 내게 굴복할 생각이 없는 것 같
군."

여자라는 족속은 자신의 순결을 취한 사내에게 무조건 복종하는 법이
라고 믿고 있는 강영은 소상의 표정과 눈빛을 보면서 눈살을 찌푸렸다.

"흐흐… 너를 살려둬야 쓸모가 있기는 하지만, 내게 복종하지 않으면
죽여서 산짐승 밥으로 내다 버릴 수밖에 없다."

강영은 소상을 완벽하게 굴복시키려면 다시 한 번 짓밟는 방법뿐이라
고 판단했다.

그는 소상의 얼음처럼 희고 풍만한 나신을 굽어보았다.

다시 한 번 짓밟아서 굴복시키겠다는 생각이 아니더라도, 그녀의 너무
도 완벽한 나신은 잠시 쳐다보기만 해도 범하고 싶은 욕정이 머리꼭대기
까지 치밀어 오르게 만들었다.

"흐흐…… 기막힌 몸뚱이로군."

그는 징그럽게 웃으면서 다시 소상의 몸 위에 엎드렸다.

음경이 앵혈로 얼룩진 소상의 옥문 속으로 헤집고 들 때 그는 약간 헐
떡이며 중얼거렸다.

"흐흐흐… 네년이 처녀지신이라는 사실은 의외다만 억울하게 생각하
지 마라. 나 역시 동정이었으니까."

그의 몸이 다시 꿈틀거렸다.

그의 음경이 다시 소상의 옥문 속에서 꿈틀거렸다.

그의 입술이 마치 걸신들린 듯 허겁지겁 소상의 유두와 젖가슴을 짓이
겼다.

소상은 세상에 이런 분노가 존재할까 싶을 정도로 분노하고 또 분노

했다.

그러나 물극필반(物極必反)이라고 했던가?

분노가 극에 달하여 진저리가 쳐지면서 온몸이 폭발할 것만 같더니 오히려 그녀의 마음이 얼음처럼 차가워졌다.

'이놈을 죽이기 전에는 절대 죽지 않으리라!'

두 번째로 짓밟히고 있으면서 그렇게 결심에 결심을 더하는 소상이었다.

이놈을 죽이기 위해서라면 어떤 고통도, 어떤 치욕도 참을 것이라고 다짐했다.

그렇게 마음먹자 그녀의 얼굴에서 분노의 기색이 사라졌고, 눈빛은 거짓말처럼 온순하게 변했다.

그녀의 얼굴을 발견한 강영의 입가에 흐릿한 득의의 미소가 번지더니 맹렬하게 그녀의 입술과 혀를 빨기 시작했다.

"허억……! 내게 복종하면… 나도 널 사랑해 주마……. 정실은 아니더라도… 헉헉… 첩으로라도 귀여워해 주마……."

그는 짓밟고 있는 소상에게서 사랑을 느끼기 시작했다.

여자는 정신으로만 사랑을 하지만, 남자는 특히 욕정에 몸을 맡긴 수컷은 몸뚱이로도 사랑을 하는 법이다.

물론 강영이 말한 정실은 사도혜였다.

그는 죽어도 사도혜를 포기하지 않을 각오인 것이다.

"이름이 뭐냐?"

두 번째 겁탈을 끝낸 강영은 소상의 뜻밖의 태도 변화 때문에 아주 흡족해져서 옷을 입은 후 그녀의 아혈을 풀어주며 자비를 베푼 주인님처럼 물었다.

소상은 눈을 내리깔며 온순하게 대답했다.

"소상이에요."

강영은 소상이 한 번의 물음에, 그것도 완벽한 면수첩이(俛首帖耳)의 모습으로 복종하자 얼굴 가득 환한 웃음이 피어났다.

"흠! 너에게 어울리는 예쁜 이름이로구나."

그의 내심에 소상에 대한 경계심과 의심이 조금쯤은 남아 있었지만, 지금의 흡족한 기분에 비할 바가 아니었다.

"혹시 너는 칠천절학을 익혔느냐?"

그는 내친김에 본론을 꺼냈다.

이런 분위기라면 소상이 칠천절학 아니라 더한 것도 솔직하게 그리고 아낌없이 가르쳐 줄 것 같다는 생각이었다.

소상은 내심 깜짝 놀랐으나 겉으로는 놀라울 정도로 온순하게 대답했다.

"네."

"내게 가르쳐 주겠느냐?"

"네. 하지만 한 가지 부탁이 있어요."

조건부처럼 들렸지만, 강영은 그녀가 '조건'이라고 하지 않고 '부탁'이라고 말한 것 때문에 기분이 좋아졌다.

"말해봐라."

그는 약간 거드름을 피우면서 고개를 끄덕였다.

"당신은 제 순결을 가져간 첫 남자예요. 그러니 저는 죽을 때까지 당신만을 사랑할 거예요. 하지만 당신은 저를 버리지만 말아주세요. 저는 그것으로 만족해요."

자발적이든, 강제로 겁탈을 했든 순결을 취한 여자의 입에서 사랑한다고, 버리지만 말아달라고 애원에 가까운 말을 듣는 사내의 기분이란 마치 황제나 된 것처럼 흡족해지게 마련이다.

"그 부탁만 들어주신다면, 칠천절학이 아니라 제 목숨이라도 아낌없이 바치겠어요."

아직 혈도가 풀리지 않아서 반듯하게 누운 채 순하디순한 표정으로 그렇게 말하는 여자.

그것도 벌거벗은 전라의 모습으로, 옥문에서는 앵혈을 흘리면서 마치 여종이나 된 듯 하는 말을 믿지 않을 수 있는 재간의 사내란 그리 흔하지 않을 것이다.

"내가 너를 버리느냐 아니냐는 너에게 달렸다."

"저는 모든 것을 버리고 이제부터는 오직 당신만을 따르며 순종하겠어요."

강영은 그렇게 말하는 소상의 눈에서 맑은 눈물이 흘러내리는 것을 발견했다.

순결을 취한 여자는 사내를 배신하지 못한다는 어설픈 법칙을 믿고 있는 그였다.

또한 그는 눈물은 거짓말을 하지 못한다는 어린아이 같은 순진한 믿음도 갖고 있었다.

소상의 눈물을 보는 순간 그는 마음 한구석에 품고 있던 약간의 의심마저도 내던져 버렸다.

"자! 옷을 입어라."

강영은 자신의 여종이 된 소상에게 첫 번째 자비로 제압됐던 혈도를 풀어주며 온화하게 말했다.

소상은 조심스럽게 마치 감격할 은혜라도 입은 듯한 동작으로 옷을 입었다.

시뻘건 피가 말라붙은 옷은 움직일 때마다 버석거리는 소리를 냈기 때문에 강영의 관심을 끌었다.

"싸움을 했었나?"

"네."

"사람을 죽인 모양이로군, 그것도 많이."

"네."

소상은 강영이 쓸데없는 질문을 하면서 주인으로서의 여유를 즐기는 사이에 조심스럽게 운기를 해보았다.

그런데 공력이 전부 모아지지 않았다.

그것으로 미루어 그녀는 운공을 끝내기도 전에 강영에게 제압당한 것이 분명했다.

사실 강영이 소상을 발견한 것은 정말 우연이었다.

그가 경공술을 전개하여 숲을 가로지르고 있을 때 난데없이 머리 위쪽에서 나뭇가지 부러지는 소리가 터졌다.

쳐다보니 소상이 추락하고 있는 중이었다.

한차례 그녀에게 된통 혼이 났었던 그는 즉시 그녀를 공격하지 않고 줄곧 미행하면서 기회를 노리다가 결국 그녀가 운공을 할 때 제압해 버린 것이었다.

"누구였지?"

소상은 강영이 뻔히 알고 묻는 것이라고 판단했다. 그가 이 산중에 어떤 인간들이 득실거리고 있는지 모를 리가 없었다.

"마총신군이었어요."

강영의 눈이 가늘어졌다.

그녀가 누구를 죽였든 상관없는 일이었다. 이제는 본론으로 들어갈 때였다.

"너, 칠천절학을 누구에게 배웠느냐?"

소상은 속으로 움찔했으나 겉으로는 아무렇지도 않은 것처럼 여전히 온순한 표정을 지었다.

"사부님께 배웠어요."

"네 사부가 누구냐?"

"냉후라고 해요."

소상은 이놈이 대체 얼마나, 그리고 어디까지 알고 있는지 조심스레 가늠을 해보며 대답했다.

"그는 정협의 제자냐?"

소상은 내심 적잖이 놀랐다.

만약 연운정에게서 일대 정협을 배신한 자가 자신의 사부 냉후였다는 말을 듣지 못했었다면 아니라고 잘라서 대답할 수밖에 없는 질문이었다.

"그것을 당신이 어떻게 알고 계시죠?"

소상은 짐짓 놀라는 체하면서 되물었다.

"후후! 내가 알고 있던 어떤 놈이 일대 정협의 이대 제자다. 그놈은 정협 밑에서 팔 년여 동안 제자 노릇을 했으니까 햇수로 계산을 해보면 정협에겐 그 이전에 한 명의 제자가 더 있었을 것이라는 결론이 나오더군."

소상은 강영이 말하는 '그놈'이 연운정일 것이라고 직감했다.

"그런데 네가 지난번에 칠천절학을 사용하는 것을 봤으니, 너는 당연히 일대 정협의 첫 번째 제자의 제자가 아니겠느냐? 어떠냐, 내 추리가?"

강영은 자못 의기양양하게 소상의 대답을 기다렸다.

"과연 당신의 총명함은 대단하군요!"

그녀의 감탄은 진심이었다. 다만 악의적인 감탄을 단순한 감탄으로 표현했을 뿐이었다.

"제 앞에 앉으세요. 지금부터 칠천절학을 전수하겠어요."

소상은 차분하면서도 공손히 말했다.

그러면서 삼 분의 이 정도 남아 있는 전 공력을 오른손에 모으는 것을
잊지 않았다.

강영이 소상 앞 일 장 거리에 앉았다. 더 가까이 앉아야 하지만 본능
적인 경계심이 그렇게 하도록 만들었다.

"칠천절학을 배우려면 먼저 천극정신공부터 익혀야 해요. 그래야만
육천절학을 십분 발휘할 수 있지요."

소상은 지그시 눈을 감고 나직하게 천극정신공의 요결을 읊조리기 시
작했다.

엉터리 구결을 읊을 필요는 없었다. 그녀는 천극정신공 구결을 깨우치
는 데에만 석 달이 걸렸었다.

그러므로 강영이 제아무리 총명해도 듣는 즉시 깨우치지는 못할 것이
라는 게 그녀의 판단이었다.

천극정신공 구결은 보통 난해한 것이 아니다. 외우는 것만으로도 여러
차례 읊어주고 또한 며칠이 소요될 것이다.

그녀는 일부러 발음을 부정확하게 했으며 마치 독경하듯이 흥얼거렸
다.

강영은 청력을 한껏 돋운 채 잔뜩 귀를 기울였다.

하지만 원래 불명확한 발음이 청력을 돋운다고 잘 들리는 것은 아니었
다.

강영은 자신도 모르게 그녀 앞으로 바짝 당겨 앉았다. 거리가 반 장으
로 좁혀졌다.

소상은 무아지경에 빠진 것처럼 가장하면서 눈을 감은 채 쉬지 않고
읊조렸다.

그러는 사이에 강영도 심취하여 스르르 눈을 감았다.

아직 구결을 깨우치지는 못했지만 들을수록 심오함이 느껴지는 신공

구결이었다.

문득, 강영은 소상의 읊기가 뚝 끊어지는 것을 느꼈다.

다음 구결 때문에 바짝 애가 탄 그는 눈을 뜨고 그녀를 보다가 안색이 급변했다.

소상은 눈을 뜨고 있었으며, 그 눈에서 서리서리 시퍼런 살기가 뿜어졌고, 입술을 피가 나도록 깨물고 있는 것이 보였다.

'아뿔사! 이년이…….'

자신이 소상을 너무 믿었다는 것과 지나치게 방심했다는 것을 뼈저리게 후회하는 순간 소상의 백옥처럼 희게 변한 오른손이 번개같이 앞으로 뿜어졌다.

거리는 불과 일 장. 적중되면 즉사를 면치 못할 것이다.

이런 상황에서는 생각이 미처 따라주지 않는다. 강영은 본능적으로 호신강기를 발휘하여 상체 앞부분만 보호했다.

쩌억!

"크악!"

소상의 천인강은 호신강기를 파훼하면서 강영의 가슴 한복판에 고스란히 적중됐다.

콰쾅!

강영은 앉은 채 입에서 피화살을 뿜으면서 쏜살같이 뒤로 튕겨져 거대한 바위를 산산조각 내버렸다.

그는 그대로 쓰러졌으며 몸 위로 크고 작은 돌조각들이 수북하게 쌓이며 덮어버렸다.

하나의 돌무덤이 커다랗게 생겨났다.

"하아아……."

소상은 거칠게 숨을 몰아쉬며 헐떡거렸다.

아무리 전력으로 천인강을 전개했다고 하지만 그녀는 너무 심하게 헐떡였으며 또 기진맥진했다.

느낌이 이상했다.

발밑이 푹 꺼지는 것 같았고, 어질어질했으며, 몸에서 무언가 새어나가는 것 같았다.

그녀는 자신의 코밑을 만져 보았다.

손에 흥건히 피가 묻어 있는 것이 보였다. 코피가 줄줄 샘물처럼 흘러나오고 있었다.

그뿐 아니라 입에서도, 귀에서도, 아니, 모공에서조차 피가 흘러나오고 있었다.

'주화입마!'

틀림없었다.

한 번도 당해본 적은 없었지만, 지금의 이 느낌과 현상은 말로만 듣던 주화입마가 분명했다.

그녀가 운공을 하고 있을 때 강영이 혈도를 제압했던 것이 주화입마를 일으키게 한 것이다.

그것이 잠복해 있다가 공력을 일으켜 초식을 전개하자 마침내 폭발한 것이었다.

"아아……."

소상은 쓰러질 듯이 비틀거렸다.

와르르!

"크으으…… 이 개 같은 년!"

그때 돌무덤의 돌들이 굴러 떨어지며 그 속에서 강영이 느릿하게 일어서고 있었다.

그것은 무덤 속에서 부활하는 악마 같은 모습이었다.

“……!”

소상은 그가 천인강을 정통으로 적중당하고서도 즉사하지 않은 것이 믿어지지 않았다.

그가 천인강에 정통으로 맞은 것은 분명했다.

하지만 적중 직전에 본능적으로 끌어올린 호신강기가 천인강의 위력을 절반 이상이나 감소시켰다. 그러지 않았다면 그는 소상의 바람대로 즉사하고 말았을 것이다.

“흐으으…… 이년이 감히 나를 속여?”

돌무덤에서 나온 강영의 모습은 처참했다.

봉두난발한 헝클어진 머리카락에 갈가리 찢어진 옷. 입과 코에서는 피가 줄줄 흘렀으며, 두 눈에서는 악마 같은 안광이 이글이글 뿜어지고 있었다.

소상은 급히 공력을 끌어올렸다.

“악!”

순간 그녀는 온몸이 조각나는 듯한 극심한 고통 때문에 날카로운 비명을 터뜨렸다.

공력은 모아지는 것 같은데 제대로 되지 않았고 차라리 죽는 게 편할 정도로 고통스러웠다.

그러나 강영이 공격하기 전에 한차례 더 천인강을 발출하지 않으면 소상 자신은 죽고 만다.

죽으면 모든 게 끝이다.

고통도 못 느끼지만, 살아서 누릴 수 있는 모든 것들도 느끼지 못하게 될 것이다.

그리고 연운정을 만날 수 있다는 한 가닥 기대마저도 품을 수 없게 된다.

‘살아야 한다!’

그러기 위해서는 저 찢어 죽여도 시원치 않은 놈을 죽이는 것은 후일로 미룰 수밖에 없었다. 그보다 지금은 목숨을 부지하는 것이 급선무였다.

강영은 자신처럼 영리한 사람이 한낱 계집에게 농락당했다는 사실 때문에 아예 이성을 잃어버렸다.

쩌르릉!

“죽어라, 이년!”

그는 발검하는 것과 동시에 뇌정십팔탄을 전개했다.

거리는 겨우 이 장에 불과했다.

뇌정십팔탄 십칠초식인 섬뢰탄(閃雷彈)이 발출되자 고막을 찢을 듯한 벽력음이 터지며 한 덩이의 검강이 폭발하듯이 뿜어졌다.

꽈쾅!

강영 전면의 거대한 바위 한복판에 푸른 빛의 검강이 적중되자 바위는 산산조각 박살나서 흩어졌다.

그러나 강영과 바위 사이에 서 있던 정작 적중됐어야 할 소상의 모습이 보이지 않았다.

겨우 이 장 거리에 서 있다가 당연히 섬뢰탄에 적중되어 온몸이 갈가리 찢어져서 죽을 것이라고 여겼던 그녀의 모습이 연기처럼 사라진 것이었다.

강영이 급히 고개를 들자 삼 장여 밤하늘로 솟구친 소상이 허공중에서 막 방향을 틀고 있는 모습이 시야에 들어왔다.

휘익!

그가 신형을 솟구쳐 올라 소상 쪽으로 방향을 잡았을 때 그녀는 이미 칠팔 장 밖을 전력으로 쏘아가고 있었다.

"개자식! 어서 나를 죽여라!"

소상은 더 이상 도망치지 못하고 낭떠러지를 등진 채 피를 토하듯이 악을 썼다.

그녀의 오른쪽 가슴에는 커다란 구멍이 뚫려 핏물이 콸콸 쏟아지고 있었다.

방금 전에 강영의 섬뢰탄에 적중되어 가슴이 관통됐기 때문이다.

소상은 자신이 죽을 것이라는 것을 직감했다.

지금처럼 피를 콸콸 흘린다면 채 일각도 넘기지 못하고 과다출혈로 죽고 말 것이다.

하지만 지금 당장이라도 지혈을 하고 찢어지거나 잘라진 장기(臟器)를 진기로서 다스리는 적절한 조치를 취한다면 목숨은 건질 수 있을 것이다.

그러나 설사 그렇게 하더라도 공력을 보존할 수 있을는지는 의문이었다.

문제는 소상이 강영 같은 놈에게는 터럭만큼도 도움을 받고 싶어하지 않는다는 데에 있었다.

"상아, 내가 잘못했다. 이리 오너라. 내가 널 치료해 주마."

강영은 방금 전에 분을 참지 못하고 섬뢰탄을 발출했던 것을 뼈저리게 후회하고 있었다.

소상을 사랑하기 때문에도, 그녀를 위해서도 아니었다.

그녀가 죽으면 칠천절학을 배울 수 없기 때문이었다.

조금 전까지만 해도 이성을 잃고 소상을 죽이려 했었지만, 시간이 지날수록 점차 정신이 수습됐고, 그래서 이제야 칠천절학 생각을 떠올린 것이었다.

"상아. 응? 너를 사랑해. 날 못 믿겠니?"

강영은 표정까지 더없이 다정하게 만들면서 감언이설로 소상을 달래며 한 걸음 다가갔다.

"빠드득! 죽일 놈! 네놈이 칠천절학 때문에 이러는 걸 내가 모를 줄 아느냐?"

소상은 이를 갈며 오히려 두 걸음 뒤로 물러났다.

지이익!

순간 그녀의 발이 뒤로 죽 미끄러지며 몸이 크게 휘청거렸다.

"앗!"

그녀는 다급히 옆의 작은 소나무 가지를 잡았다.

"……!"

그 순간 강영의 뇌리로 불길함이 스쳤다.

그는 재빨리 주변을 둘러보았다.

'이런 빌어먹을……!'

틀림없었다.

이곳은 어제 강영의 핍박을 받던 연충조가 스스로 벼랑 아래로 몸을 던졌던 바로 그 장소였다.

그리고 그 광경을 지켜본 소상이 강영에게 벌레만도 못한 놈이라고 욕설을 퍼붓던 곳이기도 했다.

강영에게는 정말 재수없는 장소였다.

그래서 그는 더 더욱 소상이 연충조처럼 떨어지도록 보고만 있을 수가 없었다.

"상아, 네가 원하는 것은 뭐든 해주마. 어떻게 해야 날 믿겠니? 내가 여기서 사라져 줄까?"

하지만 소상의 두 눈에서 뿜어지는 원한은 더 짙어졌다.

"이놈……! 이 원한은 운정이 갚아줄 것이다……!"

"운정? 연운정을 말하는 것이냐?"

강영은 적잖이 놀랐다. 소상이 연운정을 알고 있을 줄은 상상조차 못 했었다.

"네가 그 자식을 어떻게 아느냐?"

"이놈아! 사질이 사숙을 왜 모른다는 말이냐?"

"사질? 사숙?"

소상은 비록 상대가 강영이지만, 지금이 아니면 영원히 가슴속에 있는 말을 할 기회가 없을 것 같았다.

"게다가 나는 그를 사랑하고 있단 말이다! 운정을 죽도록 사랑한다고!"

"이년이……."

냉정을 유지하려던 강영은 연운정이라는 이름을 듣자 순식간에 이성을 잃고 말았다.

더구나 자신이 순결을 짓밟고, 조금 전까지만 해도 종처럼 굴던 계집이 연운정을 죽도록 사랑한다고 울부짖자 이성으로는 더 이상 감당할 수 없는 분노가 치밀어 올랐다.

소상은 강영이 충격을 받은 것을 보고 기가 살아서 또다시 피를 토하듯이 외쳤다.

"운정은 반드시 네놈을 죽일 것이다! 네놈은 죽을 때 지금의 내 모습을 떠올려라! 이 더러운 놈아!"

그녀는 온몸을 떨면서 악을 쓰는 바람에 잡고 있던 나뭇가지를 놓치고 몸이 비틀거렸다.

강영은 소상을 달래야 한다는 사실을 또 망각하고 발끈 울화가 치밀었다.

“이 개년!”

휘익!

그는 소상이 균형을 잡지 못해 비틀거리는 순간 그녀를 향해 번개같이 신형을 날렸다.

“오지 마라, 개자식아!”

소상은 마지막 순간을 위해서 고이 남겨두었던 한 움큼의 공력을 오른손에 모아 사력을 다해 발출했다.

픽!

소상이 출수할 줄은 꿈에도 예상하지 못했던 강영은 가슴팍에 고스란히 일장을 적중당했다.

하지만 내상을 입을 정도의 큰 충격은 아니었다.

그녀에게 남아 있던 공력이 평소의 십 분의 일도 되지 않았기 때문이다.

강영이 주춤하는 사이에 일장을 발출한 반탄력에 소상은 쏜살같이 뒤로 튕겨져 날아갔다.

“허엇?”

강영이 크게 놀라 헛바람을 토해낼 때 소상의 몸은 벼랑가에서 이 장이나 떨어진 허공중에 떠 있었다.

그는 찰나간에 자신을 쳐다보는 그녀의 얼굴에 극도의 원한이 가득 떠올라 있는 것을 발견했다.

그것이 끝이었다. 강영이 어떻게 손을 써보지도 못한 채 뻔히 보고 있는 가운에 소상의 몸이 쏜살같이 추락했다.

그녀는 비명도 지르지 않았다. 마치 집으로 돌아가는 아이처럼, 자신의 죽음이 강영에게 작은 복수라도 하는 듯 기꺼이 시커먼 벼랑 아래로 떨어져 갔다.

강영은 넋을 잃고 망연자실 벼랑 아래를 내려다보았다.

"죽일 년!"

한참 후에야 그는 오만상을 쓰면서 욕설을 내뱉었다.

하지만 그는 아직도 칠천절학을 포기하고 싶은 생각이 없었다.

그래서 어떻게든 낭떠러지 아래로 내려가 볼 방법을 찾으려고 이리저리 살펴보았다.

하지만 낭떠러지는 너무 깊어 바닥도 보이지 않았으며, 스산한 바람 소리가 귀곡성처럼 들려올 뿐이었다.

더구나 벼랑은 어디 디딜 곳이나 틈조차 없이 거울처럼 매끄러워서 내려갈 엄두가 나지 않았다.

그러나 강영에겐 어검비행술이 있었다. 그것을 전개하면 능히 내려갈 수 있었다.

그는 내려가기 전에 청력을 돋우어 낭떠러지 아래에서 들려오는 소리를 감지하려 애썼다.

쏴아아—

듣는 것만으로도 섬뜩한 바람 소리.

그리고 자세히 들어보니 그 끝에 바람 소리와는 약간 다른 물 흐르는 소리가 들려오고 있었다.

낭떠러지 아래에는 강이 흐르고 있는 것이 분명했다.

측정해 본 깊이는 무려 삼백여 장.

소상이 강에 떨어졌으면 하류로 흘러갔을 가능성이 크다.

더구나 섬뢰탄에 정통으로 적중되어 샘물처럼 피를 흘리는 상태라 살아난다는 것은 불가능했다.

"개 같은 년!"

강영은 욕설을 터뜨렸다.

더구나 연충조와 똑같은 장소에서 똑같은 방법으로 추락했다는 사실 때문에 그는 더 화가 치밀었다.

하지만 무엇보다도 칠천절학을 얻을 수 있는 기회를 놓친 것이 가장 억울하고 원통했다.

그는 해남검파의 태상문주인 벽파검이 무엇 때문에 오십여 명의 제자들을 파견하여 정협의 전인에게서 천룡팔검결을 가져오게 했었는지 잘 알고 있었다.

벽파검은 천하의 어느 누구보다 자존심이 강한 인물이다. 그런 그가 그토록 천룡팔검을 원하는 이유는 그것이 뇌정십팔탄보다 월등하게 뛰어나다는 것을 인정하기 때문이었다.

천룡팔검이나 뇌정십팔탄은 다 같은 무림칠검류에 속해 있지만, 그것은 맹수지왕인 맹호와 늑대가 같은 맹수로 분류되는 것이나 다르지 않았다.

천하에서 천룡팔검을 능가하는 검법은, 아니, 무공 전체로도 전무하다는 것이 무림의 정설이었다.

그것을 거의 손에 넣었다가 잃은 강영의 심정은 치미는 분노와 억울함 때문에 혼절할 것만 같았다.

❖ 第六十二章 ❖
마웅(魔雄) 대 효웅(梟雄)

第 六十二 章

연운정은 두 시진에 걸쳐서 세 차례의 운공을 끝냈다.

그것으로써 그는 공력을 완전하게 회복했다.

하지만 그는 두 시진 전에 자리잡은 지금의 위치에서 꼼짝도 할 수 없는 상황이었다.

신군주. 그가 연운정으로부터 불과 칠, 팔 장 떨어진 거리에 앉아 있었기 때문이다.

원래 연운정은 두 시진 전에 북상하는 것처럼 보이고는 기척없이 십여 리 정도 후퇴하여 지금 이곳에 자리를 잡았었다.

이곳은 험난한 지세도 아니었으며, 엄폐물이 산재한 곳도 아닌 그저 숲 한가운데였다.

세 그루 기형적으로 자란 나무가 삼각형을 이루고 있는 한가운데 반경 일 장가량의 좁은 공간이 형성됐는데, 그곳에 그가 가부좌의 자세로 앉아 있었다.

물론 나무 가장자리에는 그가 변형, 발전시킨 소(小) 무무창허진이 펼쳐져 있었다.

그것 때문에 마도고수들은 세 그루 나무는 볼 수 있지만, 그 속에 앉아 있는 연운정은 발견하지 못했다.

마도고수들은 그곳에 진법이 펼쳐져 있다는 사실조차 꿈에도 짐작하지 못했다.

그러나 설혹 진을 발견했다고 해도 귀령마인이 죽고 없는 이상 무무창허진을 파진할 정도의 인물이 마총신군에는 없었다.

얼마 전에 연운정이 우려했던 것처럼 신군주는 동쪽 오십여 리 지점에서 남서쪽으로 비스듬히 가로질러 왔었다.

연운정이 미처 깨닫지 못하고 계속 북상했더라면 신군주와 정면으로 마주쳤을 것이다.

그런데 연운정이 계속 북상하고 있다는 보고를 받은 신군주는 이곳에 도착한 이후에는 지금의 위치에서 움직이지 않았다.

두 차례나 정협이 출현했다는 보고를 받고 이리 뛰고 저리 뛰었던 그는 자신이 정협의 술수에 놀아나고 있다는 느낌을 받았다.

이른바 성동격서(聲東擊西)라고 판단한 것이다.

그는 이곳에 도착한 지 얼마 지나지 않아서 귀령마인이 죽었다는 보고를 받았다.

또한 수하들에 의해서 옮겨져 온 귀령마인의 시체를 보고 그것이 천룡검법이라는 것을 확인했다.

귀령마인이 죽는 광경을 지켜본 수하들의 말에 의하면, 천사런 소련주가 그를 죽였다고 했다.

이후 정협이 신기막측한 수법으로 소련주를 한 자루 검에 실어 까마득한 허공으로 쏘아 올려 그곳을 벗어나게 했다는 것이다.

신군주는 그 수법이 어검비행술일 것이라고 정확하게 추측했다.

정협과 천사련 소련주는 적대 관계여야 분명하다. 그런데도 정협이 소련주를 탈출시켰다고 한다.

더구나 소련주가 귀령마인을 죽인 수법은 천룡검법이었다.

그것은 신군주로서는 추호도 예상하지 못했던 사실인 것이다.

칠천절학을 익힌 소련주와 그녀를 탈출시킨 정협.

그 수수께끼를 푸느라 신군주 마승은 오랫동안 꼼짝도 하지 않은 채 나무 그루터기에 앉아 생각에 골몰하고 있었다.

정협이 북상했다는 보고를 받은 이후 그가 어딘가에 다시 출몰했다는 보고는 아직 없었다.

그로 미루어 정협이 또다시 성동격서의 계책을 꾸미고 있는 것이 분명하다고 마승은 생각하고 있었다.

그리고 오래지 않아서 일 대(隊) 오백 명의 귀연마궁수가 어검비행술로 밤하늘을 날고 있는 소련주를 발견하여 공격했다가 전멸당했다는 보고를 받았다.

그것이 한 시진 전의 일이었다.

지금은 모든 것이 멈춘 상태였다.

구련산은 믿을 수 없을 정도의 침묵에 잠겨 있었다.

반나절쯤 전에 천사패도단 칠만여 명이 총출동하더니 세 무리로 나누어 각각 마총신군의 후미에 따라붙고, 좌우를 앞질러 간다는 보고를 받은 적이 있었다.

지금은 그 천사패도단마저도 잠잠했다.

마승은 이 고요의 밑바닥에 극도의 팽팽함이 흐르고 있는 것을 느꼈다.

이것은 마치 천지를 걷잡을 수 없는 혼돈으로 빠뜨릴 대폭풍이 몰아치기 직전 같았다.

　연운정은 운공을 끝낸 지 반 시진이 지났지만 무무창허진을 풀지도 않았고, 앉은 자리에서 꼼짝도 하지 않은 채 뚫어지게 마승을 주시하고 있었다.

　그는 마승을 보면서 그가 자신이 알고 있는 누군가와 많이 닮았다는 사실을 깨달았다.

　생전 처음 보는 마총신군의 신군주지만 전혀 낯설다는 느낌이 들지 않았다.

　'아……!'

　그러다가 어느 한순간 연운정은 내심 낮은 탄성을 터뜨렸다.

　신군주가 누구와 닮았는지 깨달은 것이다.

　그는 사도천과 정말 많이 닮았다.

　얼굴 윤곽이며 눈매와 콧날, 입매, 그리고 넓은 어깨와 딱 벌어진 가슴이 보면 볼수록 사도천을 빼다 박은 모습이었다.

　그렇게 생각하고 보니까 갸름한 턱의 선이며 뚜렷한 이목구비는 사도혜와 많이 닮은 것 같았다.

　'설마…….'

　그때 연운정은 내심 적이 놀라며 한 가지 사실을 기억해 냈다.

　사도천과 사도혜의 본가인 사도검가를 멸문시킨 자들이 마종의 수하들이었다는 사실이다.

　그 당시 사도혜의 부모와 모든 가솔들이 처참하게 죽었지만 오직 사도명의 시체만 발견되지 않았었고, 그래서 사도천은 그가 마종에게 납치됐을 것이라고 추측했었다.

　'맙소사! 그렇다면 마종은 사도명을 납치하여 자신의 제자로 삼았다는 말인가?

연운정은 크게 놀라 속으로 외치면서도 그것이 사실이 아니기를 원했다.

그러나 여러 가지 정황들은 신군주가 사도명이라는 사실을 거의 명백하게 증명하고 있었다.

연운정은 사도혜의 오빠인 사도명이 살아 있었다는 기쁨을 누릴 여유가 없었다.

사도명은 마종의 후계자로서 무림을 피로 씻으려 하고 있는 것이다.

연운정은 너무 큰 충격 때문에 잠시 동안 아무 생각도 없이 망연하게 앉아 있었다.

잠시가 지나서야 정신을 수습한 그는 이 사실을 한시바삐 사도혜에게 알려야겠다고 생각했다. 하지만 지금은 꼼짝도 할 수 없는 상황이었다.

만약 무무창허진이 그의 숨소리나 심장 박동 소리를 차단하지 않았더라면, 신군주는 이곳에 도착하자마자 그를 발견했을 것이다.

현재로서는, 신군주가 움직이지 않는 한 연운정도 움직일 수 없는 상황이었다.

그때 마승의 깊은 상념을 하나의 보고가 깨뜨렸다.

"어떤 자가 신군주님을 만나고 싶다면서 방어선을 뚫으며 이쪽으로 향해 오고 있습니다."

그 소리는 연운정도 똑똑히 들었다.

마승이 상념에 잠겨 있을 때에는 어느 누구라도 함부로 방해하지 못한다.

그런데도 감히 보고를 한다는 것은 중대한 사안이라는 뜻이다.

"수하들이 전력으로 저지하고 있는데 역부족입니다. 그자는 최소한 무림이십오기보다 강합니다."

구마영의 일영은 마승의 표정을 살피면서 조심스럽게 덧붙였다.

"어떤 자냐?"

비로소 마승이 상념을 접고 가라앉은 음성으로 입을 열었다.

"이십대 초반의 젊은 청년이며 혈마보 수하의 복장을 했습니다만 혈마보 수하는 아닙니다. 그리고 그는 해남검법 뇌정십팔탄을 완벽하게 구사하고 있습니다."

해남검법을 사용한다면 해남검수가 분명했다. 그런데 이십대 초반이라는 젊은 나이에 뇌정십팔탄을 전개한다는 것이다.

알려지기로는, 해남검파에서 뇌정십팔탄을 완성한 인물은 태상문주 벽파검뿐이며, 문주인 해룡신검조차 칠성 정도 터득했을 뿐이라고 했다.

그런데 이 정체불명의 청년은 뇌정십팔탄을 완벽하게 구사한다는 것이다. 그러므로 그가 무림이십오기보다 강한 것은 당연했다.

그렇다면 그를 저지하거나 죽이려면 많은 수하들의 희생이 뒤따를 것이다.

마승은 청년의 정체가 궁금해졌다.

"데려와라."

그렇게 강한 자가 단독으로 자신을 만나려고 한다면 뭔가 중요한 일 때문일 것이라고 마승은 판단했다.

'강영!'

일영이 데리고 온 사람을 보는 순간 연운정은 너무 놀라서 입 밖으로 소리를 지를 뻔했다.

해남검파에 입문하러 갔다가 그를 본 것이 마지막이었고, 그것이 칠년 전의 일이었지만, 연운정은 한눈에 그를 알아볼 수 있었다.

연운정은 얼마 전에 해룡신검과 해남검수들을 구하고 나서 일대제자 임필에게서 강영에 대하여 들은 적이 있었다.

강영은 단독 행동 때문에 당시의 지휘자인 와룡검척 설한경에 의해 해남검파에서 파문당했다고 했다.

또한 임필은 강영을 추적하다가 뗏목에 타고 흘러가는 연운정과 사도혜를 봤었으며, 강영도 그 광경을 보고 있었다고 했다.

그런 강영이 이 년 반이나 지난 지금 무엇 때문에 다시 구련산에 나타났으며, 더구나 제 발로 마총신군 신군주를 찾아온 것인지 짐작조차 할 수 없는 일이었다.

문득 연운정은 강영이 뇌정십팔탄을 완벽하게 구사했다는 보고를 떠올렸다.

그렇다면 그는 해남검파에서 파문당한 이후 모처에서 지난 이 년 반 동안 뇌정십팔탄을 연마했다는 말이 된다.

"내게 용건이 있나?"

마승은 나무 그루터기에서 일어나지 않은 채 강영을 쳐다보며 조용히 물었다.

강영은 마승의 일 장 앞에 당당하게 우뚝 서 있었다.

상대가 마총신군의 신군주였지만 그는 조금도 위축되지 않은 모습이었다.

"한 가지 거래를 할까 해서 찾아왔네."

강영은 마치 친구를 대하듯 하대를 했다.

둘러서 있던 구마영과 사절마인이 발끈했지만 마승의 명령이 없기에 분을 삭여야만 했다.

"말해라."

마승은 가볍게 고개를 끄덕였다.

한 명의 마웅(魔雄)과 한 명의 효웅(梟雄)이 마주해 있었다.

물론 마승이 마웅이고 강영은 효웅이다.

"자네가 정협을 찾아내 준다면, 내가 그놈을 죽이고 싶다."

웬만한 일에는 눈썹조차 까딱하지 않는 마승이지만, 이 말에는 약간의 반응을 보였다.

"이유는?"

"나는 그놈을 반드시 죽여야만 풀릴 원한을 품고 있다. 그놈을 죽일 수만 있다면 내 목숨을 바쳐도 좋다!"

강영의 얼굴에는 누가 보더라도 그의 말을 뒷받침할 만한 극도의 분노가 가득 떠올라 있었다.

연운정은 어이가 없었다.

그는 아무리 생각을 해봐도 자신과 강영 사이에 있을 만한 원한이 떠오르지 않았다.

그와의 인연이라고는 해남검파에 입문하러 가다가 거의 강압에 가까운 그의 요구로 비무를 해서 이겼던 것이 전부였다.

그리고 연운정이 해남검파 입문에 탈락하는 광경을 목격한 강영이 통쾌한 표정을 짓고 있는 것을 본 것이 그를 본 마지막 모습이었다.

그런데 반드시 연운정을 죽여야만 풀릴 원한을 품고 있다니 어이가 없는 일이었다.

"너는 정협을 아는가?"

"후후! 잘 안다고 할 수 있지."

이어서 강영은 마승이 묻지 않았는데도 연운정에 대해서 자신이 알고 있는 바를 술술 얘기했다.

"그 자식의 이름은 연운정. 지금쯤 스무 살이 됐을 테고, 일대 정협을 만나 제자가 된 것은 열두 살 때, 그러니까 팔 년 전쯤이지."

강영은 마치 정협에 대해서 가장 잘 알고 있다는 듯이 거침없이 설명했다.

듣고 있던 연운정은 강영이 이 년 팔 개월쯤 전에 해남검수들과 함께 연화산을 조사하러 갔다가 해풍현의 운정각에 들러 모친 송하려를 봤다는 대목에서 적잖이 놀랐다.

그러나 더 놀라운 말은 그 다음에 흘러나왔다.

"자네는 비살루라는 살수 조직을 알고 있나? 연운정의 아비인 연충조는 바로 그 비살루의 살수였다네."

'아버님이 살수!!'

경악할 일이었다.

어린 시절, 연운정에게 입버릇처럼 정의와 협의를 가르쳤던 부친이었다.

아니, 굳이 그런 교육이 아니더라도 부친의 지나치다 싶을 정도의 강직하고 대쪽 같은 일상생활 자체가 살아 있는 교육이며 귀감이었다.

그런 부친이 살수라니, 연운정은 강영이 잘못 알고 있는 것이라고 실소를 흘렸다.

"근거있는 내용인가?"

"물론이지."

마승의 물음에 강영은 어제 연충조가 일척 방현에게 고백했던 내용들을 간략하게 설명해 주었다.

즉, 연충조는 병든 노모가 은자 닷 냥이라는 의원비가 없어서 빗속에 자신의 품에서 죽어간 것을 계기로, 가난에서 벗어나기 위하여 은자 천 냥이라는 돈을 선불로 받고 십 년을 기한으로 집을 떠났으며, 그때가 연운정이 열한 살 때라는 것이다.

그는 마치 자신이 연충조 자신이라도 된 것처럼 상세하게 알고 있었다.

연운정은 경악했다. 부친이 비살루의 살수라는 사실만 제외한다면 강영의 말은 모두 사실이었다.

"연충조는 정협의 전인을 납치하러 이곳에 왔다가 정협의 전인이 자신의 아들이라는 사실을 알게 됐지. 그러나 아들 앞에는 나타나지 못하고, 암중에서만 노심초사하다가 아들이 지하 동굴 속으로 추락한 후에도 이곳을 떠나지 못하고 맴돌고 있었지."

연운정은 부친이 비살루의 살수라는 사실을 더 이상 부정할 수가 없었다.

가슴으로는 여전히 부정하고 있었지만, 머리는 어쩔 수 없이 인정하고 있었다.

'아버지……'

연운정은 가슴이 조각나는 것처럼 아파서 속으로 흐느끼며 부친을 불러보았다.

"하하하! 살수의 아들 따위가 정협이라니! 정말 역겨운 일이 아닌가? 응?"

강영의 비웃음이 연운정의 고막을 울렸다.

"푸후후! 그놈이 그런 사실을 알게 되면 수치스러워서 죽고 싶은 심정이겠지!"

하지만 연운정의 마음은 강영의 말과는 반대였다.

연운정은 아들과 아내를 가난에서 벗어나게 해주려고 살수가 돼야만 했던 부친에게 오히려 더할 수 없는 고마움과 미안함, 그리고 존경심을 느꼈다.

부친은 자신이 살수가 되리라는 사실을 전혀 모르고 계약을 했을 것이다.

만약 미리 알았었다면 세 식구가 굶어 죽는 한이 있어도 절대 은자 천 냥을 선불로 받는 일 따위는 없었을 것이다.

연운정은 실수가 되어 괴로워했을, 그리고 아들을 보고 있으면서도 그 앞에 나타날 수 없었던 부친의 심정을 고스란히 느낄 수 있을 것 같아서 더욱 가슴이 아팠다.

"그자는 지금 어디에 있지?"

마승은 처음이나 변함없이 나직하며 무미건조한 표정과 음색으로 물었다.

강영의 얼굴에 참을 수 없는 통쾌함이 떠올랐다. 소상 때문에 잔뜩 헝클어졌던 기분이 그제야 사라지는 것 같았다.

"후후! 연충조의 시체가 이 산 어느 구석에 처박혀 썩고 있는지는 잘 모르겠지만, 그자의 영혼이 구천을 헤매고 있을 것이라는 사실만은 분명하네."

강영은 자랑하고 싶어서 견딜 수 없다는 듯한 표정으로 어깨를 들썩이며 늘어놓았다.

순간 연운정은 자신의 귀를 의심했다. 필경 자신이 잘못 들었을 것이라고 생각했다.

"네가 죽였다는 것이냐?"

"물론."

연운정은 두 사람의 문답을 분명히 들었지만, 마치 꿈속을 헤매는 듯한 몽롱한 느낌이었다.

앉아 있는 땅바닥이 한없이 밑으로 꺼져들었으며, 머릿속은 물기가 하나도 없는 것처럼 푸석푸석했다.

'아버지……'

그는 자신이 입 밖으로 중얼거리는지 속으로 중얼거리는지 모르는 상태에서 부친을 불렀다.

충격이 너무 크고 슬픔이 도를 넘으면 이렇게 되는 것인가?

연운정은 사람이 숨이 끊어져서 죽으면 이런 기분이 되지 않을까 싶을 정도로 기이한 느낌에 휩싸여 있었다.

온몸에 힘이 하나도 없었으며 눈물도 나오지 않았다.

그러나 내장이 꼬이고 뼈가 뒤틀렸으며 살이 제멋대로 푸들푸들 떨리고 있었다.

태어나서 열한 살까지 함께 지냈던 부친의 모습들이 하나씩, 그러나 아주 빠르게 뇌리와 눈앞에 떠오르며 스쳐 갔다.

그렇게 얼마나 시간이 흘렀을까?

억겁 같기도 하고 일 수유 같기도 한 시간이 지나 약간 정신을 차렸을 때 그는 뒤로 쓰러져 있는 자신을 발견했다.

신군주나 강영에게 발각됐는지 어떤지는 지금으로서는 신경을 쓰고 싶지도 않았다.

지금은 부친밖에는 아무것도 생각나지 않았다.

'아버지께서 돌아가셨다.'

그리고 남편을 잃은 모친이 얼마나 슬퍼할 것인지, 앞으로 어떻게 살아가실 것인지를 생각하자 온몸이 조각나고 심장이 녹아버릴 것만 같았다.

연운정은 그렇게 더 누워 있었다. 아무 소리도 들리지 않았으며, 아무것도 하고 싶지 않았다.

문득 귓가에 서늘한 액체가 느껴졌다.

눈물이 흘러내린 것이다.

그가 그것을 느꼈을 때에도 눈물은 하염없이 흐르고 있었다.

"자네가 기뻐할 한 가지 소식을 더 알려줄까?"

그때 유들유들한 강영의 목소리가 들려왔다. 그때까지 두 사람이 침묵하고 있었던 것은 아닐 텐데도, 유독 그 말이 연운정의 귀에 들린 것은 우연이었을까?

"정협 연운정 놈에게는 사형이 한 명 있네."

그 말에는 마승도 얼굴에 적이 놀라움이 떠올랐다. 정협의 사형이라면 무위가 정협과 맞먹을 것이다.

한 명의 정협도 벅찬데 한 명이 더 있다는 사실은 놀라운 일이 아닐 수 없었다.

연운정은 부친이 죽었다는 충격에 빠진 상태에서 강영의 말을 아련하게 들었다.

"그자의 이름은 냉후라고 하지."

이름까지 정확하게 알고 있었다.

"게다가 그 사형에게는 제자도 한 명 있었지."

마승은 강영이 '있다' 라고 하지 않고 '있었지' 라고 지나간 일처럼 말한 것에 주목했다.

"혹시 그 제자를 네가 죽였나?"

"물론."

연운정의 망막에 소상의 얼굴이 떠올랐다. 뭔가 애잔한 듯 안타까워하는 마지막 얼굴이었다.

부친의 죽음에 비할 바는 못 되지만, 소상의 죽음 역시 충격을 안겨주기에는 부족함이 없었다.

강영은 분명히 소상에게 그런 얘기들을 들었을 것이다.

하지만 그가 어떻게 그녀를 만났으며 실토를 받아냈는지는 중요하지 않았다.

부친이 돌아가시고 게다가 소상까지 죽었다는 사실보다 중요한 일은 없었다.

연운정은 빠르게 평상심을 되찾아갔다.

어쩌면 부친의 죽음 때문에 절망하며 정신을 잃었다가 소상의 죽음에
정신을 차리게 됐는지도 몰랐다.

절망에 분노가 더해지면 냉정할 만큼 침착해진다는 사실을 그는 그때
처음 깨달았다.

강영이 신군주에게 묻는 소리가 들려왔다.

"정협의 사형인 냉후라는 자가 누구인지 알겠나?"

그는 아직도 연충조와 소상을 자신이 죽였다는 사실 때문에 기분이 좋
은 상태였다.

그는 과연 영리했다. 정협과 사형과 소상이라는 세 사람의 관계, 그리
고 정협과 소상이 이곳 구련산에 있다는 사실만으로 냉후의 정체를 유추
해 냈다.

하지만 마승 역시 영리하기로는 강영 못지않았다.

"냉후가 천사련주인 것 같군. 그 제자는 당연히 소련주겠지."

강영은 가볍게 놀라는 듯하더니 껄껄 웃었다.

"하하하! 과연 마종의 제자답군!"

그는 느긋한 표정을 지었다.

"자! 이제 나하고 거래를 하겠나?"

그는 마치 세상에 하나밖에 없는 물건을 갖고 있는 사람처럼 여유를
부렸으며 그것을 즐겼다.

마승은 생각해 볼 것도 없다는 투로 대답했다.

"싫다."

강영은 자신의 귀를 의심하는 듯한 표정을 지었다.

"방금 싫다고 말했나? 아니면 내가 잘못 들은 것인가?"

정협이 있는 곳을 알려만 주면 대신 죽여주겠다는데도 거절이라니, 그
로서는 육성은 분명하게 들었지만, 머리로 그 말뜻을 이해하지 못했다.

"이유를 말해주겠나?"

마승은 마뜩찮은 표정을 엷게 지은 후 조용히 대답했다.

"내가 보기에 너는 필경 비열하고 교활한 성격인 것 같다. 나는 그런 인간을 좋아하지 않는다."

강영의 눈살이 찌푸려졌다.

마승은 강영이 굳이 이유를 묻지 않았으면 말하지 않았을 테지만, 물은 이상 거리낌없이 말을 이었다.

"또한 너는 목적을 위해서라면 은원(恩怨) 따윈 개의치 않을 인간인 것 같다. 그러므로 네가 정협을 죽이려고 하는 데에는 원한 말고 반드시 다른 이유가 있을 것이다."

마승은 강영의 표정이 미미하게 변하는 것을 놓치지 않았다.

"마지막으로, 나는 정협과 천사련주를 조금도 두려워하지 않을 뿐만 아니라 오히려 그 두 사람과 싸워 우열을 가려보고 싶다. 그런데 어째서 네가 정협을 죽이도록 도와야 하는 것이냐?"

강영은 추호도 반박의 여지가 없음을 절감했다. 그만큼 마승의 이유는 명쾌하고도 단호했다.

강영은 어눌하게 물었다.

"왜 자네는 정협이나 천사련주하고 굳이 싸우려고 하는 것이지? 어쩌면 자네가 패할 수도 있을 텐데? 그렇게 되면 야망 같은 것도 끝장 아닌가?"

역시 효웅인 강영은 마웅인 마승을 어느 면으로나 능가할 수 없었다. 그의 한계는 거기까지였다.

마승의 입가에 비로소 흐릿한 한줄기 미소가 떠올랐다.

"길을 가고 있는데 앞길을 거대한 산이 가로막았다. 너는 어떻게 하겠느냐?"

"당연히 돌아서 가지. 힘들게 넘을 필요가 있을까?"

"나는 넘어간다. 그게 너와 내가 다른 점이다."

강영은 마승의 말을 이해하지 못했다. 그의 성격으로는 죽어도 이해하지 못할 일이었다.

듣고 있던 연운정은 마승, 아니, 사도명에게 호감을 느꼈다. 그의 기상은 진정한 사내대장부의 그것이었다.

만약 사도명이 마종의 제자가 되지 않았더라면 반드시 천하의 영웅이 되었을 것이라는 생각이 들었다.

"가라. 그러나 이후 내 눈에 띄면 널 죽일 것이다."

사도명은 목소리의 높낮이 없이 중얼거리듯이 말했다. 하지만 그의 말뜻은 강했다.

그는 강영이 천사련 소련주를 죽였으며, 또 정협을 죽이겠다고 설치는 것으로 미루어 꽤 강할 것이라고 짐작했지만 자신의 적수는 아니라고 판단했다.

또한 강영의 말이나 생각과 계획이 경조부박(輕佻浮薄)하고 간교한 것을 보고 그의 인간성이 악하다고 미루어 짐작했다. 이른바 업비량(業比量)이었다.

강영의 표정이 짧은 시간에 여러 차례 복잡하게 변하더니 이윽고 냉랭한 표정으로 내뱉었다.

"좋아. 너도 내가 죽여야 할 놈의 명단에 추가시켜 두지."

그는 자신이 마총신군 신군주 면전에 서 있으며, 오만여 마도고수에게 둘러싸여 있다는 사실을 잊은 것처럼 안하무인이었다.

그런 점에서는 강영 역시 굴강한 성격이었다.

"뇌정십팔탄 정도로는 내게 안 된다. 아마 해남검파의 태상문주인 벽파검이라고 해도 내게는 십 초를 넘기지 못할 것이다."

사도명은 타이르듯 말했다. 진정한 강자의 여유였다.

그것 때문에 강영은 밸이 꼴려서 독한 안광을 뿜어냈다.

그의 뒤틀린 성격은 언젠가는 기필코 신군주를 죽이겠다고 다짐하고 있었다.

"천하에 칠천절학보다 강한 무공은 존재하지 않는다. 너는 과연 내가 칠천절학을 완벽하게 터득하고 난 후에도 그렇게 말하는지 두고 보겠다."

강영은 너무 화가 치밀어 하지 말아야 할 말까지도 마구 내뱉었다.

그 순간 사도명과 연운정은 강영이 무엇 때문에 소상을 죽였으며, 정협을 죽이려 하는 것인지 알아차렸다. 그의 목적은 칠천절학을 배우는 것이었다.

연운정과 사도명은 보통 사람과는 비교할 수 없을 정도로 두뇌가 비상한 사람들이었다.

그러니 굳이 일깨워 주지 않아도 몇 마디 말만으로 능히 사태를 유추해 낼 수 있었다.

아마도 강영은 소상을 제압하여 그녀에게 칠천절학을 가르쳐 달라고 강요했을 것이다.

강영의 현재 실력은 모르지만, 소상의 실력으로 강영에게 쉽사리 당했을 리가 없다.

그렇다면 강영은 소상이 좋지 않은 상황에 처했을 때 비열한 방법으로 제압했을 가능성이 컸다.

그리고는 그녀에게 칠천절학을 강요했을 것이고, 말을 듣지 않는 그녀를 끝내는 죽여 버렸을 것이다.

또한 강영이 정협을 죽이겠다고 설치는 이유 역시 칠천절학 때문일 터이다.

그는 방금 전에 칠천절학이야말로 천하제일의 절학이라고 자신의 입으로 말했다.

그것은 자신이 정협의 상대가 못 된다고 스스로 인정하는 것이다.

그럼에도 불구하고 자신이 정협을 죽이겠다는 것은, 분명히 뭔가 다른 꼼수가 있을 것이라는 게 연운정의 추측이었다.

물론 그런 추측은 사도명도 하고 있었다.

강영의 구체적인 계책은 모르더라도, 그가 정협을 제압하는 일에 사도명과 마총신군을 이용하려는 것은 분명한 것 같았다.

즉, 바람을 빌려 배를 달리게 하자는 차풍사선(借風使船)의 계책인 것이다.

"가라."

사도명은 강영에게서 시선을 거두며 짧게 말했다. 그것은 명령에 가까웠다.

가지 않으면 죽이겠다는.

강영은 어금니를 악문 채 사도명을 무섭게 노려보았다.

그의 표정과 눈빛에는 사도명을 죽이겠다는 노골적인 살기가 가득했지만 사도명은 개의치 않았다.

사도명은 사리가 분명하고 거짓과 진실을 꿰뚫어 보는 혜안이 있는 사람이었다.

범이나 표범 같은 대인이 어찌 개나 양 따위 소인배에게 속임을 당하겠는가[虎豹豈受犬羊欺].

순간 강영은 신형을 날려 한쪽 방향으로 바람처럼 쏘아갔다.

연운정은 그가 시야에서 완전히 사라질 때까지 쳐다보았다.

연운정은 강영을 어떻게 할 것인지 잠시 갈등했다. 그러나 곧 마음을 가라앉혔다.

강영의 목표가 정협, 즉 연운정 자신이라면, 그는 이곳 구련산을 떠나지 않을 것이기 때문이었다.

그러므로 부친과 소상의 복수는 조금쯤 나중으로 미뤄도 늦지 않을 것이다.

같은 하늘을 이고 살 수 없는 불공대천지수지만, 대의를 위해 잠시 목숨을 붙여두는 것뿐이라고 자신을 위로했다.

사도명은 다시 상념에 빠져들었다. 그는 강영이라는 존재를 벌써 깡그리 잊어버린 상태였다.

하지만 사도명의 상념을 이어지지 않았다.

수하가 건네주는 전서구의 서찰을 읽고 난 일영이 사도명에게 공손히 보고했기 때문이다.

"주군, 균천협맹 고수들이 출현했다는 보고입니다."

사도명은 조금도 놀라지 않았다. 마치 미리 예상이라도 하고 있었던 것 같은 표정이었다.

하지만 그는 그것을 예상하지 못했다. 다만 굴강한 성격상 웬만한 일에는 놀라지 않는 것뿐이었다.

반면에 연운정은 깜짝 놀랐다.

아울러 마음이 급해졌다. 일영의 보고는, 사도혜가 계획한 대로 균천협맹의 고수들이 마총신군의 한복판을 횡으로 가로지르기 시작했다는 뜻이었다.

연운정은 이 기회를 최대한 이용해야 한다. 이걸 놓치면 자칫 균천협맹과 마종이 전면전을 벌여야 할는지도 모르는 일이다.

"자세히 보고해라."

"균천협맹 고수들이 이곳에서 북쪽으로 칠십여 리, 서쪽 지점을 뚫고 들어와 동쪽을 향해 일직선으로 돌파하고 있습니다."

사도명은 보고를 들으면서 생각에 골몰했다.

그는 생각하는 것을 즐겨 했으며, 그 끝에는 언제나 좋은 결과가 뒤따랐다. 그것은 그의 두뇌가 명석하며, 뛰어난 분석가이기도 하다는 뜻이었다.

"균천협맹 고수들은 삼백여 명으로 이루어졌는데, 처음에는 일렬로 본 군을 돌파하다가 오십여 리 정도 깊숙이 들어온 후에는 갑자기 백여 명씩 삼 개 대(隊)로 나누어지더니, 현재는 각 대가 이십여 리의 간격을 유지한 채 동진(東進)하고 있습니다."

사도명은 꼼짝도 하지 않은 채 한 그루 나무에 시선을 고정시킨 모습이었다.

그 나무에 무엇이 있어서가 아니라 생각에 잠겼을 때 한곳을 뚫어지게 주시하는 것은 그의 오래된 습관이었다.

그런데 하필이면 그가 주시하고 있는 나무가 연운정을 둘러싸고 있는 세 그루 나무 중에 하나였다.

그랬기 때문에 얼핏 보면 그가 연운정을 주시하고 있는 것처럼 보이기도 했다.

"그들 삼 개 대의 선두는 정삼제의 성검협 은기상, 금창절 도림설, 균천선음 선하린과 무림이십오기에 속하는 인물들, 그리고 구파일방의 장문인들이 맡고 있습니다."

"그런데도 불과 삼백여 명뿐이라는 말이냐?"

"그렇습니다."

일영의 표정과 목소리가 더욱 조심스러워졌다.

"급습은 워낙 졸지에 이루어졌기 때문에 본 군의 수하들은 그들을 막지 못하고 지리멸렬하고 있습니다."

정삼제를 필두로 무림이십오기의 절정고수들과 구파일방의 장문인들이 선두를 맡은 삼백여 명 삼 개 대는 균천협맹의 최정예라고 할 수 있었다.

그런 그들이 마총신군의 옆구리를 횡으로 돌파하고 있다.

미리 만반의 준비를 했더라도 저지하기 어려웠을 텐데, 전혀 예기치 않았던 상황이었으니, 마총신군의 고수들이 그들을 저지하지 못하는 것은 이미 정해져 있는 일이었다.

마총신군 총 오만여 명이 그곳에만 집결해 있는 것이 아니다. 만약 그랬다면 그곳이 정삼제를 비롯한 균천협맹 삼백여 고수의 무덤이 됐을 것이다.

마총신군 오만여 마도고수는 남북으로는 장장 삼백여 리, 동서로는 백여 리에 이르는 긴 띠의 모양의 포위망을 형성하고 있는 상황이었다.

무슨 일이 생기면 근처의 마도고수들이 빠른 시간 안에 모여들지만, 정삼제가 이끄는 삼백고수의 돌파는 마도고수들이 모여드는 것보다 훨씬 빨랐다.

"그러나 근처 삼십여 리 일대에 있던 본 군의 수하들 만여 명이 앞길을 차단하러 신속하게 집결하는 중이니 곧 그들의 돌파를 무산시킬 수 있을 것입니다."

일영은 사도명의 표정을 살피면서 조심스레 보고를 이어갔다. 그는 아직 사태를 제대로 파악하지 못했다.

사부 마종에게는 마도절학을 사사받고, 그 자신이 학문을 좋아해서 수많은 고서와 잡학을 두루 섭렵했던 사도명이다.

어떤 일에 직면하게 되었을 때, 단지 본능이 시키는 대로 행동하는 것과 숙고 후에 방법을 찾아 행동하는 것은 결과에서 큰 차이가 있게 마련이다.

그런 점에서 사도명은 후자에 속하지만, 언제나 지나치다 싶을 정도로 숙고를 거듭했으며, 그것은 지금도 변함이 없었다.

일영의 보고가 이어졌다.

"균천협맹을 감시하고 있는 수하들의 보고에 의하면, 균천협맹은 현재 전체 세력 팔천여 명을 여덟 개의 군(群)으로 나누어 본 군의 외곽 쪽으로 천천히 이동하고 있는 중이라고 합니다."

사도명의 눈초리가 약간 좁혀졌다.

균천협맹의 최정예 삼백여 명 삼 개 대가 마총신군의 허리를 자르면서 돌파하고 있다.

그리고 균천협맹 전체가 팔 개 군으로 나누어 이동 중이다.

그런 방법은 소수의 병력으로 대군을 상대할 때 사용하는 병법의 기본이라고 할 수 있었다.

그것을 모를 리 없는 사도명이다.

하지만 그는 균천협맹이 마총신군을 상대로 싸움을 개시하려 든다고는 생각하지 않았다.

이곳에는 마총신군뿐 아니라 천사패도단도 있다. 균천협맹의 그런 행동은 자칫 삼파전으로 번져서 무림대전쟁으로 비화할 가능성이 농후했다.

그 결과는 너무도 전감소연(前鑑昭然)한 일이었다. 균천협맹은 괴멸할 수밖에 없고, 마총신군과 천사패도단이 무림의 패권을 놓고 격돌하게 될 것이다.

사도명은 균천협맹이 그렇게 어리석다고는 생각하지 않았다.

그렇다면 그들은 다른 것을 노리고 있는 것이 분명했다.

정협은 균천협맹, 아니, 정파의 지도자다. 그런데 정협은 현재 마총신군의 포위망 안에 갇혀 있는 상태다.

정협이 없는 상황에서 균천협맹이 전쟁을 일으킨다는 것은 말도 되지 않았다.

정삼제가 이끄는 삼 개 대의 목적은 싸움이 아니라 어쩌면 단지 ‘돌파’ 하기 위해서인지도 모른다.

그 ‘돌파’ 로 마총신군의 허리가 잘릴 것이고, 수많은 마도고수들이 균천협맹 삼 개 대로 몰려들 것이다.

그것 때문에 포위망 안은 잠시 동안 어수선한 상황이 될 터이다.

‘무엇을 위한 돌파인가? 정협을 구해내기 위해서?’

사도명은 고개를 가로저었다.

‘아니다! 정협 정도라면 포위망 안을 무인지경처럼 돌아다닐 수 있을 테고, 마음만 먹으면 언제라도 포위망을 뚫고 빠져나갈 수 있을 것이다.’

순간 사도명의 뇌리를 스치는 것이 있었다.

‘혹시?’

그는 자신이 방금 떠올린 생각에 대해서 잠시 생각해 보다가 그것이 확실하다는 판단을 내리고 더 이상 생각하기를 그만두었다.

“일영. 전 고수를 동원하여 균천협맹 삼 개 대를 괴멸시켜라.”

“존명!”

“너희도 가라.”

사도명은 한옆에 공손히 시립해 있는 사절마인에게 고개를 끄덕여 보였다.

그의 명령에는 일언반구 반론이 제기될 수 없었다. 왜 이곳에 혼자 남으시려는 것이냐는 어리석은 질문 같은 것은 묻는 사람의 명을 재촉할 뿐이었다.

조금 전까지만 해도 마도의 최정예고수들에게 겹겹이 호위를 받고 있던 사도명은 이제 혼자 나무 그루터기에 앉아 있었다.

대해(大海) 세류(細流)를 마다하지 않는다

第 六十三 章

슥―

이윽고 그는 천천히 일어나 어깨를 쭉 펴며 당당하게 섰다.

그리고 한마디 조용한 말.

"이제 나오시게."

누구에게 하는 말인가?

주위는 적막하리만치 고요했다. 이따금 먹이를 찾는 짐승의 부스럭거리는 소리나 겨울새 우짖는 소리만 들렸는데, 그 소리가 오히려 고요를 더욱 고요하게 만들었다.

"귀하는 정협일 테고, 날 단독으로 만나려는 것이 아니었나?"

사도명은 다시 말했다. 마종의 제자가 정협에게 하는 말이라고는 여겨지지 않을 만큼 조용한 어조였다.

그는 정삼제의 삼 개 대가 마총신군의 허리를 관통하고 있는 목적을, 정협이 신군주인 자신과 일 대 일로 싸울 수 있는 기회를 만들어주기 위해서라고 판단한 것이었다.

만약 그렇다면 정협은 이 근처에서 자신을 주시하고 있을 것이다, 라는 게 또한 사도명의 추측이었다.

그는 연운정의 기척을 감지하지 못했다. 하지만 자신의 판단을 굳게 믿었다.

또한 그는 정협이 이 주위에 있다면 반드시 자신 앞에 나타날 것이라고 확신했다.

삼십여 년 전의 일대 정협이 그랬듯이, 이대 정협 역시 무림대전쟁을 원하지는 않을 것이므로.

문득, 사도명은 아주 흐릿한 기척을 느끼고 그 방향으로 천천히 몸을 돌렸다.

그는 자신으로부터 칠 장 정도 거리의 세 그루 나무 안쪽에 한 명의 흑의청년이 서 있는 것을 발견했다.

그토록 가까운 거리에 누군가 은신하고 있었는데도 자신이 감지하지 못했다는 사실에 사도명은 적잖이 놀랐다.

그는 상대가 진법을 설치했을 것이라고 짐작했다. 하지만 표정에는 드러나지 않았다.

사도명은 자신을 주시하고 있는 흑의를 입은 준수한 청년이 필경 이대 정협일 것이라고 직감했다.

누군가 굳이 그의 신분을 장황하게 설명해 주지 않더라도, 사도명은 그에게서 느껴지는 남다른 정기와 서기와도 같은 은은한 눈부심을 발견했다.

누구도 흉내 내지 못할 그런 기운은 정협이기 때문에 가능할 것이라고 사도명은 판단했다.

이윽고 연운정은 묵직하게 걸음을 옮겨 사도명의 이 장 앞에 마주

섰다.

그것은 정협이기에 가능한 행동이었다. 누구도 두려워하지 않는 당당함과 하늘 아래 부끄러움이 없는 의연함이 그것이었다.

사도명의 판단은 정확했다. 정협은 과연 이 근처에 있었고, 신군주인 자신을 독대(獨對)하기를 원했던 것이다.

두 사람은 우뚝 선 채 한동안 말없이 서로를 주시했다.

그러나 적의를 드러내지도 않았으며, 위축되거나 긴장하지도 않았고, 노골적으로 상대를 살피려 하지도 않았다.

그저 담담한 표정으로 상대를 응시하며 서로를 느끼고 있었다.

두 사람은 정파와 마도의 진정한 강자인 것이다.

그것만으로도 충분했다.

연운정은 십여 리 이내에 단지 아홉 명만이 은둔해 있는 것을 감지했다.

그는 그들이 사도명의 심복들이며, 그의 명령 없이는 모습을 드러내지 않을 것이라고 판단했다.

"귀하는 마종의 제자요?"

문득 연운정의 나직한 목소리가 적막을 깨뜨렸다.

사도명은 가볍게 고개를 끄덕였다.

"그렇네. 마총신군을 지휘하고 있지."

"반갑소."

연운정의 입가에 부드러운 미소가 피어올랐다.

그는 사도명을 만난 것이 진심으로 반가웠다. 상대가 사도혜의 오빠인 사도명이 확실하다고 단정했기 때문이다.

그렇다면 사도명은 연운정에게 손위 처남인 셈이었다. 형제를 떠나서 이보다 더 가까운 촌수가 과연 무엇이겠는가.

그런 사실을 알 리 없는 사도명은 연운정이 불쑥 반갑다고 말하자 가볍게 안색이 변해 그 말뜻을 헤아려 보려고 했으나 여전히 이해할 수가 없었다.

그렇지만 연운정의 얼굴에는 진심 어린 반가움이 떠올라 있을 뿐 상대를 농락하려는 기색은 추호도 없었다.

아니, 한 가지가 더 있었다.

그것은 너무도 부드럽고 온화한 연운정의 눈빛이었다. 누가 보더라도 친밀감이 분명한 눈빛이었다.

사도명은 상대가 무엇 때문에 그런 표정과 눈빛을 띠며, 또한 반갑다는 말을 했는지 궁금했다.

하지만 그는 어금니를 지그시 악물고 약간 눈빛을 차갑게 했다. 그런 것을 알고 싶지도 않았고, 알 필요도 없었다.

상대는 정협이다.

그것은 기필코 쓰러뜨려야만 한다는 뜻이다. 그것 외에는 다른 것을 생각하고 싶지 않았다.

정협을 꺾으면 정파의 절반을 괴멸시킨 것이나 진배가 없다.

그 다음은 천사련이다. 사도명은 그렇게 하나씩 무너뜨려 나갈 계획을 방금 전에 세웠다.

"자네는 나와 일 대 일 대결을 원하는 것 같군. 자네 사부인 일대 정협처럼. 그렇지 않은가?"

"그렇소."

연운정은 자신이 사도혜의 남편이라고 밝히고 싶었다.

그렇게 함으로써 매제와 처남의 관계로 다정하게 대화하고 싶었으며, 또한 할 수만 있다면 사도명과 싸우지 않고 오히려 그를 정파 쪽으로 끌어들이고 싶었다.

하지만 이 근처에는 사도명의 심복들이 은신해 있었다.

전음으로 알려주는 방법이 있기는 하지만 워낙 중대한 일이라서 필시 사도명의 표정이 변하고 또 반사적으로 어떤 말이나 행동이 돌출될는지 모르는 일이었다.

이 근처에 은신해 있는 자들이 사도명의 심복이라고는 하지만, 큰 의미에서는 마종의 수하다.

그들이 사도명에게 벌어지는 일들을 마종에게 보고하지 않는다는 보장은 없는 것이다.

"나는 준비가 되었네. 자네는 언제든지 공격하게."

사도명은 전신의 공력을 끌어올린 후 고개를 끄덕였다.

"이곳은 적당한 장소가 아니오."

연운정은 상대가 손위 처남이기 때문에 사도명과는 달리 하대를 하지 않았다.

"내 수하들은 명령 없이는 움직이지 않네. 믿어도 좋네."

"당신 수하이기도 하지만 마종의 수하이기도 하오. 당신은 나와 공평하게 겨루는 게 싫소?"

사도명은 일리가 있다는 듯 고개를 끄덕였다.

"자네 말을 듣고 보니 그렇군. 좋네. 장소는 어디든 자네가 정하게. 따라가겠네."

연운정은 북쪽을 쳐다보았다.

"우선 균천협맹에 대한 공격을 멈춰주지 않겠소?"

그는 조금 전에 사도명이 일영과 사절마인에게 내린 명령을 걱정하는 것이었다.

사도명은 보일 듯 말 듯 빙긋 미소를 지었다. 정파의 절대자(絶對者) 정협도 완전하지는 못하다는 것, 자신이 그를 약간 속였다는 것에 대한 회심의 미소였다.

"지금쯤 정삼제가 이끄는 무리는 아무런 방해도 받지 않은 채 동진하고 있을 걸세. 사실, 나는 조금 전에 수하에게 전음으로 정삼제 일행을 건드리지 말고 내버려 두라는 명령을 내렸었지."

그러면서도 사도명이 겉으로는 정삼제 일행을 공격하라고 명령했던 것은, 이 일대에서 수하들을 물러가게 하는 동시에 조급해진 연운정이 조금이라도 빨리 모습을 드러내게끔 유도하는 두 가지 효과를 노린 것이었는데, 결과적으로 두 가지 다 성공했다.

거기까지 생각이 미친 연운정은 사도명의 탁월한 지혜에 적잖이 감탄했다.

연운정은 사도명을 쳐다보았다. 그 역시 쓸데없는 살인은 원하지 않는다는 사실이 과연 사도혜의 오빠답다는 생각이 들었다.

"안내하게."

사도명의 말이 끝나자마자 연운정은 동남쪽을 향해 번쩍 신형을 날렸다.

사도명은 한줄기 빛처럼 쏘아가는 연운정을 잠시 응시하다가 자신도 신형을 날려 그의 뒤를 따랐다.

연운정이 무무창허진을 펼쳤던 세 그루 나무 중 하나에는 간단한 노부가 새겨져 있었는데, 아무도 그것을 발견하지 못했다.

일영을 포함한 아홉 명, 즉 구마영은 은둔하고 있던 곳에서 꼼짝도 하지 않았다.

뒤따르지 말라는 사도명의 엄명이 있었기 때문이다.

*　　　　*　　　　*

연충조는 겨우 모아두었던 진기를 끌어올려 얼마 전에 계류에서 건져 낸 여자의 가슴에 밀착시킨 채 일말의 망설임도 없이 아낌없이 주입시키고 있었다.

그는 강영에게 치명적인 일검을 맞은 후 낭떠러지에서 추락했었지만 다행히 바닥이 깊은 담(潭)이어서 온몸이 박살나는 것을 모면할 수 있었다.

이후 계류로 십여 리나 떠내려가는 중에도 꺼져 가는 정신을 잃지 않으려고 계속 이빨로 입술을 물어뜯으면서 마지막 사력을 다해 계류 가로 헤엄쳐 나오는 데 성공할 수 있었다.

그러나 그가 만약 계류 가에 쓰러져서 그대로 정신을 잃었다면 체내의 피를 모두 흘려내면서 그 길로 죽음을 맞이했을 것이다.

그는 기진맥진해서 늘어졌지만 실로 초인적인 힘으로 몸을 움직여 가슴의 검상을 지혈하고 운공을 하여 겨우 몇 움큼의 진기로서 상처 부위를 대충 다스린 후 혼절하고 말았었다.

그것이 그의 목숨을 건졌다. 아니, 아들과 아내를 만나야 한다는 너무도 절박한 희원(希願)이 그를 살린 것이었다.

이후 그는 세 시진 만에 정신을 차리고 줄곧 상처를 치료하는 일에만 전력을 쏟았다.

원래 그가 받은 혹독한 살수 수련에는 절박한 상황에서의 생존법도 포함돼 있었고, 또한 민간이나 무림인들의 치료 방법과는 궤를 달리하는 살수 특유의 치료법도 들어 있었다.

그는 늘 지니고 다니는 환약을 복용하고 금창약을 상처 부위에 바른 후 끊임없이 운공을 하며 진기로써 상처를 치료했다.

강영의 검은 그의 심장을 왼쪽으로 한 치가량 아슬아슬하게 비껴 찔렀기 때문에 전력으로 상처를 치료하여 하루쯤 지나자 상처는 더 이상 악화되지 않았고 공력은 원래의 삼 분의 일가량 회복할 수 있었다.

그리고 반 시진쯤 전에 그는 운공에서 깨어나 계류 가에 떠밀려 온 한 명의 여자를 발견했다.

그녀는 다름 아닌 소상이었다.

연충조와 똑같은 장소에서, 연충조를 찔렀던 같은 인물 강영에게 당해 계류로 떠내려오다가 연충조와는 달리 저절로 계류 가에 떠밀려 온 것이었다.

사실 연충조는 소상에게 눈곱만큼도 관심이 없었다.

게다가 그는 처음에 그녀가 죽은 시체라고 판단했었다. 그 정도로 그녀의 몰골은 처참했다.

연충조는 소상의 몸이 일 장 앞에서 물결에 이리저리 흔들리는 데에도 전혀 신경을 쓰지 않고 운공에만 몰두했다.

그런데 그가 두 번째 운공을 막 끝냈을 때 죽은 줄 알았던 소상이 아주 미약한 신음 소리를 흘려냈다.

"우… 운정아……."

만약 그 신음 소리가 아니었다면, 연충조는 자신의 생명을 도외시해 가면서까지 그녀를 살리려고 집착하지 않았을 것이다.

*　　　*　　　*

사도혜는 한 통의 서찰을 읽고 난 후 기쁘고도 염려스러운 마음이 되었다.

그 서찰은 방금 도착한 전서구의 발목에 묶여 있었으며, 은기상이 보낸 것이었다.

서찰에는 마총신군이 정삼제의 삼 개 대를 더 이상 공격하지도, 저지하지도 않는다는 내용이 적혀 있었다.

그것은 정협 연운정이 마총신군의 우두머리와 일 대 일 대결을 하게 되었다는 사실을 의미했다.

그래서 사도혜는 어쩌면 이것으로 마총신군과의 전쟁은 피할 수 있을지도 모르겠다는 생각에 기뻤지만, 한편으로는 과연 연운정이 마총신군의 우두머리를 이길 수 있을까 하는 염려 때문에 마음이 무거울 수밖에 없었다.

"방주님, 본 맹의 척후들에게 정협과 마총신군의 우두머리를 찾아보되, 발견하더라도 십 리 이내로는 절대 접근하지 말라는 지시를 내려주세요."

"어떻게 된 겁니까?"

옆에 있던 죽장신개는 잔뜩 궁금한 얼굴로 조심스레 물었다.

그도 서찰을 읽었지만 그것만으로는 정협이 어떤 상황인지 조금도 짐작할 수가 없었다.

"대가께선 마총신군 우두머리와 일 대 일 대결을 벌이게 되신 것 같아요."

"아!"

죽장신개는 크게 놀라는 얼굴로 탄성을 터뜨렸다.

그가 개방제자들에게 명령을 내리러 간 사이에 사도혜는 아련한 눈빛으로 먼 곳을 바라보았다.

그녀가 있는 곳은 구련산의 동쪽인데, 정삼제 일행이 마총신군의 옆구리를 돌파하기 시작했던 지점에서 삼십여 리쯤 떨어진 하나의 높은 봉우리 꼭대기였다.

봉우리 아래에는 균천협맹의 여덟 개 군(群) 중에 본진이라고 할 수 있는 제일군 천여 명의 고수가 운집해 있었다.

사도혜의 시선은 한곳에 머물지 못하고 구련산의 곳곳을 이리저리 부유했다.

저곳 어딘가에 그녀의 남편이자 정협인 연운정이 있을 것이다.

그에게 무슨 일이 생길는지는 오직 하늘만이 안다.

'제발…….'

사도혜는 안타깝게 두 손을 모았다.

그러나 그보다 더욱 안타까운 일은, 연운정이 싸우게 될 상대가 바로 자신의 실종된 오빠 사도명이라는 것을 그녀가 모르고 있다는 사실이었다.

*　　　　　*　　　　　*

정협에게서 칠천절학을 탈취할 수 있을 것이며, 그가 살아 있다고 믿는 인물이 여기에 한 명 더 있었다.

사심혈흔. 바로 그였다.

그는 이 년 반 전에 뒤늦게 구련산에 도착하는 바람에 정협과 천봉화용이 뗏목에 탄 채 지하 동굴 속으로 추락하는 장면을 직접 목격하지는 못했었다.

그러나 그 소문은 이미 천하에 파다하게 퍼져서 가담항설(街談巷說)하는 판국이라 굳이 비밀이라고도 할 수 없었다.

그러므로 정협에 대해서는 혈안이 되어 있었던 사심혈흔의 귀에 그 소문이 들어오지 않을 리 없었다.

사심혈흔으로 말하자면, 연화산에서부터 이곳 구련산까지 끈질기게 연운정을 추적하고 있는 유일한 인물이었다.

지금 그는 눈살을 잔뜩 찌푸린 채 자신의 발아래를 굽어보고 있는 중이었다.

그곳에는 겉으로 보기에는 시체나 거의 다름이 없는 두 명이 웅크려 있었다.

더 이상 옷이라고 할 수 없는 낡디낡은 넝마 조각을 걸쳤으며 피골상접한 모습의 남녀였다.

그들은 예전에는 사심혈혼의 제자로서 무림을 주유하면서 온갖 악행을 저질렀던 바로 옥염쌍예 교교와 구본행이었다.

그러나 그들의 겉모습만으로는 그 누구도 그들이 예전의 아름답고도 농염한 염예, 그리고 천하의 미장부 옥예라고는 터럭만큼도 생각하지 못할 것이다.

두 사람은 이 년 반 동안 목욕은커녕 세수조차 한 적이 없어서 온몸이 때로 뒤덮여 있었으며, 산 열매나 풀뿌리 따위로 근근이 목숨만 연명했기 때문에 몸에 살점이라고는 붙어 있지 않은 처참한 몰골이었다.

구본행은 교교를 품에 꼭 안은 채 초점없는 흐릿한 눈으로 과거 자신들의 사부였던 인면수심의 인간을 쳐다보고 있었다.

예전의 교교는 가끔 혼절에서 깨어나 구본행을 알아보며 몇 마디 더듬거리기도 해서 그를 안심시켜 주었었다.

그러나 지금은 혼절에 빠진 지 벌써 한 달이 지나고 있었다. 그런데도 그녀가 끈질기게 목숨을 부지하고 있는 이유는, 구본행이 틈틈이 자신의 진기를 주입시켜 주었기 때문이다.

구본행은 어쩌다가 먹을 것이 생기면 그것을 오랫동안 꼭꼭 씹어서 교교의 입을 벌리고 그 안에 흘려 넣어주었다.

그러다 보니 그 자신은 거의 먹지 못했으며, 더구나 한겨울인 지금은 열매나 풀뿌리를 구할 수가 없어서 최악의 상황이었다.

그러면서도 그는 자신보다는 교교를 더 걱정했다. 현재 그는 열흘 동안 아무것도 입에 댄 것이 없었으며 교교는 사흘 동안 먹지 않은 상태였다.

예전의 그였다면 산중에서 짐승을 잡는 일 정도는 눈을 감고서도 해낼 수 있었지만 지금은 아니었다.

정도에 지나치게 자신의 진기를 교교에게 주입시켰던 탓에 그는 예전에 비해 겨우 삼 할에도 미치지 못하는 공력을 지니고 있을 뿐이었다.

좋은 환경에서 잘 먹고 충분히 휴식을 취한다면 몇 달 안에 예전의 상태를 회복하겠지만, 교교를 살려내기 전에는 꿈에서도 요원한 일이었다.

"사… 부님… 사저를 살려… 주십시오……."

구본행은 강시 같은 얼굴에 애절한 표정을 떠올리며 사심혈혼을 보면서 더듬거렸다.

그는 사심혈혼을 원수보다 더 증오하고 있었다. 사부에게 있어서 제자는 자식이나 다름이 없는 존재인데, 사심혈혼은 교교가 철이 들기도 전에 겁탈하여 그녀의 첫 남자가 되었었다.

그 이후에도 끊임없이 교교와 정을 통했으며 그녀에게 자신이 알고 있는 온갖 악행과 사악한 것들을 가르쳤다.

그로 인해서 원래 천성이 여리고 착한 교교는 자신의 뜻과는 상관없이 악인의 길을 걸어야만 했었다.

하지만 그런 것은 다 용서할 수 있다고 해도 교교가 연운정의 천극붕에 적중되어 다 죽어가는 것을 보고도 그녀를 살리려고 애를 쓰기는커녕, 오히려 그녀를 내다 버리라고 한 작자가 바로 사부 사심혈혼이었다.

또한 그것에 거세게 항의하던 구본행은 사심혈혼에게 맞아 죽을 뻔했었다.

그날 이후 구본행은 사저 교교를 업고 천하의 의원들을 찾아다녔지만 찾아간 의원마다 약속이나 한 듯 고개를 가로저었다.

그래서 결국 그는 연운정만이 교교를 살릴 수 있을 것이라고 판단하고 지금껏 구련산을 헤매고 다녔던 것이다.

구본행은 마른 나무밖에 없는 숲보다는 혹시 들판에 먹을 것이 있지 않을까 해서 교교를 들쳐 업고 거의 기다시피 숲을 나와 막 들판으로 들어서려고 하는데 누군가 앞을 가로막았다.

그가 바로 사심혈흔이었다. 절망 끝에 깊이를 알 수 없는 낭떠러지가 놓여 있는 형국이었다.

"너희가 아직껏 살아 있었느냐?"

사심혈흔은 놀라기도 하고 어이없기도 한 얼굴로 두 사람을 쳐다보았다.

"사부님… 먹을 것을 조금만 나누어 주십시오… 사저가 사흘째 아무것도 못 먹었습니다……."

죽어가는 교교 때문에 구본행은 사심혈흔을 죽이고 싶은 마음마저도 접었다.

그는 그래도 과거의 사부였던 자이기에 절박한 처지에 놓여 있는 형편없는 몰골의 두 제자를 보면 혹시나 값싼 동정이라도 베풀지 않을까 해서 곧 울 것 같은 목소리로 간절하게 애원했다.

"잘 만났다, 이 새끼들."

그러나 사심혈흔은 동정 대신 입가에 흐릿하며 잔인한 미소를 떠올렸다.

구본행은 정신이 가물거리는 중에도 가슴이 철렁 내려앉았다.

"내 손으로 거두어 가르치며 입히고 먹인 제자를 내 손으로 직접 죽이지 못해서 께름칙했었는데, 이제야 앓던 이를 뽑을 수 있게 됐구나."

사심혈흔이 오른손을 천천히 들어올리는 것을 보면서 구본행의 두 눈에 파란 안광이 이글거렸다.

"너 같은 인간 말종에게 그래도 일말의 정이라도 남아 있을까 기대했던 내가 병신이다! 어차피 정협을 만나지 못할 바에야 네 손에 죽는 것도 나쁘지는 않겠지. 그래야 원귀가 돼서라도 네놈을 괴롭힐 수 있을 테니까……."

"크흐흐…… 그 말이 유언이냐?"

"추악한 놈……! 한때 네놈의 제자였다는 사실이 정말 구역질이 나는구나!"

이어서 구본행은 사심혈흔의 장심이 거무스름하게 변하는 것을 보면서 외면해 버렸다.

그는 차라리 잘됐다는 생각이 들었다. 사랑하는 교교와 한날한시에 죽을 수 있는 것도 어쩌면 잔인한 운명이 자신들에게 베푼 마지막 자비 같다는 생각이 들었다.

'후후. 이러면 설사 지옥에 떨어지더라도 사저와 같은 곳에 있지 않겠는가?'

그렇게 생각하자 마음이 평온해졌다.

사실 정협이 된 연운정을 만나 교교를 살려내는 일은 처음부터 요원한 일이었다.

그가 어디에 있는지도 모를뿐더러, 설혹 안다고 해도 정파의 하늘인 그는 수많은 정파 거물들에게 둘러싸여 있을 텐데 쉽사리 만나기나 할 수 있겠는가?

그때 드넓은 초원 쪽으로 얼굴을 돌리고 있던 구본행은 무엇인가를 발견했다.

그것은 아득히 멀리 보이는 두 개의 점이었는데, 믿을 수 없을 만큼 빠른 속도로 가까워지고 있었다.

그 점은 바로 사람이었고, 눈 깜빡할 사이에 오륙 장까지 이르렀는데, 앞선 사람을 발견하는 순간 구본행은 너무 놀라서 입을 쩍 벌리고 말았다.

"……!"

그가 그토록 찾아 헤맸던 정협 연운정이었다. 용모가 예전에 비해 많이 준수해졌지만, 틀림없는 연운정이었다.

구본행은 자신이 꿈을 꾸는 것이 아닌가 싶어 놀란 얼굴로 눈을 껌뻑거렸다.

사심혈혼은 초원으로부터 두 사람이 쏘아오는 기척을 추호도 느끼지 못했다.

그는 구본행과 교교를 일장으로 한꺼번에 쳐 죽이려고 막 팔을 뻗으려다가 구본행의 표정이 급변하는 것을 발견하고 반사적으로 즉시 멈추었다.

"살려주시오!"

구본행은 절규하듯 소리를 질렀으나 초원에서 쏘아오던 두 사람은 순식간에 그의 측면으로 스쳐 지나 숲 속으로 사라져 버렸다.

그리고는 아무 일도 없는 듯 겨울 숲은 적막으로 가라앉았다.

"날더러 죽여달라더니 대체 누구에게 살려달라고 하는 것이냐?"

사심혈혼이 다시 오른손에 공력을 모으면서 들어올리며 한껏 빈정거렸다.

그는 구본행과 교교의 측면 삼 장 거리에서 스쳐 지나간 두 사람의 모습을 끝내 발견하지 못했다.

그저 한줄기 바람이 일렁이는 것만을 느꼈을 뿐이었다.

그러나 그는 두 가지 사실을 간과했다.

쏘아오던 두 사람의 기척을 자신이 전혀 감지하지 못했을 정도로 그들이 초절정고수라는 사실과 그들 두 명이 이미 자신의 뒤에 서 있다는 사실이 그것이었다.

구본행은 참담한 표정을 지었다. 방금 전에 절망과 희망이 동시에 그의 목전에서 교차했다. 그리고 다시 절망만 남아 있었다.

"그녀는 교교 교 낭자가 아니오?"

"으헉!"

사심혈혼은 두 번째로 시도하려던 장력 역시 발출하지 못했다. 그 대신 자신의 등 뒤에서 들려오는 나직한 목소리에 소스라치게 놀라 평생 최초로 혼비백산하고 말았다.

"너… 희는 누구냐?"

그는 자신의 바로 뒤 반 장이라는 아주 가까운 거리에 나란히 서 있는 두 사람, 연운정과 사도명을 발견하고는 너무 놀라서 말까지 더듬거렸다.

얼마나 놀랐는지 고수들끼리는 적당한 거리를 유지해야 한다는 사실마저 잊은 채 그 자리에 멍하게 서 있었다.

그러나 연운정은 사심혈혼의 말은 듣지 못한 듯 그를 스칠 듯이 지나치더니 구본행의 앞으로 다가갔다.

사심혈혼을 무시하는 것을 넘어서 아예 이 자리에 있지도 않은 존재처럼 취급하는 행동이었다.

그러나 사심혈혼은 너무 놀라서 그런 것까지 신경 쓸 겨를이 없었다.

연운정은 구본행의 품에 안긴 채 늘어져 있는 교교를 보며 적잖이 놀라는 얼굴로 재차 물었다.

"정말 교 낭자가 맞소?"

움푹 꺼진 구본행의 두 눈에 그렁그렁 눈물이 고였다.

"그… 렇소. 사저는 지금 죽어가고 있소……."

고개를 끄덕이는 바람에 눈물이 후드득 떨어져 내렸다.

만약 구본행이 살려달라고 소리를 지르지 않았더라면 연운정은 그냥 지나쳤을 것이다. 그는 아직도 구본행의 음성을 기억하고 있었던 것이다.

연운정은 두 사람 앞에 한쪽 무릎을 꿇고 앉아서 떨리는 두 손을 교교에게 뻗었다.

"살펴봐도 되겠소?"

구본행은 비 오듯이 눈물을 흘리며 교교를 연운정에게 내밀었다. 그의 두 팔이 와들와들 사시나무처럼 떨렸다.

절망이 다시 희망으로 바뀌었고, 감격이 그의 온몸과 온 마음을 지배하고 있었다.

연운정이 교교의 맥을 짚어보는 사이에 구본행은 흐느껴 울며 읊조렸다.

"내가 무조건 잘못했소……. 과거에 저질렀던 악행은 전부 내 짓이고 사저는 조금도 관계가 없소……."

맥을 짚던 연운정의 굳은 얼굴에 잠시가 지나자 안도의 기색이 떠올랐다.

"사저는 늘 말했소. 당신을 원망하지 말라고… 원망해서는 안 된다고… 당신 덕분에 사저는 본성을 찾은 것이오……. 사저는 당신을 은인이라고 했소……. 하지만 나는 사저를 죽게 내버려 둘 수가 없었소. 그래서 당신을 찾아다녔던 것이오……."

구본행은 눈물 콧물을 흘리면서 마치 아이가 아버지에게 고해바치듯이 하소연하다가 착잡한 표정으로 연운정을 쳐다보았다.

"역시 늦었지요? 사저는 사흘이나 아무것도 먹지 못했소… 이놈의 빌어먹을 산에는 먹을 만한 풀뿌리조차 흔치 않았소……. 그런데 내게는 사저에게 주입시켜 줄 진기가 더 이상 남아 있지 않아서……."

연운정은 두 사람의 몰골을 보고 구본행이 죽어가는 교교를 업고 얼마나 산중을 헤매면서 고생이 막심했었는지 어렵지 않게 짐작할 수 있었다.

또한 구본행의 언행에서 그가 칼을 삼켜 더러운 창자를 모조리 긁어내듯이[呑刀刮腸] 과거의 사악한 심성을 깡그리 버리고 새사람이 되었음을 여실히 느낄 수 있었다.

연운정은 교교를 품에 안은 채 사도명을 쳐다보았다.

"나는 몇 년 전에 오해를 하여 이 여자에게 중상을 입힌 적이 있었소. 그때부터 지금까지 한시도 그 일을 잊은 적이 없었고 후회하며 지냈소."

구본행이 눈물을 쏟으면서 외쳤다.

"아니오! 우리 옥염쌍예는 천하가 손가락질하는 악인이라서 죽어 마땅했소! 당신은 추호도 잘못이 없었소! 더구나 그 당시에 내가 간계(奸計)를 부리지 않았다면 당신은 결코 사저에게 출수하지 않았을 것이오!"

연운정은 씁쓸한 표정을 지었다.

"하지만 그때 교 낭자는 분명히 뉘우치고 있었소. 그것을 알아차리지 못했으니 내 잘못이오."

그는 다시 사도명을 보며 부탁했다.

"내가 이 낭자를 치료하는 동안만 기다려 주겠소?"

사도명은 처음부터 지켜봤고 대화를 들었기 때문에 대충 어떻게 된 일인지 짐작할 수 있었다.

그는 강호에 나오기 전에 무림에 대해서 충분히 공부를 했기 때문에 웬만한 무림고수들의 이름이나 신상에 대해서 줄줄 꿰고 있었지만 옥염쌍예라는 별호는 금시초문이었다.

그로 미루어 그들이 그리 유명한 인물은 아닐 것이라는 짐작을 가능케 했다.

하지만 정파의 절대자 정협이 그따위 하잘것없는 인간에게 오해를 해서 중상을 입혔던 일을 마음 아파하는 것이나, 기껏 그녀를 치료하려고 신군주인 자신에게 기다려 달라고 부탁하는 것에 대해서는 좀처럼 이해가 되지 않았다.

"그러겠네."

하지만 이해를 못한다고 해도 잠시 기다려 주는 것쯤이야 어려운 일이 아니었다.

사심혈혼은 구본행의 말에서 연운정이 정협이라는 사실을 마침내 깨닫고 혼비백산하고 말았다.

'이… 놈이 정협?!'

그는 고개를 절레절레 흔들며 정신을 차리려고 애썼다. 그토록 찾아 헤매던 정협이 바로 코앞에 있었다.

거리는 불과 반 장.

게다가 그는 교교를 바닥에 눕힌 채 그 옆에 가부좌의 자세로 앉아 등을 보이고 있었다.

사심혈혼이 보기에 이 젊은 이대 정협은 그저 평범해 보였다. 그러므로 손만 뻗으면 간단하게 제압할 수 있을 듯했다.

그 다음에 놈을 족쳐서 칠천절학을 토해내게 하는 것쯤이야 식은 죽 먹기보다 쉬울 터. 그야말로 만사형통인 것이다.

더구나 뒤에 서 있는 금의청년은 옷만 번드르르하게 입었지 별 볼일 없는 놈 같았다.

정협을 제압한 이후에 금의청년을 죽여도 늦지 않을 것이다.

생각이 거기까지 미친 사심혈혼으로서는 추호도 망설일 이유가 없었다.

슈욱!

그의 우수가 번개같이 연운정의 등을 향해 뻗으며 세 줄기 지풍이 발출됐다.

퍼억!

"크악!"

순간 세 줄기 지풍이 연운정의 혈도에 닿기도 전에 그의 몸에서 거센 반탄지기가 뿜어지며 사심혈혼의 오른손을 팔꿈치까지 짓뭉개 버렸다.

연운정은 굳이 호신강기로 자신의 몸을 보호하지 않았다.

그렇더라도 천극정신공을 극성으로 연성한 그의 몸은 외부의 공격에 언제라도 반탄지기를 뿜어낼 준비가 되어 있었다.

연운정을 암습하려면 최소한 사도명이나 그보다 더 강한 고수여야만 가능했다.

"크으으……."

사심혈혼의 손은 오른손 팔꿈치 아래에서 짓뭉개져서 날아가 버렸으며 끊어진 팔꿈치에서는 분수처럼 피가 뿜어지고 있었다.

그는 팔꿈치를 부여잡고 고통스러운 신음을 토해냈다.

"죽일 놈이로군."

그때 사도명이 가볍게 눈살을 찌푸리더니 나직이 중얼거리며 사심혈혼을 향해 손을 뻗었다.

그는 사심혈혼이 연운정을 암습하는 것을 충분히 제지할 수 있었지만 그러지 않았다. 그 정도는 연운정이 해결할 수 있을 것이라고 여겼기 때문이었다.

"뭐냐, 네놈은?"

사심혈혼은 아직도 정신을 차리지 못하고 사도명에게 무섭게 눈을 부라렸다.

연운정은 교교의 가슴 한복판 명문혈에 장심을 밀착시키면서 돌아보지 않은 채 중얼거렸다.

"그는 마종의 제자라오."

"……."

그러자 사심혈혼은 눈을 휘둥그렇게 뜨고 입을 찢어지도록 크게 벌렸다. 그는 태어나서 지금처럼 놀란 적이 단 한 번도 없었다.

슥!

그때 사심혈혼을 향해 뻗었던 사도명의 손이 슬쩍 뭔가를 비트는 시늉을 했다. 마치 나뭇가지에서 잎사귀 하나를 따는 듯한 간단한 동작이었다.

빠직!

"캑!"

그러자 사심혈혼의 목이 풀잎이 꺾이듯 간단하게 직각으로 부러져 버렸다.

쿵!

그는 부릅뜬 눈으로 사도명을 쳐다보다가 옆으로 쓰러진 채 저승으로 떠났다.

사도명과 사심혈혼의 거리는 일 장 반.

사도명은 허공을 격하여 무형지기로서 사심혈혼의 목을 움켜잡아 부러뜨린 것이었다.

구본행은 자신과 교교의 인생을 망친 자의 말로가 너무도 간단한 것을 보면서 만감이 교차했다.

사도명은 또다시 복잡한 심정에 사로잡힌 채 연운정을 주시하고 있었다.

　연운정의 부탁을 들어주긴 했지만 그가 설마 아무런 방비도 없이 저다 죽어가는 여자를 치료할 줄은 몰랐다.

　최소한의 안전을 위해서 자신의 주위에 진법을 펼쳐 둔다던가, 아니면 어디 은밀한 곳을 찾아가 치료를 끝낸 후에 돌아올 것이라고 예견했었다.

　그러나 그는 사도명의 예상을 깨고 그냥 마른풀 위에 앉아서 치료에 전념하고 있었다.

　사도명의 눈에는 연운정이 허점투성이였다. 지금 암습을 가한다면 그는 즉사를 면치 못할 것이 분명했다.

　호신강기를 펼친다고 해도 사도명 같은 초절정고수에겐 무용지물이었다.

　그렇지만 사도명은 암습 따위는 하지 않는 사람이었다. 또한 자신의 입으로 뱉은 약속은 자신이 죽을지라도 끝까지 지키고 마는 성격이었다.

　그가 지금 혼란스러워하는 이유는, 어째서 연운정이 사도명 자신의 약속을 철석같이 믿을 수 있느냐는 것이었다.

　지금 연운정이 하는 양은 칼자루를 아예 사도명 손에 쥐어주는 도지태아(倒持太阿)의 행위나 다름이 없었다.

　사도명이 손만 뻗으면 정협은 즉사하고, 그로써 정파는 지리멸렬하고 말 것이다.

　그것을 모를 리 없는 정협일 터. 그런데도 저렇게 완전히 무방비 상태로 치료하고 있다는 것은 한 가지 결론밖에 없었다.

　사도명에 대한 철저한 믿음.

　'자신의 목숨을 걸고 나를 믿는다는 말인가……?'

　정말 어리석기까지 한 믿음이었다.

그런 결론을 내리고 나자 조금 전보다 머리가 더 혼란스러워지는 사도명이었다.

그 자신이라면 절대 하지 못할, 아니, 안 할 일을 연운정이 하고 있으니 말이다.

그것은 덜떨어진 바보나 하는 짓이었다. 마치 부모나 형제를 믿는 것처럼 사도명을 믿다니…….

사도명은 복잡한 눈빛으로 연운정을 주시하며 어떻게든 스스로를 이해시키려고 무던히 애썼지만 결국 요령부득이었다.

교교를 치료하는 일은 그리 어렵지 않았다.

천극붕은 극양장이므로 그녀의 체내에서 극양지기를 뽑아내기만 하면 될 일이었다.

더구나 연운정이 교교에게 천극붕을 적중시켰을 당시에는 채 완성되지 않은 천극붕이었으므로 극양지기는 별로 강하지 않았다.

하지만 교교의 가슴 한복판에 장심을 대고 극한지기를 일으켜서 천극붕의 구결을 역순(逆順)으로 발휘하며 극양지기를 뽑아내는 일은 연운정에게나 쉬운 일이지 천극붕을 모르는 사람에겐 막막한 일일 수밖에 없었다.

과거 연운정도 한 번 본 적이 있던 교교의 너무도 풍만하고 탐스러웠던 젖가슴은 지금 말라비틀어진 홍시처럼 변해 가슴팍에 겨우 매달려 있는 모습이었다.

스으으…….

교교의 체내에 있던 극양지기가 연운정의 장심을 통해 배출되어 그의 머리 위에서 기체가 되어 사라졌다.

이제 교교는 완전히 나았다. 별일이 없는 한, 잘 먹고 푹 쉬면서 요양한다면 두어 달이 지나기 전에 예전의 모습과 기력을 되찾을 수 있을 것이다.

"교 낭자는 다 됐으니 이제 구 형의 상태를 좀 봅시다."

"……."

구본행은 아무 말도 할 수 없었다. 그의 얼굴에는 평생에 한 번도 지어본 적이 없었고, 앞으로 죽을 때까지도 다시는 짓지 못할 괴이한 표정이 가득 떠올라 있었다.

교교가 다시 살아났다는 것에 대한 환희. 정협이 자신을 '구 형'이라고 부르며 상태를 봐주겠다는 것에 대한 감격. 설마 이런 것들이 꿈은 아닐까 하는 조바심. 그런 것들이 얼굴에 범벅이 되어 마구 뒤섞여 떠올랐다.

"저, 정협……."

연운정이 자신의 손목을 잡자 구본행은 화들짝 놀라서 눈물을 줄줄 흘리며 어쩔 줄을 몰라 했다.

그가 어쩔 사이도 없이 손목을 통해서 연운정의 부드러운 진기가 도도히 흘러들었다.

"아아……."

그는 황망한 표정으로 연운정을 쳐다보았다.

연운정은 너무도 경건하고 위대해 보였다. 반면에 구본행 자신은 한 마리 벌레 같다는 생각이 들었다.

군자는 대해(大海)와도 같아서 숱한 강물이나 계류들을 가리지 않고 끌어안는다[河海不擇細流] 하더니, 바로 연운정이 그러했다. 그는 진정한 대해였다.

구본행은 방금까지만 해도 쓰러져서 눕고만 싶을 정도로 힘이 없었는데, 연운정이 진기를 주입시켜 주자 예전의 힘이 펄펄 넘치던 그 상태가 되었다.

이날 이후 구본행은 진정으로 새사람이 될 터이다. 그는 자신을 백번 천번 희생하여 기꺼이 천하를 밝히는 초라한 호롱불이라도 되겠다고 맹세를 거듭했다.

"구 형, 이 길로 균천협맹으로 가서 내 아내를 찾으시오. 그리고 아무 일도 하지 말고 푹 정양하도록 하시오."

이윽고 연운정이 구본행에게서 손을 떼고 온화한 미소를 지으며 일러주었다.

구본행은 그의 얼굴에서 생불의 그것을 보았다.

연운정이 구본행에게 단지 '아내'라고만 하고 이름을 말하지 않은 것은 사도명이 이름을 듣고 혼란스러워할까 우려해서였다.

정협 대 신군주

第 六十四 章

"이것으로 우리는 작은 소임을 완수했소."

정삼제가 이끄는 삼 개 대 삼백여 명의 절정고수가 마총신군의 포위망을 완전히 빠져나와 야트막한 언덕 위에 멈춘 후 은기상은 자신들이 지나쳐 온 숲을 굽어보며 조용히 입을 열었다.

마총신군의 허리를 관통했지만 군웅 중에서 죽은 사람은 한 명도 없었다. 서너 명이 가벼운 부상을 입은 것이 전부였다.

이들 삼백여 명이 절정고수였기 때문이며, 마총신군의 허리를 관통하던 중에 마도고수들이 일제히 물러갔기 때문이었다.

"정협께서 마총신군 신군주와 일 대 일로 겨루게 됐다는 노부를 남기셨다고 하오."

은기상이 조금 전에 받은 전서구의 내용을 밝히자 여기저기에서 가벼운 탄성이 흘러나왔다.

그러나 그들은 곧 정협을 염려하는 표정을 지었다.

"신군주가 누굽니까?"

누군가 묻자 은기상이 대답했다.

"정협께서 남기신 노부에 의하면 마종의 제자로서 오만의 마총신군을 이끌고 있다고 하오."

좌중이 다시 술렁였다. 정협이 상대하는 인물이 마종이 아닌 그의 제자였기 때문이다.

"은 선배님께선 정협이 신군주를 이길 수 있다고 보십니까?"

누군가 또 물었다.

그것은 모두가 궁금하게 여기는 점이기도 했다. 모두의 시선이 은기상에게 집중됐다.

은기상은 연운정의 천룡팔검이 아직 완성되지 않았다는 사실을 사도혜에게 들었다.

과거 일대 정협은 칠천절학을 완벽하게 터득하고서도 마종과 접전 끝에 간신히 이겼었다.

하지만 지금 이대 정협의 상대는 마종이 아닌 신군주다. 신군주를 꺾고 나면 마종이 기다리고 있고, 또한 천사련도 있었다. 그야말로 점입가경인 셈이었다.

"노부는 정협께서 반드시 이기실 것이라고 확신하오."

은기상의 강한 어조에 중인은 비로소 조금쯤은 안도하는 표정을 떠올렸다.

"나는 그렇게 생각하지 않는다네."

그때 가까운 곳에서 잔잔한 음성이 들려왔다.

정삼제를 비롯한 중인은 적이 놀라며 급히 그곳을 쳐다보았다.

중인에게는 왼쪽이며 은기상에게는 오른쪽으로 삼 장쯤 떨어진 곳에는 원래 반 장 높이의 키 작은 낙상홍(落霜紅) 한 그루가 서 있고 그 옆에는 그보다 더 낮으며 평평한 바위 하나가 있었는데, 지금 그 바위에 한 명의 노인이 중인에게 왼쪽 모습을 보인 채 여유로운 모습으로 앉아 있었다.

노인은 평범한 청삼 차림이었는데 용모와 풍겨지는 느낌은 전혀 평범하지 않았다.

성긴 반백의 머리를 상투를 틀어 정수리에서 흰 비단으로 단정하게 묶었으며, 얼굴에는 주름이 거의 없었고 맑은 눈빛에 붉고 촉촉한 입술을 지녔다.

만약 턱에 반백의 수염이 없었더라면 중년인 정도로박에 보이지 않았을 것이다.

그는 그곳에 앉아 있는 것만으로 낙상홍과 바위와 조화를 이루어 자연의 일부분처럼 보였다.

중인은 대경실색했다. 그들 중에 백삼노인이 대체 언제 나타났는지, 아니면 원래부터 그곳에 앉아 있었는지 알고 있는 사람은 아무도 없었다.

은기상과 도림설, 선하린도 마찬가지였다.

그것은 무엇을 의미하는가?

백삼노인이 이곳에 있는 어느 누구보다도 고강하다는 뜻이었다.

백삼노인은 잔잔하게 미소를 짓고 있었지만, 그를 주시하는 중인의 등줄기로 서늘한 긴장과 공포가 훑고 지나갔다.

대체 당금 천하에 은기상의 이목을 속일 정도로 고강한 인물이 누가 있겠는가?

중인은 백삼노인이 누굴까 분주하게 궁리했지만 그럴 만한 기인이 도통 생각나지 않았다.

그러나 문제는, 그가 어느 방면의 기인인가 하는 것이었다.

정파 쪽이라면 더할 수 없는 홍복이겠지만, 만약 그렇지 않다면… 결과는 그 누구도 예상할 수 없으리라.

정파의 기인 은기상은 수양이 깊었기 때문에 이미 마음을 진정시켰을 뿐만 아니라, 백삼노인이 어떤 한 인물일지도 모른다는 추측까지 하고 있었다.

"혹시 귀하는 이대 정협이 신군주를 이기지 못할 것이라고 생각하는 것이오?"

은기상의 물음에 그제야 중인은 조금 전에 백삼노인이 했던 말을 떠올렸다.

백삼노인은 가볍게 고개를 끄덕였다.

"그렇다네."

"어째서 그렇소?"

"신군주 그 아이는 금강불괴지신(金剛不壞之身)이라네. 그 무엇으로도 그 아이의 몸에 흠집조차 낼 수 없지."

중인의 얼굴에 커다란 놀라움과 불신이 떠올랐다.

무림이 시작된 이래 도검불침의 금강불괴지신을 이룩했던 인물은 불과 다섯 손가락에 꼽을 정도로 드물었다.

한데 백삼노인의 말이 사실이라면, 신군주는 말 그대로 절대무적이라는 뜻이었다.

아무도 그를 죽일 수 없다면, 그게 곧 절대무적이지 않겠는가?

경륜이 깊은 은기상이 놀라움을 드러내지 않은 채 백삼노인에게 조심스럽게 물었다.

"칠천절학도 그것을 깨지 못하는 것이오?"

그의 목소리는 자신도 모르게 팽팽히 긴장되어 있었다.

이 자리에 있는 어느 누구도 백삼노인이 허튼소리를 하고 있다고 생각하는 사람은 없었다.

"천하에서 그것을 깰 수 있는 무공은 단 두 가지일세."

백삼노인의 말은 아주 작았지만 모두의 귀에는 천둥소리만큼 크게 들렸다.

금강불괴지신을 깰 수 있다는 말에 중인은 한 가닥 희망을 품었다. 모두의 입 안은 갈라진 논바닥처럼 바짝 말라 있었다.

"그게 무엇이오?"

중인 모두는 숨도 쉬지 않고 백삼노인을 주시했다.

"하나는 칠천절학의 천극신장 삼초식인 천인강을 삼 갑자 이상의 공력으로 발출하는 것이고, 또 하나는 천룡팔검의 마지막 팔검인 파천무극(破天無極)을 극성으로 터득하여 발출하는 무극검강(無極劍罡)일세."

예상대로 금강불괴를 파훼할 수 있는 두 가지 무공은 모두 칠천절학이었다.

그러나 은기상의 얼굴에 희미하게 실망의 기색이 떠올랐다.

연운정은 삼 갑자 공력도 갖고 있지 않았으며, 천룡팔검 파천무극을 극성까지 터득하지도 못했다는 사실을 알고 있기 때문이었다.

백삼노인이 껄껄 웃었다.

"하하하! 나는 이대 정협이 아직 삼 갑자 공력도, 파천무극도 이루지 못했다고 생각하는데, 자네들은 어떤가?"

중인은 이대 정협에 대해서 가장 잘 알고 있을 것으로 짐작되는 은기상을 일제히 쳐다보았다.

그러나 은기상의 표정이 어두운 것을 발견한 중인은 백삼노인의 말이 맞다는 것을 깨닫고 착잡함을 감추지 못했다.

은기상은 백삼노인이 누구일 것이라는 짐작을 마침내 확신하게 되었다.

그는 백삼노인을 한 번도 본 적이 없지만 그의 모습과 언행에서 한 인물을 떠올릴 수가 있었다.

"혹시 당신도 금강불괴지신이오?"

"호오~ 자넨 안목이 밝군."

백삼노인은 부인하지 않았다. 그 역시 금강불괴지신이다. 또한 신군주에 대해서 훤히 알고 있으며, 당금 무림의 최고 연배인 은기상을 어린 아이 대하듯 하고 있었다.

"당신의 금강불괴는 혹시 삼십여 년 전에 일대 정협에 의해서 깨진 적이 있지 않았소?"

그 말에 중인은 확연하게 깨닫는 것이 있어서 일제히 백삼노인을 주시했다.

백삼노인은 고개를 끄덕였다.

"그랬었지. 그 당시에 정협은 내 수라혈강기에 내상을 입었고, 나는 그의 무극검강에 중상을 입었었지."

중인의 얼굴마다 가득 극도의 경악이 떠올랐다. 그들은 이제야 백삼노인의 정체를 깨달은 것이었다.

천하만마의 대종사인 마종(魔宗), 바로 그였다.

하지만 그의 겉모습만 본다면 조금도 마종답지 않았다. 아니, 오히려 선량하고 후덕한 선풍도골의 기품이 더 강했다.

만약 그가 자신의 신분을 스스로 밝히지 않는다면 아무도 그가 마종이라는 사실을 짐작조차 하지 못하리라.

슥—

백삼노인 마종이 느릿하게 몸을 일으켰다.

"지난 삼십 년 동안 나는 조금 강해질 수 있었다네. 만약 일대 정협이 살아 있다면 그에게 옛날 빚을 되돌려 줄 수 있을 텐데, 아쉬운 일이로군."

삼십 년 전에도 정협은 마종을 간신히 격패시켰다.

그런데 정협은 죽었고, 마종은 살아서 삼십 년 전보다 더 강해졌다고 한다.

정삼제를 비롯한 중인은 자신들의 안위를 떠나서 갑자기 천하의 안위가 암흑처럼 캄캄해지는 것을 생생하게 느꼈다.

그때 마종이 마치 기나긴 잠에서 깨어난 것처럼 느긋하게 입을 열었다.

"내 제자 놈은 삼십 년 전의 나처럼 이대 정협과 일 대 일로 승부를 결할 모양이지만, 그것은 마도가 원래 지니고 있었던 목적 의식을 망각한 호승심에 다름이 아니야."

은기상의 안색은 갈수록 어두워졌다.

"허헛! 삼십 년 전에는 나도 그랬었지. 하지만 지금은 아냐. 나는 내 방식으로 천하를 마도천하로 만들고 싶다네."

그때 은기상은 흐릿한 기척을 감지했다.

수백 장 밖 사면팔방에서 감지되고 있는 그 기척은 점점 빠르게 가까워지고 있었다.

그 숫자를 세던 은기상은 얼굴에서 놀라움을 감추지 못했다.

도합 삼천여 명이었다. 더구나 수백 장으로 가까이 접근해서야 그들을 감지할 수 있었다는 것은, 그들이 평범한 마도고수들이 아니라는 뜻이었다.

마종이 은기상을 보며 시골 할아버지 같은 미소를 지었다.

"자넨 내가 삼십여 년 동안 심혈을 기울여서 키운 삼천 명의 마예수(魔翳手)의 기척을 알아챈 모양이로군."

그 즈음 중인들도 사면팔방에서 접근하고 있는 인물들, 즉 마예수를 감지하고는 바짝 긴장하고 있었다.

마종은 뒷짐을 지고 천천히 걸음을 옮기면서 비스듬히 하늘을 올려다 보았다.

"마예수는 내가 직접 지도하고 키웠네. 자네들은 그들을 모두 죽여야 지만 이곳에서 살아나갈 수 있을 게야."

정삼제를 비롯한 중인은 어쩌면 이곳이 자신들의 무덤이 될지도 모른 다는 생각을 거의 동시에 떠올렸다.

*   *   *

휘이잉!

구련산 어느 봉우리 정상에는 여기저기 크고 작은 바위들과 휘늘어진 낙락장송들이 서 있었으며, 그 복판의 반경 이십 장가량의 공지엔 연운 정과 사도명이 대치한 상태로 서 있었다.

이윽고 사도명이 싸울 준비를 마쳤을 때 연운정이 전혀 뜻하지 않은 말을 했다.

"나는 당신과 싸우고 싶지 않소."

사도명은 쉽사리 감정을 드러내는 성격이 아니었지만, 그 말에는 가볍 게 검미를 찌푸렸다.

기껏 이 높은 곳까지 올라와서 싸우고 싶지 않다니, 우롱당한 것 같아 서 은근히 부아가 스멀거렸다.

"이곳에서 내려가는 사람은 한 명뿐일 걸세."

사도명은 단호한 어조로 못을 박았다.

"당신과 싸우는 것은 도리에 어긋나오."

사도명은 다시 검미를 조금 더 찌푸렸다. 연운정이 여전히 알 수 없는 말을 하고 있었기 때문이다.

정협과 마도의 신군주가 싸우는 것이 어째서 도리에 어긋난다는 말인가?

"이것이 마지막 기회가 될 걸세. 만약 자네가 방금 한 말에 대한 적절한 설명을 하지 못한다면, 나는 자네가 겁을 먹은 것이라고 생각할 수밖에 없네."

사도명은 지금껏 연운정에 대해서 좋게 봤던 것들이 한꺼번에 사라지는 것을 느꼈다.

지금 연운정은 조금도 싸울 생각이 없었다. 얼굴에는 그저 반가움과 다정함, 안타까움만이 가득 떠올라 있었다.

그리고 그것을 사도명이 발견하지 못할 리 없었다. 하지만 그는 그 표정들의 이유를 알고 싶지 않았다.

"내게 있어서 당신은……."

"잠깐!"

연운정이 사실을 말해주려고 할 때 사도명이 급히 손을 들며 나직이 외치며 제지했다.

"듣고 싶지 않다."

사도명의 말은 뜻밖이었으며 냉정했다. 또한 그의 진심이기도 했다.

"……."

연운정은 의아했다. 그가 왜 그러는지 이유를 알 수 없었다.

"내 말을 듣고 나면 우리가 왜 싸워서는 안 되는지 알 수 있을 것이오."

"그래서 듣기 싫다는 것이다."

연운정은 더욱 모호한 표정을 지었다.

"너는 내 말부터 들어라. 나는 마종의 제자다. 내 이름은 마승이라고 한다."

사도명의 어조는 차갑고도 강직했다.

"아니오! 당신은……."

사도명은 연운정이 말할 기회를 주지 않았다.

"사부이신 마종께서 마도를 이으라고 지어주신 이름이다. 나는 그 이름이 좋다. 무슨 뜻인지 아는가?"

"……."

사도명의 목소리가 점차 커졌다. 그러는 것을 그 자신도 느끼지 못하는 것 같았다.

"나는 마도를 사랑하고 있다! 그래서 천하를 마의 세상으로 만들고 싶은 것이다!"

연운정은 놀랐다. 사도명이 이렇게까지 말할 줄은 미처 예상하지 못했었다.

아니, 그가 사도혜의 오빠라는 신분이기 때문에, 그리고 그와 자신이 동근연지(同根連枝)라는 것이 앞서서, 그가 마도인이며 천하를 공포에 떨게 만드는 마종의 제자라는 사실을 잠시 망각하고 있었다고 하는 편이 옳았다.

사도명의 목소리는 조금 더 커졌으며, 선포하듯이 이곳 바람 부는 정상에 울려 퍼졌다.

"마도천하를 사부가 이루지 못하면 내가 한다! 사부가 포기한다고 해도 나는 절대 포기하지 않는다! 너는 이 말이 무슨 뜻인지 알겠느냐?"

"……."

연운정은 갑자기 머릿속이 텅 빈 것 같은 느낌이었다. 그러나 한 가지 사실만은 분명하게 깨달을 수 있었다.

사도명이 골수까지 물든 철저한 '마도인' 이라는 사실을.

여태까지 본 것은 그의 껍데기일 뿐이었다.

"그 누구도! 그 무엇도 나를 막을 수 없다!"

사도명은 말을 끝내고 전신의 공력을 끌어올렸다.

후오오오!

그는 여전히 우뚝 서 있는데, 주위의 공기가 격탕하면서 거세게 소용돌이치기 시작했다.

연운정은 눈을 크게 떴다.

검은, 아니, 먹빛이라고 해야 옳을 투명한 묵광이 사도명을 중심으로 반경 이 장 이내를 뒤덮은 채 격렬한 와류(渦流)를 일으켰다.

쿠쿠쿵!

퍼퍽!

집채만한 바위들이 지푸라기처럼 떠올라 사도명 주위를 회전하면서 서로 부딪쳐 깨졌고, 낙락장송들이 뿌리째 뽑혀 그 역시 소용돌이쳤다.

연운정은 사도명이 무슨 수법을 전개한다고는 생각하지 않았다. 그는 단지 공력을 일으키고 있을 뿐이었다.

연운정이 봤을 때 사도명의 공력은 최소한 삼 갑자 이상이었다.

연운정의 공력이 백사십 년 수준이니까 그가 사오십 년 이상 더 높은 셈이었다.

단순히 공력만으로 따진다면 연운정은 이미 패했다.

그러나 싸움은 공력만 갖고 하는 것이 아니다.

연운정은 공력이 삼, 사십 년이었을 때에도 일류고수들과 싸워서 이긴 경험이 있었다.

그는 지금 사도명에게 무슨 말을 해도 통하지 않을 것이라는 판단을 내렸다.

결국 이 싸움은 정해져 있는 대로 실행할 수밖에 없는 것이었다. 지금부터는 매제와 처남이 아닌, 정협과 신군주일 뿐이었다.

연운정은 착잡한 심정을 갈무리하고 공력을 극한으로 끌어올렸다. 그러나 사도명과는 달리 그에게서는 아무런 일도 벌어지지 않았으며, 단지 몸에서 은은한 금빛 투명한 광채가 뿜어질 뿐이었다.

"수라혈강기(修羅血罡氣)—!"

순간 사도명이 짧은 외침을 터뜨리면서 곧장 일직선으로 연운정을 향해 쏘아왔다.

사도명은 처음부터 어설픈 무공을 사용하지 않고 마도절학 중 하나인 수라혈강기를 전개했다.

그것은 삼십여 년 전에 마종이 황산대전에서 일대 정협을 부상 입힌 수법이기도 했다.

연운정은 당황했다. 사도명이 쏘아오면서 '수라혈강기'라고 외치며 무슨 수법인가를 전개한 것 같았는데, 아무것도 보이지 않았기 때문이다.

무언가 보이거나 들려야 피할 수 있을 텐데, 이 공격은 무형, 무음이라서 어떻게 피해야 할지 갈피를 잡지 못했다.

사도명은 이미 이 장 전면까지 쇄도하고 있었다. 수라혈강기는 그보다 더 빨리 쏘아오고 있을 것이다. 어쩌면 지금쯤 연운정의 코앞까지 들이닥쳤는지도 모른다.

그런 생각이 드는 것과 동시에 연운정은 번쩍 오른쪽으로 신형을 날렸다.

빛보다 더 빠를 속도.

빠악!

그러나 그보다 더 빨리 무언가 보이지 않는 것이 호신막으로 둘러싸인 연운정의 왼쪽을 거세게 강타했다.

신형을 날리는 순간 적중된 것이다.

그 충격으로 연운정의 몸이 크게 진동했고 기혈이 들끓었다.

또한 그의 입가로 가느다란 핏물이 흘러내렸다.

호신막에 적중됐을 뿐인데도 그는 가볍지 않은 내상을 입었다.

그로 미루어 삼 갑자 공력으로 발출되는 수라혈강기가 얼마나 가공한지 어렵지 않게 짐작할 수 있었다.

"……!"

그때 연운정의 눈이 커졌다.

그가 미처 신형을 바로잡기도 전에 사도명은 어느새 그의 목전으로 쇄도하고 있었다.

슈우우!

불과 반 장 앞에서 사도명의 오른손이 쭉 뻗어왔다.

조금 전까지만 해도 희던 손은 이 순간 먹처럼 검어진 채 묵광을 뿜어내고 있었다.

연운정으로서는 피하거나 반격하기에는 이미 늦었다. 그러기에는 거리가 너무 가까웠으며, 방금 전 일격에 적중되어 주춤거린 것이 화근이었다. 그 순간 그가 할 수 있는 일은 호신막을 더 강하게 하는 것뿐이었다.

그의 눈에 사도명의 묵광을 흘려내는 오른손이 자신의 가슴 앞 호신막을 뚫고 있는 것이 똑똑히 보였다.

삼 갑자 공력의 수라혈강기를 가슴에 정통으로 적중당하면 즉사하지는 않더라도 쉽사리 회생하기 어려운 심각한 중상을 입고 말 것이다.

그렇지 않아도 사도명에 비해 공력이 부족한 형편인데 깊은 내상을 입어 공력을 잃게 된다면, 그것으로 이 싸움의 승패는 결정됐다고 볼 수 있다.

사도명의 묵광 어린 오른손 장심과 연운정의 가슴과의 거리는 불과 한 자 남짓.

결코 방심하거나 속단하지 않는 성격의 사도명이었지만, 이 순간만큼은 자신이 이 싸움에서 이겼다고 낙관했으며, 아울러 연운정이 생각했던 것보다 약하다는 사실에 적잖이 실망했다.

"……!"

그러나 순간 사도명은 보았다.

아니, 사실은 제대로 보지 못했다.

무언가 금빛의 흐릿한 띠가 아래쪽에서부터 비스듬히 솟구쳐 오르는 것만 얼핏 발견했을 뿐이었다.

그것은 너무도 빨라서 잘못 본 것이라는 생각까지 들었다.

그는 자신의 오른손 손바닥이 연운정의 가슴팍에 적중되기 직전, 솟구치던 그 금빛의 띠가 손목을 가볍게 움켜잡는 것을 느꼈다.

'천뢰신수!'

사도명은 그것이 칠천절학 중에 천뢰신수라는 것을 깨달았다.

천뢰신수는 백타무공의 정수였다. 그러므로 당연히 금나수법도 포함되어 있었다.

한 번 잡히면 팔이 부러지던가 잘리고 마는 것이 천뢰신수의 금나수법이었다.

하지만 사도명은 크게 걱정하지 않았다. 금나수법에 잡히더라도 자신의 팔은 끄떡없다고 판단했다.

'금강불괴지신!'

사도명의 손목을 움켜잡은 연운정은 흡사 강철봉을 잡은 듯한 느낌을 받고 속으로 외쳤다.

그는 손목을 움켜잡는 것과 동시에 양곡(陽谷), 회종(會宗) 두 혈도를 눌렀으나 소용이 없었다.

하지만 그는 포기하지 않았다. 촌음을 백으로 쪼갠 극히 짧은 순간 그는 천인강의 구결을 외우며 사도명의 손목을 더욱 거세게 움켜잡으며 꺾었다.

천뢰신수에 천인강을 더한 수법은 누가 가르쳐 준 적 없는 임기응변이지만 너무도 시기 적절했다.

백사십 년 공력이 주입된 천인강은 금강불괴를 완전히 파괴하진 못했지만 그래도 손가락이 철갑(鐵甲)처럼 단단한 살갖을 약간 뚫고 들어갔다.

사도명은 손목에 약하지 않은 통증을 느끼며 움찔 놀랐다. 그는 연운정이 천뢰신수에 천인강을 병용한 사실을 알지 못한 채 천뢰신수가 그처럼 강하다고만 생각했다.

그러나 그는 잡힌 오른손을 빼내려고 시도하지 않았다. 이런 상황에서 그것은 무의미한 행동이었다.

그의 손목을 잡고 있는 것은 다름 아닌 천하제일의 백타무공 천뢰신수인 것이다. 이대로 있다가는 그것이 손목을 으깨 버릴 수도 있을 것이다.

사도명은 자신의 손목을 잡은 연운정의 갈고리 같은 왼손이 그의 어깨 너머로 잡아채어지는 것과 동시에 그가 슬쩍 무릎을 굽히는 것을 발견했다.

강하게 잡아채서 어깨 너머로 넘기는 순간 아래에서 위쪽으로 이차 공격을 가하려 한다는 것을 사도명은 찰나적으로 간파했다.

파아!

순간 사도명의 왼손이 활짝 펼쳐진 채 연운정의 정수리를 내리찍어 갔다.

역시 수라혈강기의 수법이었다.

연운정이 손목을 놓지 않는다면 정수리에 일격을 당할 것이다.

어쩌면 사도명은 심할 경우 오른 손목을 잃게 되겠지만.

싸우는 도중에는 무수한 상황들이 벌어지지만, 그중에는 거래와 타협도 있는 법이다.

사도명은 거래를 제안한 것이다. 네가 내 손목을 놓으면 나도 수라혈강기를 거둘 것이고, 그래서 동시에 물러나자는. 그것은 싸움 중에 벌어지는 공생(共生)이었다.

사도명은 지금 수라혈강기로서 연운정을 죽일 수 있지만, 자신의 오른 손목을 잃게 되는 것이 싫었다.

그러지 않고서도 연운정을 죽일 자신이 있었다. 그리고 기회는 앞으로도 많을 테니까 말이다.

타협은 찰나지간에 이루어졌다. 두 사람은 서로에 대한 공격을 거두고 양쪽으로 갈라졌다.

하지만 멀리 물러나지 않았다. 재공격을 위해서 불과 일 장씩만 물러났을 뿐이며, 이차 공격은 즉시 전개됐다.

두 사람은 싸움을 오래 끌 생각이 조금도 없었다. 그래서 이차 공격에는 자신들의 최고의 절기를 사용했다.

먼저 사도명이 연운정을 향해 돌진해 갔다.

그러면서 오른손으로 베는 동작을 해 보였다.

순간 그의 손에서 핏빛의 반월처럼 휘어진 빛살 하나가 발출되어 연운정의 이마를 세로로 쪼개어갔다.

마도절학 중 최고봉인 현월혈인검(弦月血刃劍)이었다.

검법이지만 검을 사용하지 않는 검법.

즉, 내강검(內罡劍)이었다.

공력을 체내에서 강기로 전환시킨 후 다시 내강검을 만들어 발출하는,

현존하는 최상승의 검법이 현월혈인검이었다.

이것의 장점은 원하는 어떤 형태나 길이로도 만들 수 있으며, 최대한 백 장까지 쏘아낼 수 있고, 천하의 그 어떤 보검보다 강해서 무엇이라도 벨 수 있다는 사실이었다.

연운정도 검을 뽑아 쥐었다. 부친이 장도에 오르며 남긴 청강검으로 이제는 부친의 유물이 되었다.

쩌정!

핏빛 검, 즉 현월검과 청강검이 강하게 부딪치며 혈광과 청광이 사방으로 튀었다.

보검보다 더 강한 현월검이지만, 연운정의 청강검 역시 강기가 주입되어 있으므로 그것에 못지않았다.

파아아!

사도명이 허공으로 솟구치면서 현란하게 양손을 휘두르자 네 개의 현월검이 연운정의 상체 급소를 노리고 쏟아져 내렸다.

네 개의 현월검이 각기 연운정의 정수리와 목, 인중, 심장을 노리고 뇌전처럼 뿜어져 갔다.

슈욱!

그런데 연운정은 아예 네 개의 현월검을 보지 못한 것처럼 오히려 허공에 있는 사도명을 향해 수직으로 빛과 같은 속도로 솟구쳐 오르는 것이 아닌가?

사도명은 그런 연운정의 무모함에 적잖이 놀랐고 또다시 실망을 금치 못했다. 그리고 이것으로 정말 싸움이 끝났다고 생각했다.

이변이 없는 한 연운정의 상체가 난도질당하기 직전이었다.

그러나 과연 이변이 일어났다. 네 개의 핏빛 현월검이 연운정의 몸을 베기 직전에 어떻게 된 일인지 아슬아슬하게 그의 몸 주위로 흐르듯이 스쳐 지나간 것이다.

사도명은 흠칫했다. 정확하게 겨냥한 현월검이 제멋대로 빗나갈 리가 없었다.

그 이유는 연운정이 수직으로 솟구쳐 오르면서 피했기 때문이다.

하지만 피한다고 피할 수 있는 현월혈인검이 아니었다. 누구나 피할 수 있다면 마도 최고 절학이라고 불릴 수 없을 것이다.

연운정이 발휘한 수법은 천풍보법이었다.

천풍보법에는 도합 구변(九變)이 있다. 지하 동굴에 들어가기 전의 연운정은 삼변까지밖에 익히지 못했으나 지금은 구변까지 완벽하게 완성한 상태다.

천풍보법의 오변까지는 지상에서 전개하는 것이고, 육변은 수중에서, 칠, 팔, 구변은 허공에서 전개하는, 즉 번신법(翻身法)이었다.

그러므로 현재의 연운정은 아무리 빠른 공격이라고 해도 피하지 못할 것이 없었다.

그가 사도명이 최초에 발출한 수라혈강기를 제대로 피하지 못한 이유는 그것이 육안으로 보이지 않았으며 청력으로도 감지할 수 없었기 때문이다.

당연한 것이지만, 천풍보법이 피할 수 있는 공격은 감지할 수 있는 공격에 한해서다.

감지하지 못한 공격마저도 피할 수 있는 존재는 아마도 귀신뿐일 것이다.

허공중에 정지해 있는 사도명은 자신을 향해 쏘아 오르는 연운정을 보면서 움찔 가볍게 놀랐다.

방금 전까지 연운정이 무모하다고 여겨서 실망했으며, 또 싸움이 이것으로 끝났다고 생각했던 생각이 씻은 듯이 사라졌다.

연운정은 그가 생각했던 것보다 더 고강했다. 현재로서는 그것뿐, 그의 고강함이 어느 정도일지는 몇 초식 더 겨루어봐야 알 수 있을 것이다.

사도명은 허공중에 멈춰 있던 자세에서 쏜살같이 반 장가량 더 솟구쳐 올랐다.

한쪽 발끝으로 다른 쪽 발등을 가볍게 찍으며 솟구치는 것도 상승의 경공술이건만, 순전히 공력만으로 허공중에 정지해 있던 자세에서 더 솟구치던가 여러 방향으로 도약하는 행동은 경공의 최고 경지에 도달한 사람만이 가능한 일이었다.

하지만 허공중에서 재차 도약하는 속도는 땅을 박차고 솟구치는 연운정의 속도에 비할 바는 못 되었다.

더구나 사도명이 터득한 최고의 경공술은 연운정의 천풍비영에 비해 약간 열세였다.

드오옷!

연운정이 위를 향해 뻗은 청강검에서 한줄기 새파란 섬광이 폭사되었다.

천룡팔검 사초식 청천신참이었다.

연운정이 솟구치면서 네 개의 현월검을 피할 뿐만 아니라 반격까지 할 것이라고는 조금도 예상하지 못했던 사도명은 공격에 전혀 대비하고 있지 않은 상태였다.

쩌억!

그가 미처 반응할 사이도 없이 청천신참의 검강은 아래를 향해 엎드린 자세로 있던 사도명의 복부 어림에 적중되었다.

연운정의 백사십 년 공력이 모조리 주입된 검강이었다.

그 정도면 반 장 두께의 화강암이나 한 자 두께의 철벽을 관통할 수 있는 무시무시한 위력이었다.

사도명의 몸은 허공으로 삼 장이나 솟구쳐 올랐다.

그러나 그는 복부가 찌릿찌릿하며 은은하게 저리는 것을 느꼈을 뿐 아무렇지도 않았다.

청천신참에 정통으로 적중되고서도 끄떡없다니, 과연 금강불괴는 놀라웠다.

연운정은 사도명이 비록 금강불괴지만 방금 일격으로 어느 정도 충격을 입었을 것이라고 판단했다. 그래서 이 기회에 재공격으로 사도명을 제압하기 위해서 더욱 빠르게 솟구쳐 올랐다.

연운정은 사도명을 죽일 마음이 추호도 없었다. 신군주라고는 하지만 처남을 죽일 수는 없는 일이었다.

그를 제압하여 자초지종을 설명해 주어야만 한다. 그가 어떤 반응을 보일 것인지는 그 다음의 일이었다.

그가 극단적인 행동만 하지 않는다면, 연운정은 절대 그를 죽이지 못할 것이다.

하지만 사도명은 달랐다. 그는 한사코 연운정을 죽이려고 들었다.

그에게 있어서 연운정이라는 존재는 그가 가야 할 야망의 길에 놓여 있는 한낱 장애물에 지나지 않았다.

상대를 죽이는 것보다 제압하는 것이 더 어려운 것은 주지의 사실이다. 그러므로 당연히 연운정이 더 힘든 싸움을 하고 있었다.

키이잇!

두 사람의 거리는 일 장 반. 연운정은 쏘아 오르면서 사도명의 가슴을 노리고 검을 세로로 그어댔다.

천룡팔검 칠초식 천중섬쾌였다. 반투명한 빛덩이가 유성처럼 치솟아 올랐다.

사도명은 허공으로 삼 장이나 튕겨져 올라 미처 자세를 바로잡지도 못한 상태에서 천중섬쾌에 또다시 가슴을 적중당하고 말았다.

뿌악!

그는 재차 허공으로 쏜살같이 튕겨져 올랐다.

연운정은 더 이상 쫓지 않고 지상에서 오 장 높이의 허공중에 정지한 채 그를 쳐다보았다. 이 정도면 그가 웬만큼 충격을 받았을 것이라고 짐작했다.

사도명은 몸의 균형을 잃은 상태에서 빙글빙글 회전하며 솟구치고 있는 중인데, 연운정은 그가 질끈 눈을 감고 있는 모습을 별견(瞥見)할 수 있었다.

연운정은 아차 싶었다. 그가 아무리 금강불괴지신이라고 해도 청천신참과 천중섬쾌에 연이어 정통으로 적중됐으니 중상을 입었을 것이라는 생각이 들었다.

그러나 사실 사도명은 아무렇지도 않았다.

방금 가슴에 천중섬쾌를 적중당해서 내장이 크게 진동하고 가슴이 뻐개지는 듯한 통증 때문에 허공으로 솟구치는 도중에 빠르게 운공을 하느라 아주 잠깐 눈을 감은 것인데 연운정이 그를 본 것은 바로 그 순간이었다.

운공 결과 그는 자신이 추호도 내상을 입지 않았을 뿐만 아니라 공력도 변함이 없다는 사실을 확인했다.

기선을 뺏겨서 두 차례나 공격을 당한 사도명은 최후의 마도절학으로 연운정을 죽여야겠다고 결정했다.

그는 연운정의 무위가 대단하지만 여전히 자신의 한 수 아래 수준이라고 판단했다.

사도명이 중상을 입었을 것이라고 오판하여 자책하던 연운정은 솟구치던 사도명의 몸이 뚝 정지하는 것을 보고 있었다.

사도명은 연운정의 머리 위 삼 장 높이 허공중에 우뚝 서 있었다.

그가 중상을 입은 채 추락할 것이라고 생각했던 연운정은 가볍게 의아한 표정을 지었다.

문득 그는 부릅떠진 사도명의 두 눈을 발견했다.

그 한 쌍의 눈에서는 혈광이 뿜어지고 있었다. 사람의 눈빛이라고는 생각할 수 없을 무시무시한 핏빛 광채였다.

“……!”

연운정은 흠칫 안색이 변했다. 그리고 그 불길함은 곧 현실로 드러났다.

사도명이 두 손을 모아 손목 안쪽을 붙여 아래쪽을 향하는 자세를 취하는 것을 끝으로 그의 모습은 더 이상 보이지 않았다.

위를 올려다보던 연운정은 사도명이 하나의 핏빛 눈부신 섬광덩어리로 화하는가 싶더니 곧이어 하늘 전체가 핏빛의 섬광으로 뒤덮이는 것을 발견했다.

“우웃!”

눈을 뜨고 쳐다볼 수가 없어서 질끈 눈을 감았다.

그러나 그는 곧 아차 싶었다. 싸움 중에 눈을 감다니, 있을 수 없는 일이었다.

쿠오오!

그가 다시 눈을 뜨는 것과 동시에 천지를 진동하는 은은한 굉음이 터져 나왔다.

그리고 그는 보았다. 머리 위에서부터 직경 일 장가량의 원통형의 시뻘건 핏빛 광선이 지상을 향해 뿜어지고 있는 광경을.

삼십여 년 전에는 마종조차도 익히지 못했다는 마도전설 사상 최고 절학인 파멸마황(破滅魔荒)이었다.

찰나 연운정은 오직 한 가지 생각밖에 들지 않았다.

사도명이 이 싸움을 끝내려 한다는 것. 그것은 곧 연운정을 죽이려는 것을 의미했다.

연운정은 자신의 머리 위 이 장까지 쇄도하고 있는 핏빛 광선 파멸마황을 보면서 찰나간 어떻게 해야 하는지 생각했다.

천풍비영을 전력으로 전개하면 가까스로 피할 수는 있을 것 같았으나 그렇게 하고 싶지 않았다.

무엇 때문인지는 모르겠지만, 피하지 않고 정면으로 맞서 싸우고 싶었다.

그는 천룡팔검의 최후 절초인 팔초식을 완성하지 못했다. 구결은 이해했지만 공력이 부족하기 때문이었다.

팔초식 파천무극을 완벽하게 전개하려면 삼 갑자 이상의 공력이 있어야만 한다.

조금 전 사도명은 청천신참과 천중섬쾌를 연이어 정통으로 적중당했지만 끄떡없었다.

그것은 금강불괴지신을 깨려면 더 강한 것이 필요함을 의미하는 것이었다.

문득, 연운정은 조금 전에 천뢰신수의 금나수법에 천인강을 더한 수법으로 사도명의 손목을 움켜잡아서 약간의 성공을 거두었던 것을 기억해 냈다.

'만약 파천무극에 천인강을 더한다면?

그는 현재 파천무극을 칠성가량 터득한 상태였다. 그러니 부족한 삼성을 천인강으로 보충하겠다는 생각이었다. 천인강의 강점은 부수는 것이었다.

지금은 그 수법이 먹힐 것인지 어떤지 앞뒤 잴 여유가 없었다.

그는 파천무극과 천인강의 구결을 동시에 외웠다. 최초로 시도하는 방법이었다.

평소였다면 그는 절대 이처럼 무모한 방법을 생각해 내지도, 시도하지도 않았을 것이다.

자칫 실패한다면 주화입마에 들어 파멸마황에 당하기도 전에 피를 토하고 말 것이다.

그 순간 연운정을 향해 쇄도하던 직경 일 장가량의 원통형 핏빛 광선이 그의 머리 위 일 장쯤에 도달하자 갑자기 확 좁아지면서 주먹 정도 굵기로 변했으며, 핏빛은 더욱 강해져서 핏물이 마구 뿌려지는 것 같았다.

찰나 연운정의 청강검이 허공의 여덟 방위에 여덟 개의 십자(十字)를 그어댔다.

설명은 길었지만, 그가 생각하고 초식을 전개하는 데 걸린 시간은 촌각을 백으로 쪼갠 일순간이었다.

그의 검은 푸른 청강검이었으나, 검에서 금빛 선(線)이 뿜어지면서 여덟 방위를 돌며 팔각(八角)을 이루었다.

그 순간 팔각에서 여덟 줄기의 금빛선이 중앙의 하늘을 향해 비스듬히 섬전처럼 뿜어지더니 여덟 줄기가 하나의 기둥을 이루어 맹렬하게 회전하면서 치솟았다.

고오오!

여덟 줄기의 금빛 선이 격렬하게 소용돌이치면서 솟구치는 광경은 마치 한 마리의 금룡(金龍)이 천공을 가르면서 비천(飛天)하는 것처럼 장엄했다.

위에서 아래로 내리꽂히는 파멸마황과 아래에서 위로 치솟는 파천무극, 천인강이 병용된 수법은 두어 치 간격으로 아슬아슬하게 서로 교차했다.

그럴 리는 없겠지만, 사도명은 연운정이 파멸마황을 피할 경우도 계산하여 재차 파멸마황을 발출할 준비를 갖추었다.

그러나 연운정은 피하지 않았다. 뿐만 아니라 도리어 역공을 발출했다. 사도명의 예상은 또 한 번 여지없이 빗나갔다.

사도명은 파멸마황을 스쳐 지나 자신을 향해 쏘아오는 금빛 기둥, 즉 금영(金楹)을 굽어보았다.

한눈에도 그것은 심상치 않아 보였다. 방금 전에 적중당했던 두 개의 검강하고는 사뭇 다른 것 같았다. 아니, 다른 정도가 아니라 비교조차 안 될 듯했다.

문득 사도명은 자신의 금강불괴지신이 깨질지도 모른다는 불길한 생각이 들었다.

싸움에 임하여 불길함이니 이길 것 같다느니 하는 예상을 하는 것은 결코 바람직하지 않은 일이다.

상대가 완전히 숨이 끊어지거나 제압된 상태가 되기 전까지는 어떠한 감정적인 예상도 싸움에 도움이 되지 못하는 법이다.

언제나 불길함 직후에는 갈등이 뒤따른다. 사도명은 어떻게 할 것인지 갈등했다.

그렇다고 파멸마황이 연운정에게 적중되기 직전인데 그것을 철회하고 피한다는 것은 내키지 않았다. 아니, 피한다고 해서 피할 수 있을 것 같지도 않았다.

그의 불길함과 갈등이 마지막 순간에 파멸마황을 삼성가량 약화시키는 불상사를 초래하고 말았다.

꽝!

"악!"

파멸마황의 핏기둥이 연운정의 왼쪽 어깨와 가슴 사이의 경계 부위에 고스란히 적중되며 거대한 바위가 깨지는 듯한 굉렬한 음향이 터졌다.

그는 정신이 아득해지면서 쏘아낸 화살보다 더 빨리 지상을 향해 튕겨져 갔다.

쩡!

"크억!"

천룡을 닮은 금영은 사도명의 복부에 무지막지하게 적중됐다.

적중되는 순간 그는 금강불괴가 깨지는 것을 생생하게 느꼈다.

그는 실 끊어진 연처럼 까마득한 허공으로 숫구쳐 올랐다.

고통보다는 불신과 허탈감이 밀물처럼 엄습해 왔다.

자신보다 한 수 아래라고 여긴 연운정에게 당했다는 것과 금강불괴가 깨졌다는 사실이 정녕 믿기 힘들었던 것이다.

❖ 第六十五章 ❖
아버지! 아버지!

第 六十五 章

소상은 자신이 아직도 살아 있다는 사실을 믿지 못했다.

그러나 그녀는 분명히 살아 있었다.

잔잔한 호흡이 느껴졌으며, 온통 붉은 빛에 물든 낮게 깔린 구름이 보였다.

노을인지 동이 트는 것인지는 알 수 없었다. 그러나 그녀는 자신이 살아 있다는 것만은 분명하게 느꼈다.

그녀는 즉시 상체를 일으켰다.

"악!"

그러나 숨이 턱 막히면서 가슴이 조각나는 듯한 극심한 통증을 느끼며 도로 털썩 누워버렸다.

"무리하게 움직이면 겨우 봉해놓은 상처가 터진다."

그때 옆쪽에서 굵고 나직한 사내의 목소리가 들려오자 소상은 움찔 놀랐다.

그녀가 고개만을 돌려서 쳐다보자 한 명의 낯선 사내가 모닥불을 피워 놓고 나뭇가지에 꿴 몇 마리의 물고기를 굽고 있는 옆모습이 보였다.

소상은 그가 자신을 구했을 것이라고 추측했다.

그녀는 잠시 눈을 감고 생각을 정리해 보았다.

강영에게 가슴 한복판에 일검을 관통당한 후 끝도 없을 것 같은 낭떠러지로 추락했었다.

그러나 그녀의 기억은 깊은 물속으로 가라앉던 것을 마지막으로 끊어져 있었다.

아마도 그 후에 저 사내가 자신을 발견하여 살렸을 것이다.

사내는 그녀에게 움직이지 말라고 경고했지만, 궁금한 것과 해야 할 일이 산더미 같은 그녀가 그 말을 순순히 받아들일 리 없었다.

대신 그녀는 인내심을 갖고 천천히 상체를 일으킨 후 엉금엉금 기어서 사내에게 다가갔다.

예전 같았으면 자신이 혼절해 있는 동안 겁탈은 당하지 않았는지 확인부터 했겠지만 지금은 달랐다.

그녀는 이미 강영에게 짓밟힌 자신의 더러운 몸뚱이 따위에는 신경을 쓰고 싶지 않았다.

그렇게 할 수만 있다면 몸은 죽고 맑은 영혼만 살아 있었으면 좋을 듯했다.

그녀는 사내 옆에 기어온 것만으로도 벌써 극도로 지쳤으며 무척 고통스러웠다.

하지만 원래 강인한 정신력을 지닌 그녀는 신음조차 흘리지 않았으며 계속 몸을 움직여 사내의 맞은편에 무릎을 꿇고 앉았다.

그녀는 호흡을 고른 후 천천히 주위를 둘러보았다.

쏴아아!

오른쪽 이 장쯤에 계류가 잔잔하게 흐르고 있었으며, 그 너머에는 수직에 가까운 흑갈색의 암벽이 꼭대기가 올려다 보이지 않을 정도로 높게 계류를 따라 이어져 있었다.

왼쪽은 폭 십 장 정도의 제법 우거진 숲이 좁고 긴 띠를 이룬 채 늘어섰고 그 너머는 역시 절벽이었다. 하지만 계류 가의 암벽처럼 매끄럽지도 수직을 이루고 있지도 않았다.

"좀 먹어보겠나?"

그때 사내가 나직이 말했다.

소상이 왼쪽 절벽에서 시선을 거두어 사내를 보자 그가 잘 구워진 물고기 한 마리를 나뭇가지에 꿰어 내밀고 있었다.

소상은 무심결에 손을 내밀어 물고기를 꿴 나뭇가지를 받았다.

그녀가 쥐고 있는 물고기 외에 다섯 마리의 물고기가 더 있었고, 그것들은 잘 구워진 채 모닥불 옆 바닥에 나란히 놓여 있었다.

바닥에 물고기 뼈가 없는 것으로 미루어 사내는 물고기를 한 마리도 먹지 않은 것 같았다.

그것은 그가 소상을 위해서 물고기를 잡았고 또 구웠다는 것을 의미했다.

그런 생각이 들자 소상은 묘한 기분에 사로잡혔다. 낯선 사내가 죽어가는 그녀를 살려주었고, 또 깨어나면 배가 고플 것이라 여겨 물고기까지 구워놓았다.

소상은 이런 기분을 평생에 두 번 느껴보았다. 한 번은 연운정에게였고, 두 번째는 이 낯선 사내에게서였다.

그녀는 이끌리듯이 사내의 얼굴을 바라보았다.

때마침 계류 너머 절벽 위로 고개를 내민 태양이 밝은 양광을 비춰주고 있었는데, 사내의 얼굴이 햇빛에 눈부시게 빛났다.

“아……!”

사내를 정면으로 보는 순간 소상은 자신도 모르게 나직한 탄성을 터뜨리고 말았다. 또한 그녀의 얼굴에는 극도의 놀라움이 떠올라 있었다.

그녀는 사내를 보는 순간 연운정을 다시 만난 것 같은 착각을 일으켰다. 사내는 그 정도로 연운정과 닮은 용모였다.

아니, 사내는 오십여 세가 거의 다 되어 보이는 나이였으므로 연운정이 그를 닮았다는 말이 옳았다.

“당신은…… 운정… 연운정과 어떤 관계죠?”

소상은 대뜸 그렇게 물었다. 사내의 얼굴을 보고는 그렇게 묻지 않을 수가 없었다.

사내, 연충조는 빙그레 미소를 지었다.

“나는 운정의 아버지라네.”

“아!”

소상은 또다시 탄성을 터뜨렸다. 그리고는 갑자기 이유를 알 길 없는 눈물이 왈칵 솟구쳤다.

그녀는 이끌리듯이 일어나 연충조를 향해 큰절을 올렸다.

자신이 연운정의 아버지에게 어째서 절을 하는 것인지도 모르는 채 절을 했고, 연충조는 당연한 듯이 절을 받았다.

“소녀는 소상이라고 해요. 운정의 친구예요.”

그녀는 무릎을 꿇은 채 눈물을 흘리면서 연충조를 바라보았다.

“그렇구나.”

연충조는 미소를 지으며 고개를 끄덕였다.

은기상은 몇 가지 이유를 들어서 이대 정협이 반드시 살아 있을 것이라고 말했었다.

아들이 죽었을 것이라며 절망에 빠져 있던 연충조는 그런 은기상의 믿

음을 일척에게 전해 듣고 자신도 조심스레 그 믿음을 나누어 가져 보았
었다.

그런데 이제 소상을 대하고 보니, 그녀가 아들의 생존에 대해서 아직
아무 말도 하지 않았지만, 아들이 살아 있을 것 같은 느낌이 샘물처럼 솟
구치는 것을 어쩌지 못했다.

"상아, 운정을 마지막으로 본 것이 언제냐?"

연충조는 조심스럽게 물었다. 소상은 그의 목소리가 가볍게 떨리는 것
을 느꼈다.

"소녀가 얼마나 혼절해 있었나요?"

"세 시진쯤."

소상은 밝은 표정을 지었다.

"그렇다면 소녀가 운정과 헤어진 것은 반나절쯤 전이에요. 우린 자정
께까지 함께 있었거든요."

그녀는 말을 더 하려다가 멈추었다. 연충조의 얼굴에 너무도 환한 기
쁨과 격동이 떠올랐기 때문이다.

연충조는 지금과 같은 표정을 평생 처음 지어보았다. 또한 가슴이 터
질 듯한 이런 느낌도 처음이었다.

아들이 살아 있다.

은기상의 믿음은 정확했다. 그리고 그의 믿음을 전가받은 연충조의 믿
음 역시 기대를 저버리지 않았다.

"허헛! 과연 내 아들 운정이다……!"

그는 고개를 젖히고 너털웃음을 터뜨렸다. 가슴속에 켜켜이 쌓여 있던
모든 앙금들이 그 웃음에 섞여 토해져 나왔다.

"나는 살아 있기를 정말 잘했다……."

밝은 햇살에 비친 그의 뺨 위로 굵은 눈물이 흘러내렸다.

진정한 아비의 눈물이었다. 그는 이제 숨이 끊어져서 죽는다고 해도 여한이 없었다.

"상아."

소상은 연충조의 부름이 마치 친아버지가 불러주는 듯한 착각을 느꼈다.

단물을 다 빨아먹은 후에 헌신짝처럼 여자와 그 뱃속에 들어 있던 자식까지 버린 그 패륜의 아비가 아닌, 언제나 꿈속에서 그려왔던 그런 친아버지.

"네, 아버님."

그래서 그녀는 망설임없이 연충조를 '아버님'이라고 불렀다.

"운정이에 대해서 말해주겠느냐?"

"네, 아버님."

그녀는 또 '아버님'이라고 불렀다. 평생 갈증에 허덕이던 사람이 맑은 샘물을 만난 듯 그녀는 자꾸만 '아버님'이라고 부르고 싶었다.

"운정이 이대 정협이라는 사실은 알고 계신가요?"

연충조는 흐뭇한 미소를 지으며 고개를 끄덕였다.

소상은 자신이 알고 있는, 그리고 느꼈던 연운정에 대해서 숨김없이 말해주었다.

헌앙한 미장부라는 것과 너무도 정의롭고 공평무사하며 다정하고 또 순수하면서도 더없이 선하다는 것.

연충조는 자신이 상상하고 있던 것보다 아들이 더 훌륭하게 성장한 것 같아서 가슴이 벅차올랐다. 소상의 말을 듣는 내내 그의 얼굴에는 환한 미소가 떠올라 있었다.

소상은 현재 구련산의 정세에 대해서도 설명했다. 정협인 연운정을 설명하면서 그것을 빼놓을 수는 없었다.

하지만 그녀는 자신이 천사련의 소련주라는 사실은 끝내 밝히지 않았다.

천사련은 무림사 최초로 사파무림을 일통한 대조직이다. 사파가 악의 무리라는 것은 코흘리개조차도 알고 있는 사실이다. 그래서 친아버지 같은 연충조에게 자신이 사파인, 그것도 최고 우두머리의 제자라고 밝히는 것이 싫었다. 그가 자신을 달리 생각할 것 같았기 때문이다.

"과연 내 아들이다……!"

설명을 다 듣고 난 연충조는 또다시 '과연'이라며 탄성을 터뜨렸다.

그 말밖에는 달리 할 말이 없었다.

"쿨럭! 쿨럭!"

그때 갑자기 연충조가 심하게 기침을 했다. 입에서 핏덩이가 쏟아져 나왔다.

"아버님……."

소상은 크게 놀라 눈을 휘둥그렇게 떴다.

조금 전까지만 해도 햇살이 그의 얼굴만 비추고 있어서 목 아래 부분은 어둡게 보였는데 이제 햇살이 그의 전신을 비추자 확연하게 시야에 들어왔다.

그의 가슴이 뻥 뚫려 있었으며 상의 전체가 시뻘겋게 피에 물들어 있는 광경이었다.

연충조의 커다란 상체가 서서히 뒤로 넘어가고 있었다.

"아버님!"

소상은 비명을 지르면서 신형을 날려 그의 등이 바닥에 닿기 전에 부축했다.

"허허…… 나는 괜찮다……."

연충조는 소상의 품에 안겨 입에서 피를 흘리면서도 웃었다. 누가 보더라도 정말로 기분이 좋은 것 같은 얼굴이었다.

소상은 조심스럽게 연충조를 바닥에 눕힌 후 그의 맥을 짚고 상처를 살펴보았다.

'이런……'

그녀는 해연히 놀랐다. 그가 과거에 공력을 지니고 있었다는 흔적만 간신히 짐작할 수 있을 정도의 기력만 감지됐다. 게다가 피를 너무 많이 흘렸다. 이 상태라면 회생하기가 어려웠다. 더구나 그녀는 의술에는 문외한이다.

그녀는 서둘러 자신의 진기를 연충조에게 주입시켰다.

하지만 허사였다. 바다에 바가지로 물을 퍼 넣는 것처럼 끝도 없이 진기가 소모됐지만 연충조에게는 조금의 차도도 없었다.

그 순간 소상은 한 가지 충격적인 사실을 깨달았다.

죽어가는 그녀를 살린 사람은 바로 연충조다. 그녀를 살리기 위해서는 반드시 많은 공력이 필요했을 것이다. 그리고 지금 연충조는 죽어가고 있었다.

어째서 그가 중상을 입은 채 이곳에 있었는지는 모르지만, 그는 이곳에서 스스로의 상처를 다스려 회복하고 있는 중이었을 것이다.

바로 그때 소상을 발견했고 그녀를 살려냈다. 그녀를 살리려면 겨우 회복해 놓은 상처가 터질 것이고, 과중한 공력을 소모하여 자신이 죽게 될 것을 알면서도 말이다.

"아버님! 어째서……"

소상은 눈물을 쏟으면서 다음 말을 잇지 못했다. 그의 아들 연운정도 그녀를 살리더니, 이제 아들에 이어서 그 아버지마저 스스로의 목숨을 버리면서까지 그녀를 살려주었다.

목이 메이고 가슴이 터질 것 같아서 소상은 자꾸만 눈물을 흘리고 온

몸을 떨어야만 했다.

연충조의 얼굴에서 생기가 사라져 가고 있었다. 그러나 그는 그 얼굴에 환한 미소를 떠올린 채 웃었다.

"허헛…… 상아, 네가 계류로 떠내려와 운정이 이름을 부른 것은… 나더러 너를 살리라는 하늘의 뜻이 아니었겠느냐……?"

그녀는 자신이 죽어가면서 운정의 이름을 불렀다는 사실을 그제야 깨달았다. 그것이 그녀를 살렸다.

어디에서나 '운정'의 이름을 부르기만 하면 그의 수호신이 그녀를 지켜주었다.

"다행이야…… 운정이의 친구…… 너를 살릴 수 있어서……. 내 아들을 위해서… 작은 일이라도 했다는 것이……."

"아버님! 흑흑흑!"

"울지 마라, 상아."

연충조는 힘겹게 손을 들어 소상의 뺨을 어루만졌다. 너무나도 거칠고 커다란 손이었다.

소상은 그 손을 부여잡고 자꾸만 울었다. 눈물이 연충조의 큰 손을 흠뻑 적시도록 울고 또 울었다.

"돌아가시면 안 돼요, 아버지!"

소상은 절규했다. 울부짖음만으로 연충조를, 아니, 아버지를 살릴 수만 있다면 그녀는 목이 찢어지도록 소리치고 싶었다.

그녀의 생부는 그토록 가증스러웠건만, 이 아버지는 자신의 목숨마저도 아낌없이 주고 있었다.

"소녀는 아버지의 딸이 되고 싶어요! 돌아가시지 말아요! 소녀가 평생 아버지를 모시겠어요!"

그녀는 친구의 부친을 호칭하는 '아버님'이라고 하지 않고 친아버처럼 '아버지' 라고 부르고 있었다.

"아버님⋯⋯! 산미촌을 기억하시죠? 그곳에서 지금도 어머니가 아버지와 운정이를 기다리고 계세요⋯⋯!"

"산미촌⋯⋯."

연충조의 얼굴에 아련한 그리움이 떠올랐다. 그 반면에 생기는 더욱 빠르게 사라져 갔다.

"소녀가 아버지를 산미촌으로 모시고 가겠어요! 어머니께 아버지를 모셔다 드리겠어요!"

"허허⋯⋯. 상아⋯⋯ 나는 벌써 산미촌에 왔다⋯⋯."

몸은 이곳에 누워 죽어가고 있었지만, 연충조의 정신은 이미 정겨운 산미촌에 가 있었다.

"허허허⋯⋯. 상아⋯ 네 엄마는 여전히 아름답구나⋯⋯."

연충조는 죽어가면서 소상을 딸로 인정했다.

그래서 소상은 더 더욱 그를, 아버지를 이대로 죽게 내버려 둘 수가 없었다.

"아!"

순간 그녀는 비명처럼 탄성을 터뜨리며 황급히 품속을 뒤졌다.

걸레처럼 너덜너덜한 상의 속을 뒤지던 그녀의 손에 하나의 작은 자줏빛 옥병 하나가 쥐어졌다.

그녀는 옥병을 열어 속에 들어 있는 한 알밖에 없는 자주색 환약을 연충조에게 먹였다.

그것의 효능은 소림의 대환단과 비견될 수 있을 정도라고 사부 냉후가 말했었다.

기사단(起死丹)이 환약의 이름이었다. 냉후는 두 알밖에 없는 기사단을 위급할 때 쓰라고 소상에게 하나를 주었고 자신이 하나를 가졌다.

"제발……."

소상은 자신에게 기사단이 있다는 사실을 왜 좀 더 일찍 생각해 내지 못한 것인지를 책망하며 두 손을 모으고 간절히 빌었다.

연충조는 굳게 눈을 감고 있었다.

그는 삶과 죽음의 갈림길에서 외롭게 싸우고 있었다. 여태까지의 그의 삶이 그랬듯이…….

*　　　*　　　*

환한 햇살이 산봉우리 정상을 고루 비추고 있었다.

파멸마황에 적중된 연운정은 지상으로 추락하면서 바위를 부수고 땅속으로 일 장이나 깊이 처박혀 있었다.

반 시진이 지나도록 그는 혼절에서 깨어나지 못하고 있었다.

반면에 사도명은 혼절하지 않았다. 그러나 그것뿐이지 상황은 연운정과 크게 다르지 않았다. 아니, 어쩌면 연운정보다 더 심한 중상을 입은 것 같았다.

그는 땅에 추락했던 자세 그대로였다.

그는 눈을 뜬 채 껌뻑거리면서 태양이 중천으로 떠오르는 것을 지켜보았다.

운공을 시도해 봤지만 공력이 조금도 모아지지 않았고 전신의 혈도가 어떤 반응도 보이지 않았다.

칠천무극의 공통점은, 천극정신공의 공력이 상대의 체내로 들어가 모든 혈도를 제압해 버리는 것이었다.

금강불괴지신이 깨져 버린 사도명이었기에 그 역시 그 범주에서 예외일 수는 없었다.

연운정이 어떻게 됐는지 알 수가 없었다. 공력을 끌어올리지 못하니 그저 정신만 남아 있는 시체나 다를 바가 없었다.

"주군!"

그때 멀지 않은 곳에서 귀에 익은 음성이 들려왔다.

구마영의 우두머리인 일영이었다. 그의 모습은 곧 사도명의 시야에 들어왔다.

일영은 사도명을 굽어보며 걱정스런 표정을 지었다.

"다치셨습니까?"

사도명은 힘겹게 입술을 달싹였다.

"왜… 왔느냐?"

"주군이 걱정돼서 찾아 헤맸습니다."

"너… 혼자 왔느냐?"

"그렇습니다. 곧 신호를 보내 수하들을 부르겠습니다."

"그럴 필요 없다."

"네?"

사도명은 말하는 것이 몹시 힘들었다.

"너는… 그만 가라."

"주군!"

"이것은 나와 정협의 싸움이다. 누구도 개입할 수 없다……."

만약 일영이 이대로 가버리고, 연운정이 죽지 않고 있다가 깨어나서 다가온다면 사도명은 죽을 수밖에 없을 것이다.

그래도 그는 비겁한 승리보다는 깨끗한 패배를 원했다.

일영의 얼굴에 갈등이 떠올랐다. 그는 주위를 두리번거리다가 삼 장쯤 떨어진 곳에 패어 있는 구덩이 하나를 발견했다. 그 안에 연운정이 있을 것이라고 간파했다.

"정협이 죽었습니까?"

"모른다."

"속하가 확인하겠습니다."

일영이 몸을 일으켰다.

"가라고 하지 않았느냐?"

사도명은 놀라서 급히 외쳤다.

그러나 일영은 개의치 않고 구덩이 쪽으로 쏘아갔다.

"대종사(大宗師)의 명령을 받았습니다, 정협을 발견하는 즉시 척살하라는!"

대종사는 사도명의 사부인 마종을 지칭하는 말이었다.

사도명은 있는 힘껏 어금니를 악물었다.

"죽이지 마라! 정협은 내 상대다!"

손가락조차 움직이지 못했던 사도명은 발작적으로 벌떡 일어났다.

비겁할 수 없다는 의기로움이 그에게 순간적인 힘을 준 것이다.

그의 시야에 일영이 검을 뽑으며 구덩이 속으로 막 뛰어들려는 모습이 보였다.

슈악!

순간 사도명의 오른손에서 핏빛 검 현월혈인검 하나가 뽑어져 일영을 향해 쏘아갔다.

"크악!"

몸을 날려 구덩이 속으로 하강하던 일영의 목이 뎅겅 잘리며 수급이 허공으로 둥실 떠올랐다.

쿵!

일영의 몸뚱이는 구덩이 가에 묵직하게 쓰러졌다. 그리고 약간 떨어진 곳에 그의 머리가 퉁 떨어져 몇 번 구르더니 멈추었다.

비틀비틀…….

사도명은 구덩이를 향해 천 근 같은 발걸음을 떼었다.

연운정을 죽이기 위해서가 아니었다. 그는 혼절한 상대를 죽일 정도로 비열한 성격이 못 되었다.

그저 연운정의 상태를 확인하려는 것뿐이었다. 그러나 그는 뜻을 이루지 못하고 구덩이를 일 장쯤 남겨둔 곳에 털썩 짚단처럼 쓰러지고 말았다.

아까까지는 똑바로 누운 자세였는데, 이번에는 얼굴을 땅에 처박은 엎드린 자세가 되었다.

공력이라고는 한 움큼도 모아지지 않는 상태에서 일영이 연운정을 죽이려는 것을 목격하고 발작적으로 잠재적인 원기를 쏟아낸 그는 조금 전보다 더 참담한 상태가 돼버렸다.

자신이 죽여야 할 상대를 살리려다가 자신이 죽게 생겼지만 그는 후회하지 않았다. 그게 바로 사도명이었다.

그는 정신이 흐려지는 것을 느꼈다. 마치 자신의 육신이 촛농처럼 녹는 것 같은 느낌이 들었다.

'이렇게 죽는 것인가……?'

그는 가물거리는 정신을 붙잡으려고 애쓰지도 않았다.

문득, 하북의 고향 집인 사도무가가 생각났다. 엄하지만 인자했던 할아버지, 자상하기만 했던 부모님, 그리고 목숨보다 더 아끼고 사랑했던 누이동생 혜아…….

오래전 그는 마종의 수하들에게 납치됐었다. 그 당시 마도고수들은 어린 사도명의 수혈을 눌러 잠재운 후에 사도무가를 전멸시켰기 때문에 그는 가족들이 모두 무사하다는 사부 마종의 말을 지금껏 철석같이 믿고 있었다.

처음에는 강압에 의해서 마종의 절학을 배우던 그는 오래지 않아서 천하를 마도천하로 만들겠다는 야망을 가슴속에 심게 되어 그때부터는 제 스스로 이를 악물고 무공 수련에 전념했었다.

그는 마도가 자신의 길이라고 생각했다. 천하를 제패한 후 사부의 뒤를 이어 마도의 대종사가 되는 것이 자신의 숙명이라고 굳게 믿었다.

그리고 그 믿음은 지금도 변함이 없었다.

그런데 지금은……

가족이 보고 싶었다. 특히 누이동생의 해맑게 미소 짓는 모습이 간절하게 보고 싶었다.

어린 사도혜의 영롱한 웃음소리가 뇌리에서 싱그럽게 울려 퍼지는 것을 느끼면서 그는 정신을 잃었다.

욕보심은호천망극(欲報深恩昊天罔極)

第 六十六 章

"좀 어떻소?"

사도명이 다시 정신을 차린 후 눈을 뜨고 깜빡이고 있을 때 옆에서 나직한 음성이 들려왔다. 염려와 부드러움이 가득 배어 있는 음성이었다.

'정협!'

사도명은 음성의 주인이 누구라는 것을 즉시 알아차렸다. 또한 그가 자신을 살렸다는 사실도 동시에 깨달았다.

슥!

몸을 일으키자 수월하게 움직여졌다. 사도명은 일어나 앉아 자신의 앞에 앉아 있는 연운정을 쳐다보았다.

그는 연운정이 왜 자신을 살렸는지 알 수 있을 것 같았다.

"자네가 날 살린 이유는, 우리가 싸우기 전에 자네가 하려고 했던 말과 관계가 있는 것인가?"

"그렇소."

사도명은 잠시 입을 다물고 운공을 해보고는 적잖이 놀라는 표정을 지었다.

몸이 싸우기 전의 상태와 조금도 다르지 않았기 때문이다. 연운정은 비단 그를 살렸을 뿐만 아니라 원래의 상태를 찾아주기까지 했다.

사도명이 어이없는 표정을 지으며 쳐다보자 연운정은 빙그레 미소를 지었다.

"나는 여전히 당신과 싸우고 싶지 않소."

사도명은 씁쓸한 표정을 지었다.

"이쯤에서 자네가 무슨 말을 하고 싶었는지를 들어주는 것이 내 의무일 것 같군."

연운정은 그럴 줄 알았다는 표정으로 고개를 끄덕였다.

사도명은 그가 자신보다 나이는 어리지만 훨씬 속이 깊으며 또한 더 많은 장점을 지니고 있을 것이라고 짐작했다.

이윽고 연운정이 조용히 입을 열었다.

"당신은 내가 알고 있는 두 사람과 매우 닮았소. 그래서 나는 당신이 그의 가족일 것이라고 판단했소."

사도명의 표정이 크게 변했다.

'내가 대체 누구와 닮았다는 말인가? 설마 이자는 내 가족을 말하려는 것인가?'

사도명의 추측은 즉시 확인됐다.

"혹시 하북 사도무가의 사도천이라는 분을 아시오?"

"……"

순간 사도명의 머릿속에서 커다란 수레바퀴가 굴러가는 듯한 곡격(轂擊)의 소리가 윙윙거렸다.

"그… 분은 내 조부님일세."

그는 연운정의 만면에 더할 수 없는 기쁨이 햇살처럼 피어나는 것을
보았다.

"과연 내 눈은 틀리지 않았군요!"

사도명은 망연자실한 얼굴로 물었다.

"자네가 조부님을 안다는 것인가?"

"물론이오."

연운정은 자신있게 고개를 끄덕였다.

"나를 닮았다는 또 한 사람은 누군가?"

연운정은 이쯤에서 사도명을 더욱 놀라게 해주고 싶었다.

"내 아내요."

"……."

사도명은 할 말을 잃었다. 어찌 정협의 아내가 자신과 닮을 수 있겠는
가?

하지만 연운정이 말한 첫 번째 사람 사도천은 사도명의 조부다. 그렇
다면 그의 아내 역시 가족이라는 말인가?

"그녀의 이름은 사도혜라고 합니다."

사도명이 사도혜의 오빠라는 사실을 확인한 연운정의 말투가 자연스
럽게 변했다.

사도명은 대경실색했다. 그는 생전 지금처럼 놀라본 적이 한 번도 없
었다.

"자… 네가… 혜아의 남편이라는 말인가?"

사도명의 목소리가 가늘게 떨렸다. 십여 년 동안이나 헤어져 있던 누
이동생이 정협의 부인이라는 사실은 그를 경악시키고도 남음이 있었다.

"그렇습니다."

"자네……."

사도명은 말을 잇지 못했다.

자신은 마도인이지만, 누이동생이 마도인의 부인이 된다는 것은 생각하는 것조차 끔찍한 일이었다.

그런데 그녀가 정파의 태양인 정협의 부인이라는 것이다.

문득 그는 떠오르는 것이 있었다. 이대 정협과 뗏목에 함께 타고 있던 천하제일미인의 소문을 그도 들었었다.

"그렇다면… 천봉화용이 혜아인가?"

"그렇습니다."

"이럴 수가……."

사도명은 망연자실한 표정으로 한동안 말없이 허공을 응시했다.

그는 연운정이 극구 싸우지 않으려던 이유가 이것 때문일 것이라고는 상상조차 하지 못했었다.

그는 하마터면 자신이 가장 사랑하는 누이동생의 남편을 죽일 뻔했다는 것을 떠올리고 가슴이 서늘해졌다.

"지금 혜아는 어디에 있나?"

사도명의 음성이 갈증에 허덕이는 사람처럼 갈라져서 나왔다.

"균천협맹에서 군웅을 이끌고 있습니다."

어이가 없었다. 마총신군의 신군주로서 자신이 깨부수려고 하는 균천협맹을 누이동생이 이끌고 있다니…….

그때 연운정이 포권을 하면서 깊숙이 고개를 숙였다.

"정식으로 인사드리겠습니다. 소제 연운정이 형님을 뵙습니다."

사도명의 얼굴이 여러 차례 복잡하게 변했다. 그러더니 그는 마침내 흡족한 웃음을 터뜨렸다.

"하하하! 반갑네! 반갑네! 연 제!"

그는 연운정을 일으키고 그의 두 손을 덥석 잡았다.

"미안허이! 나는 그런 줄도 모르고 자네를 죽이려고 했으니……."

연운정은 미소를 지었다.

"형님, 소제와 함께 혜매를 보러 가셔야지요."

문득 사도명의 얼굴이 어두워졌다. 그는 씁쓸하게 고개를 절레절레 가로저었다.

"그럴 수는 없네. 자네도 알다시피 나는 마종의 제자일세."

연운정은 어이없다는 표정을 지었다.

"소제는 형님을 이해할 수가 없군요. 어떻게 부모와 식솔들을 몰살시킨 자의 제자가 된 것으로도 모자라서 그자의 수족이 되어 저와 혜매에게 맞서려고 하는 것입니까?"

순간 사도명의 얼굴이 홱 변했다.

"무슨 소린가? 부모님과 식솔들이 몰살되다니……."

연운정은 의아한 표정을 지었다.

"몰랐습니까? 십여 년 전, 마종의 수하들은 형님을 납치하는 과정에서 사도무가의 개 한 마리까지도 모조리 죽였습니다."

"……."

사도명의 몸이 와들와들 떨렸다. 살아 계실 것이라고 믿었던 부모님이 죽었다는 충격도 컸지만, 부모를 죽인 불공대천지수의 제자가 되어 놀아났던 자신의 어리석음을 절대로 용서할 수가 없었다.

"그게… 정말인가?"

그의 목소리가 와들와들 떨렸다.

"물론입니다. 그래서 사도천 빙조부께서는 어린 혜매를 데리고 마종과 형님을 찾기 위해 천하를 헤매셨습니다."

"하, 할아버지께서는?"

사도명은 연운정의 얼굴이 착잡하게 변하는 것을 보며 가슴이 철렁 내려앉았다.

"아마 돌아가셨을 겁니다. 소제가 마지막으로 뵈었을 때 빙조부께선 회생하기 어려운 상태셨습니다."

"아아……."

불효였다.

이것은 죽을 때까지 하늘을 우러러볼 수조차 없는 천인공노할 불효였다.

"으드득! 마종 이놈!"

사도명은 두 눈에서 새파란 안광을 뿜어내며 이를 갈았다.

그러나 그는 곧 착잡한 심정이 되었다.

마종은 너무 강했다. 그가 아는 한 마종을 당할 자는 천하에 없었다. 즉, 마종이 천하제일인이라는 것이다.

사도명 자신이든, 연운정이든, 아니면 둘이 합공을 해도 마종을 당하지 못한다.

그러나 숨겨졌던 사실을 알게 된 이상 무슨 일이 있어도 마종을 죽여야만 한다.

사도명은 갑자기 말을 잃고 깊은 생각 속으로 함몰했다.

                    *   *   *

사도혜의 가슴은 연운정에 대한 걱정 때문에 다 타버려서 재만 남은 것 같았다.

그녀는 처음 있었던 산봉우리 정상에서 망부석이 된 듯 꼼짝도 하지 않고 선 채 밤을 꼬박 지새웠다.

연운정의 천룡팔검 마지막 초식 파천무극은 아직 완성되지 않았다.

파천무극은 칠천절학의 정수다. 그것을 완성해야만 진정한 정협이라고 할 수 있었다.

사도혜는 과연 연운정이 마총신군 신군주를 이길 수 있을지 장담할 수 없었다.

만약 연운정에게 무슨 일이 생긴다면…….

"아아……."

그것을 생각하는 것만으로도 몸서리가 쳐지며 탄식이 저절로 흘러나왔다.

그녀는 자신이 연운정을 사랑하고 있는 것에 천만 분의 일조차 아직 표현하지도 실행하지도 못했다.

'어쩌자고 나는…….'

그가 균천협맹 목전에서 발길을 돌릴 때 왜 잡지 못했는지 지금에서야 가슴이 시리도록 후회스러웠다.

만약 연운정에게 무슨 일이 생긴다면, 그것은 그녀 스스로 자초한 일이었다.

그리고 그녀도 숨을 쉬고 살지 못하리라.

"천부인."

그때 사도혜의 뒤에서 공손한 음성이 들려왔다. 그녀는 돌아보지 않고서도 개방오척 중 이척이 와 있음을 알았다.

개방오척의 우두머리 일척은 연충조를 데리러 갔다가 아직껏 돌아오지 않고 있었다.

일척을 제외한 개방사척은 사도혜가 균천협맹성을 떠난 이후 줄곧 그림자처럼 그녀를 호위하고 있었다.

"누가 천부인을 뵙자고 찾아왔습니다."

그 말에 비로소 사도혜는 몸을 돌렸다.

이척 뒤에는 한 명의 금의청년이 서 있었다. 청년의 가슴팍 옷은 갈가리 찢어져 있었다.

사도혜의 시선은 자연스럽게 금의청년의 얼굴로 향했다. 봉두난발의 어수선한 몰골, 참담한 꼬락서니. 그러나 본래의 준수함이 감추어지지 않은 용모였다.

"아……!"

순간 그녀는 몸을 부르르 떨며 탄성을 터뜨렸다. 금의청년의 얼굴은 꿈에서조차 잊지 못했던 누군가의 얼굴과 많이 닮아 있었다.

금의청년이 사도혜에게 걸어오며 떨리는 목소리로 입을 열었다.

"소혜(小惠)야."

사도혜의 두 눈에 눈물이 차올랐고, 몸은 강풍 앞에 몸을 맡긴 나뭇잎처럼 마구 떨렸다.

소혜.

세상에서 그녀를 작은 혜아 '소혜'라고 불러주었던 사람은 단 한 사람뿐이었다.

"설마…… 오라버니인가요?"

"그렇단다. 너의 청명(淸明)이지."

어린 시절, 사도명이 사도혜를 '소혜'라고 부르는 대신 그녀는 사도명을 해맑음 '청명'이라고 불렀었다. 자기들만의 아명이었다.

"오라버니!"

"혜아!"

두 사람은 누가 먼저랄 것도 없이 서로를 부르며 부둥켜안았다.

그렇게 소혜와 청명이 만났다.

"오라버니가 신군주라고요?"

사도명과 낮은 바위에 걸터앉아 손을 잡고 대화를 나누던 사도혜가 깜짝 놀라 낮게 외쳤다.

사도명은 빙그레 미소 지었다.

"얼마 전까지는 그랬었지. 하지만 지금은 아니란다."

"무슨 뜻이죠?"

사도명의 미소가 좀 더 짙어졌다. 그 미소에는 대견함이 짙게 배어 있었다.

"매제가 나를 개과천선시켰단다."

"대가가요?"

사도혜는 눈을 동그랗게 떴다. 그러더니 곧 환한 미소를 지었다.

"악인이 대가를 만나면 누구라도 새사람이 되고 말아요."

그녀는 말해 놓고서 아차 싶었다.

"하지만… 오라버니를 악인이라고 하는 건 아니에요."

"아니다. 나는 악인이 맞다. 그것도 우두머리였지."

사도혜는 가장 궁금해하던 것을 조심스레 물었다.

"대가는 어딜 가셨나요?"

그녀는 사도명의 언행에서 연운정에게 별일이 없다는 사실을 느꼈기 때문에 안도하면서도 그가 왜 함께 오지 않았는지 궁금했다.

"매제는 마종과 천사련주를 상대하러 떠났단다."

갑자기 사도혜의 안색이 어두워졌다.

사도명은 그녀의 마음을 헤아리고 다정하게 손을 잡으며 미소 지었다. 어릴 적, 언제나 소혜를 감싸주었던 청명의 손이었다.

"걱정하지 마라, 소혜야. 모르긴 해도 천하에서 매제를 당할 수 있는 사람은 한 명도 없을 테니까."

"……."

사도혜는 의아한 표정을 지었다. 그러나 총명한 그녀는 사도명의 미소와 그의 말속에 숨은 깊은 뜻을 간파해 냈다.

"설마 오라버니가……."

사도명은 미소 지으며 고개를 끄덕였다.

"내가 너와 매제, 그리고 돌아가신 할아버님과 부모님께 만 분의 일이라도 속죄할 수 있는 길은 그것뿐이었단다."

"오라버니……."

사도혜는 걷잡을 수 없이 눈물이 쏟아졌다.

사도명이 자신의 공력을 연운정에게 주었다는 사실을 깨달은 것이었다.

그러나 사도혜는 사도명이 자신의 공력을 한 움큼도 남기지 않고 모조리 연운정에게 주었다는 것까지는 알지 못했다.

사도혜는 그런 오빠를 기쁘게 해줄 수 있는 소식이 하나 남아 있다는 사실이 기뻤다.

"오라버니, 그런데 할아버지께선 돌아가시지 않았어요."

사도혜의 말에 사도명은 눈을 휘둥그렇게 뜨며 놀라더니 한동안 아무 말도 못했다.

"정말이니?"

"네. 예전에 할아버지께선 큰 중상을 입으셨는데, 대가가 할아버지를 치료해 주었대요. 그게 아니었다면 돌아가셨을 거라고 할아버지께서 그러셨어요."

"정말 매제는……."

사도명은 연운정에 대한 고마움이 너무 커서 제대로 말조차 잇지 못했다.

"오라버니."

그때 사도혜가 조용히 그를 불렀다.

"응?"

사도혜는 어렸을 때보다 더 아름다운 미소를 방그레 지어 보였다.

"우리 낭군 잘났지요?"

"어?"

사도명은 그녀가 설마 그런 말을 할지는 예상하지 못하고 있다가 어리둥절한 표정을 지었다.

이어서 고개를 젖히고 큰 소리로 웃음을 터뜨렸다.

"핫핫핫핫! 잘나고말고! 천하에서 우리 매제보다 잘난 사내가 어디에 있겠느냐?"

사도혜는 사도명의 웃음소리를 들으며 뼛속까지 행복이 스며드는 것을 느꼈다.

"천부인! 천부인!"

그때 이척이 미친 듯이 소리치면서 사도혜에게 쏘아오고 있었다.

사도혜는 침착한 이척이 지금처럼 흥분한 모습을 본 적이 없었다.

"무슨 일인가요?"

"오, 오셨습니다!"

일어선 사도혜는 사도명의 손을 놓으며 의아한 표정을 지었다.

"누가 말인가요?"

이척은 비단 극도로 흥분했을 뿐만 아니라 입에서 침까지 마구 튀겼다.

"정협의 부친께서 오셨습니다!"

사도혜는 너무 놀라서 말도 나오지 않았다. 방금 들은 말이 사실인지 자신의 귀를 의심하고 싶을 정도였다.

"저, 정말인가요?"

이척이 천부인을 상대로 농담을 하지는 않을 것이라는 사실을 알면서도 그녀는 다시 한 번 확인할 수밖에 없었다.

"틀림없습니다! 그분께서 직접 자신의 이름이 연충조라고 말씀하셨습니다!"

복은 절대 쌍(雙)으로 오지 않는다는 옛말은 틀렸다.

십 년 동안이나 헤어져 있었던 친오빠를 조금 전에 만났는데, 지금은 죽은 줄 알았던 연운정의 부친, 즉 시아버지가 제 발로 찾아오지 않았는가.

"저길 보십시오!"

이척이 계속 침을 튀기면서 한쪽 방향을 가리켰다.

그쪽에서는 한 명의 소녀가 한 명의 중년인을 거의 업다시피 부축한 채 이쪽으로 걸어오고 있는 모습이 보였다.

말할 것도 없이 소녀는 소상, 중년인은 연충조였다.

사도혜는 연충조에게 나는 듯이 쏘아갔고 공력이 없는 사도명은 걸어서 뒤따랐다.

연충조 앞에 멈춘 그녀는 걷잡을 수 없는 기쁨의 눈물을 흘리며 그를 바라보았다.

누군가의 설명이 없다고 해도, 연충조가 연운정의 부친이라는 사실을 한눈에 알아볼 수 있었다.

"아…… 아버님……!"

사도혜는 주체할 수 없을 정도로 몸을 떨면서 그보다 더 떨리는 음성으로 연충조를 불렀다.

연충조는 소상의 부축이 없었다면 그 자리에 쓰러지고 말 정도로 쇠잔한 상태였다.

그래도 그렇게나마 서 있을 수 있었던 것은 순전히 소상의 정성 덕택이었다.

그녀가 복용시킨 기사단이라는 환약도 그녀의 정성에 비한다면 빛이 바랠 것이다.

연충조의 병색이 완연한 얼굴에 부드러운 미소가 번졌다.

사도혜는 그 미소마저도 연운정과 꼭 닮았다고 생각했다.

"아가……."

며느리를 부르는 그 말에 사도혜는 몸속의 물기를 모조리 눈물로 쏟아 낼 것처럼 울었다.

"소녀 사도혜가 아버님을 뵈어요."

그녀는 그 자리에 엎드려 큰절을 올렸다.

연충조는 떨리는 손으로 사도혜를 일으켰다.

"나는 너의 절을 받을 만큼 좋은 시아버지가 아니란다. 어서 일어나거라."

"아버님……."

소상은 사도혜를 만난 순간부터 그녀의 얼굴에서 눈길을 떼지 못하고 있었다.

사도혜는 너무도 아름다웠다. 천봉화용이라는 아호가 오히려 부족할 정도였다.

소상은 평소 자신의 미모가 누구에게도 뒤지지 않는다고 자신했었지만 그것은 사도혜를 만남으로써 여지없이 깨져 버렸다.

사도혜가 태양이라면, 자신은 촛불 정도일 것이라는 비하를 서슴지 않을 정도였다.

사도혜는 따가운 시선을 느끼고 소상을 바라보고 나서 연충조에게 조심스레 물었다.

"아버님, 이분은 누구신가요?"

그녀는 한눈에 소상이 연충조를 위험이나 생사기로에서 구했다는 것을 깨달았다.

연충조는 소상의 어깨를 감싸며 온화하게 웃었다.

"하하! 상아는 내 딸이다. 서로 인사해라."

사도혜는 연운정에게 누이동생이나 누나가 없다는 것을 잘 알고 있었기 때문에 의아한 생각이 들었으나 곧 무슨 사연이 있을 것이라 짐작하고 소상에게 살포시 고개를 숙였다.

"언니를 뵈어요."

소상은 인사 대신 연충조에게 양해를 구했다.

"아버지, 잠시만 며느리를 빌리겠어요."

그녀는 연충조의 대답도 듣지 않고 사도혜의 손목을 잡고 한쪽으로 이끌었다.

소상이 부축하지 않자 연충조는 쓰러질 듯이 크게 비틀거렸다.

옆에 있던 사도명이 즉시 부축했다.

"제가 부축해 드리겠습니다."

공력이 없는 사도명은 거한인 연충조를 부축하느라 힘에 부쳐 비틀거렸다.

연충조는 사도명의 얼굴을 살피며 물었다.

"젊은 사람이 너무 힘이 없군. 자네는 누군가?"

사도명은 땀을 뻘뻘 흘리면서 저만치에 있는 사도혜를 쳐다보며 애써 웃어 보였다.

"하하……! 저는 저 아이의 못난 오라비입니다, 사돈 어르신!"

"이런…… 사돈이셨군!"

사도명의 너스레에 연충조는 깜짝 놀라 어쩔 줄을 몰라 했다.

"허허… 뭐, 젊은 사람이 힘이 없을 수도 있지. 안 그런가?"

"감사합니다, 사돈 어르신."

사도명은 문득 얼마 전에 어떤 재수없는 놈이 했던 말을 떠올렸다.

이대 정협의 부친이 비살루의 살수였다는, 지나가던 개가 웃을 헛소리였다.

사도명이 직접 대면한 정협의 부친, 아니, 사돈 어른은 살수가 아니라 일파의 지존에 더 가까운 풍모였다.

'미친놈!

그는 그 당시에 강영을 죽이지 못한 것이 못내 후회스러웠다.

"운정에게 연락을 취할 방법이 있나요?"

소상이 가리키는 '운정' 이 자신의 남편이라는 것을 알아들은 사도혜는 예쁘게 미소 지었다.

"개방 고수들을 이용하면 가능해요. 그분께 무얼 전할 게 있나요?"

소상은 똑바로 사도혜를 응시하며 가라앉은 어조로 말했다.

"나는 천사련의 소련주예요."

사도혜는 크게 놀라 소상을 쳐다보았다.

"놀랄 것 없어요. 운정은 내 신분을 알고 있어요."

사도혜는 그제야 미총신군의 포위망 속에서 연운정과 함께 있던 사람이 천사련주가 아니라 소련주였다는 사실을 깨달았다.

소상은 눈을 내리깔며 목소리를 낮추었다.

"사부님, 그러니까 천사련 총련주께서 오늘밤에 이곳 구련산에 오실 예정이에요."

그 말에 사도혜는 바짝 긴장했다.

"오늘밤 자정에 운정더러 방가촌의 객잔으로 오라고 전하세요. 그렇게 전하면 알 거예요."

"언니에게 무슨 고견이라도 있나요?"

소상의 입가에 고졸한 미소가 매달렸다.

"정말 나를 언니라고 생각하나요?"

"아버님께서 직접 딸이라고 소개하셨다면 언니는 필경 좋은 분일 거예요. 소매는 진심으로 당신을 언니로 생각해요."

순간 소상의 말투가 급변했다.

"그렇다면 언니의 말을 들어라. 쓸데없이 토 달지 말고!"

"……."

"알아들었어?"

꾸지람이었지만 사도혜는 환하게 웃으며 씩씩하게 대답했다.

"네에, 언니!"

소상은 가볍게 어이없는 표정을 지었다가 풋! 하고 웃음을 터뜨리고 말았다.

"너는 행복한 아이고, 운정은 복이 터진 녀석이다. 너희 둘은 정말 천생연분이야."

"소매도 그렇게 생각하고 있어요!"

사도혜의 목소리는 갈수록 더 씩씩해졌다.

소상은 잠시 사도혜를 바라보았다. 그녀의 눈빛이나 표정에는 더 이상 질투나 부러움 같은 것이 없었다. 동생에게 그런 감정을 갖는 자는 병신뿐일 테니까.

"갈게."

소상이 바람을 일으키면서 몸을 돌렸다.

"언니."

사도혜의 옥음이 소상의 발길을 묶었다.

그러나 소상은 돌아서지 않았고, 걸음을 옮기기 시작했다.

"고마워요. 언니를 영원히 잊지 않을 거예요."

걸어가는 소상의 등을 두드리는 사도혜의 목소리는 가늘게 떨리고 있었다.

'예쁜 데다 똑똑하기까지 하다니!'

소상은 자신의 계획이 사도혜에게 들켰다는 것을 깨달았다.

사도혜의 눈가에 또 다른 의미의 눈물방울이 맺혔다.

천사련의 총련주가 오늘밤에 이곳으로 온다는 데에도 불구하고, 방가촌 한복판으로 연운정을 불러들이려는 소상의 뜻을 사도혜는 간파했다.

구체적인 계획은 모르지만, 아마도 그녀는 자신의 한 몸을 던져서 총련주를 무력하게 만들려는 것 같았다.

이상한 일이었지만, 그녀가 연운정을 유인하여 죽일지도 모른다는 의심은 손톱만큼도 들지 않았다.

소상은 멀리에서 연충조에게 큰절을 올렸다.

그녀는 엎드린 채 한동안 일어나지 않았다. 울고 있는 것을 들키지 않으려는 것이었다.

연충조는 그런 그녀를 바라보면서 미소를 머금은 채 고개를 끄덕였다. 그의 눈빛에는 염려와 자상함이 가득했다.

소상은 자신의 딸이었다.

그러면 족했다.

그녀의 신분이 무엇이든, 그녀가 무엇을 계획하든, 어디를 가든 그저 믿음만이 있을 뿐이다.

몸을 일으킨 소상은 더 이상 울고 있지 않았다.

그녀는 조금 전에 자신이 올라왔던 길 쪽으로 바람처럼 달려갔다.

그때 그녀의 모습이 사라진 산봉 아래에서 한줄기 노랫가락 같은 소리가 바람에 실려 들려왔다.

"깊고 깊은 은혜를 갚고자 하지만 하늘처럼 넓고도 커서 다함이 없도
다[欲報深恩昊天罔極]~!"

일부당천 만마필멸(一夫當天萬魔必滅)

第 六十七 章

연운정은 숲 속을 무인지경처럼 쏘아가고 있었다.

숲 속에 득실거리던 마총신군 오만여 명은 사도명의 명령 한마디에 모두 철수한 상태였다.

그는 그 후에 연운정에게 자신의 공력을 깡그리 주입해 주었다.

간혹 눈에 띄던 천사련의 고수들도 이제는 보이지 않았다.

그 이유가 방가촌으로 돌아가고 있는 소상이 천사련 고수들을 모두 철수시켰기 때문이라는 것을 연운정은 알지 못했다.

지금 연운정이 전개하고 있는 천풍비영은 지상에서 가장 빠른 그 무엇보다 더 빨랐다.

자신의 공력 백사십 년에 사도명의 공력 삼 갑자 백팔십 년을 합친 공력은 무려 삼백이십 년.

공력이 오 갑자를 넘어서면 더 이상 공력이라고 말하는 의미가 없게 된다.

마음만 먹으면 육신을 지닌 채 우화등선도 가능하며, 단지 생각하는 것만으로도 어떤 상대든 죽일 수 있는 지경.

이른바 조화지경(造化之境)인 것이다.

연운정은 뒷짐을 지고 여유있게 서 있는 자세였지만. 실상 그의 몸은 바람보다 열 배는 빠른 속도로 숲 속을 쏘아가고 있었다.

갑자기 몇 단계나 발전해 버린 그의 눈에 세상은 얼마 전과는 전혀 다르게 보였다.

그래서 더 여유가 있어지고, 침착해졌으며, 외모 또한 달라졌다.

얼굴에서는 은은한 광휘가 빛나고 있었다. 보는 사람의 마음을 숙연하게 만들고야 말 서광이었다.

"으으…… 살려줘……."

그때 어디선가 흐릿한 신음성이 들려왔다.

그 신음성을 듣는 순간 연운정은 한꺼번에 여러 가지 사실을 간파했다.

북쪽으로 칠십여 리의 거리.

신음성이지만 다치지 않은 상태에서 거짓으로 신음을 흘리고 있다는 것.

그것은 누군가를 유인하기 위함일 터.

그리고 신음성을 내고 있는 사람을 연운정이 알고 있다는 사실이다.

'강영!'

연운정은 어젯밤 강영이 사도명에게 말할 때 그의 성인이 된 목소리를 듣고 뇌리에 깊이 각인시켜 두었었다.

연운정은 강영이 자신을 유인하고 있는 것이라고 판단했다.

그는 대체 언제부터 저렇게 신음을 흘리고 있었던 것일까?

유치했지만, 실소조차 나오지 않았다.

놈은 부친과 소상을 죽인 원수였다.

"무슨 일이오?"

강영이 한 그루 거목 밑에 쓰러진 채 배를 움켜잡고 간헐적인 신음을 흘려내고 있을 때 그의 머리 위에서 조용한 목소리가 들려왔다.

'그놈이다!'

강영은 목소리의 주인을 보기도 전에 그가 연운정일 것이라고 확신했다.

사실 그는 반나절 가깝게 이런 유치한 연극을 계속하고 있었기 때문에 지금에 이르러서는 자신의 계획에 대해서 회의가 일어 그만둘까 하고 생각 중이었다.

그때 마침 목적하던 연운정이 나타나 준 것이었다. 지성이면 감천이었다.

그러나 그것이 자신에게는 생애 최후의 불행이 되리라는 것을 그는 꿈조차 꾸지 못했다.

"으으……. 도, 독초를 먹은 것 같소… 나 좀 살려주시오……."

유치함에 빠진 사람은 자신이 얼마나 유치한지 모르는 법이다. 게다가 강영처럼 목적을 위해서라면 수단과 방법을 가리지 않는 자는 더욱 그랬다.

그는 여태까지보다 더욱 죽어가는 소리를 했다. 연운정이 가까이 다가오면 벼락같이 일격을 가해 쓰러뜨릴 계획이었다.

"어디, 좀 봅시다."

그런데 이 멍청한 놈은 한 올의 의심도 없이 강영 자신을 부축해서 일으키는 것이 아닌가?

이런 절호의 기회를 놓칠 강영이 아니었다.

슈아악!

"쓰러져랏!"

그는 전 공력을 모아 벼락같이 연운정의 가슴에 오른손 일권을 날렸다.

퍽!

이어서 뒤로 두어 걸음 물러서며 어깨의 검을 뽑아 뇌정십팔탄 최후의 절초인 정격탄(霆擊彈)을 뿜어냈다.

그런데 그게 아니었다. 그는 비단 정격탄을 발출하지 못했을 뿐만 아니라 검을 뽑지도 못했다.

그는 당연히 검을 뽑았다고 여겼기 때문에 초식을 전개하여 연운정을 향해 휘둘렀는데, 결과적으로 팔만 휘두른 꼴이 되고 말았다.

그리고 그는 발견했다. 자신의 오른손이 팔꿈치 아래에서부터 보이지 않는다는 사실을.

"으으……."

짓이겨진 팔꿈치에서 피가 쏟아지고 있었다. 그는 귀신을 만난 듯한 얼굴로 자신의 팔과 연운정을 번갈아 쳐다보았다.

그가 한 일이라곤 연운정의 가슴에 기습적인 일권을 가격한 것뿐이었다.

전 공력을 모은 일권이었는데 오히려 주먹이 날아가 버리다니.

"강영, 대체 너의 악함의 끝은 어디냐?"

연운정은 냉엄한 얼굴로 차갑게 꾸짖었다.

"으으……. 이 자식! 사술을 쓰다니……."

"다시 해보겠느냐?"

연운정은 조소를 떠올리며 뒷짐을 지고 아예 눈까지 감아버렸다.

철저한 조롱이었다.

‘이놈! 네가 언제까지 으스대는지 두고 보겠다!’

쾌애액!

순간 강영은 왼손으로 검을 뽑아 정격탄을 뿜어댔다.

오른손만은 못하더라도 절반의 위력은 담겨 있었다. 반 장 앞에 눈 감고 서 있는 상대에게는 그 정도면 넘치고도 남았다.

픽!

검은 정확하게 연운정의 오른쪽 어깨에 적중됐다. 팔을 자르려는 속셈이었다.

강영의 입가에 회심의 미소가 떠올랐다. 정협을 제압하고 칠천절학을 얻을 수만 있다면 오른팔이 없는 것 정도는 충분히 감수할 수 있었다.

그런데… 그게 또 아니었다.

연운정의 팔은 그대로 붙어 있었으며, 그는 눈을 뜬 채 차가운 시선으로 강영 자신을 쏘아보고 있지 않은가?

강영은 본능적으로 자신의 왼팔을 쳐다보았다.

또 없어졌다. 이번에는 아예 왼팔이 어깨에서부터 뭉텅 잘라져 나간 것이다.

“으으…… 이건 꿈이다……. 말도 안 돼…….”

강영은 비틀거리며 물러났다. 그의 얼굴은 공포와 회의로 물들었다.

유치함과 허황된 꿈에서 깨어난 그는 이제는 절망의 늪에 빠져 허우적거렸다.

연운정은 강영의 살아 있는 모습을 더 이상 보고 싶지 않았다. 구토가 나올 것만 같았다.

갑자기 강영의 얼굴이 시뻘겋게 변했다.

“끄으으…….”

누군가 두 손으로 힘껏 그의 목을 조르는 것 같았다.

하지만 연운정은 여전히 뒷짐을 진 채 묵묵히 그를 주시하고만 있을 뿐이었다.

뚝!

순간 강영의 목이 뚝 끊어져 몸에서 분리되어 허공으로 두 자쯤 떠올랐다.

목에서든 수급에서든 피는 흐르지 않았다.

대신 몸을 잃은 수급의 눈이 쉴 새 없이 껌뻑거렸다.

"끄으으……."

그런 꼬락서니도 보고 싶지 않았다.

휘리릭!

머리를 잃은 강영의 몸에서 상의가 벗겨지더니 허공으로 떠올라 주인의 머리통을 감싸 버렸다.

이어서 꽁꽁 묶더니 연운정의 손으로 스르르 미끄러져 내렸다.

연운정은 원수의 수급을 싼 보자기를 손에 쥐고 걸음을 옮겼다.

"끄으으…… 이 새끼! 나를 어떻게 한 것이냐?"

아직 숨이 붙어 있는 강영의 머리가 보자기 속에서 악다구니를 써댔다.

그는 자신의 머리가 목에서 분리되었다는 사실조차 깨닫지 못하고 있었다.

원수에 대한 증오심이 원수를 죽이고 나서도 꺼지지 않다니.

연운정은 자신이 아직도 인간의 희로애락을 버리지 못했다고 생각했다.

*   *   *

개방 만집당 고수들은 혈안이 되어 정삼제가 이끄는 삼백여 군웅을 찾아 헤맸다.

그리고 그들은 결국 정삼제 일행을 발견했다.

너무도 치열한 싸움이라서 가까이 접근할 수는 없었지만, 그것은 틀림없는 정파와 마도의 싸움이었다.

수백 장 밖에서도 피비린내가 진동했으며, 청명한 겨울 하늘에 난데없는 까마귀들이 새카맣게 모여들었다.

그 지점은 개방 고수에 의해서 이대 정협에게 전해졌다.

정삼제가 이끄는 군웅은 삼백여 명 중에 이미 절반 가까이 목숨을 잃은 상황이었다.

마종이 직접 키웠다는 삼천 명의 마예수들은 사백 명 정도 죽음을 당했다.

정파 군웅은 절반이나 잃은 반면에 마예수의 희생은 저조했다.

마종은 싸움에 개입하지 않았다. 그는 격전장이 한눈에 내려다보이는 언덕 위 나무 그루터기에 앉아서 흡사 신선인 양 산천경개를 구경하고 있었다.

은기상은 조급했다. 이대로 가다가는 두어 시진을 넘기지 못하고 자신을 포함한 군웅이 몰살하고 말 것이라고 판단했다.

정협이 마총신군 신군주와 일 대 일로 싸운다는 소식을 마지막으로 들었는데, 그 결과가 어떻게 됐는지도 궁금했다.

만약 정협이 패하고 자신들도 이곳에서 몰살을 당한다면……

그로서 정파는, 아니, 천하는 끝장이었다.

더구나 아직 마종은 이 싸움에 가담하지도 않고 있었다. 언제라도 그가 개입하면, 종말은 더욱 빨리 다가올 것이다.

마예수들은 정삼제 일행이 한 번 상대해 본 마총신군과는 본질적으로 달랐다.

그들 각자는 구파일방의 일류고수 서너 명을 합쳐 놓은 정도의 실력을 지니고 있었다.

"으악!"

"크악!"

아비규환의 싸움터에서 처절한 비명성이 속속 터져 나왔다. 마예수가 두 명 죽으면 정파 군웅이 한 명 죽는 꼴이었다.

게다가 군웅은 극도로 지친 상태였다. 이대로라면 모두 죽는 것보다 탈진해서 쓰러지는 것이 더 빠를지도 몰랐다.

은기상 자신조차도 거친 숨을 토해내고 있는 판국인데, 그보다 약한 군웅이야 오죽하겠는가.

그러나 방법이 없었다. 이천육백 명의 마예수는 겹겹이 포위한 채 끝도 없이 군웅을 공격하고 있었다.

기적은 이럴 때 필요한 것이지만, 그런 일은 일어나지 않을 것이라고 그는 생각했다.

그는 슬쩍 마종을 쳐다보았다.

때마침 은기상 쪽을 보고 있던 마종이 예의 촌부 같은 온화한 미소를 지어 보였다.

'위선자!'

은기상은 속에서 불덩어리가 치받쳐 올랐다.

그 순간 은기상은 눈을 부릅떴다.

얼마나 놀랐는지 휘두르던 은검조차 뚝 멈추었다.

그의 시선이 정지된 곳.

마종의 뒤였는데, 언제 나타났는지 그곳에 한 명의 흑의청년이 표표히 서 있는 것이 아닌가?

청년은 천신과도 같은 풍모에 일신에서는 눈부신 서기가 흩뿌려지고 있었다.

'정협이다!'

은기상은 정협을 한 번도 본 적이 없었지만 한눈에 그를 알아볼 수 있었다. 천하에 저런 기도를 뿜을 수 있는 사람은 정협뿐일 것이라고 확신했다.

그런데 마종은 아직도 정협의 출현을 전혀 모르고 있는 눈치였다.

은기상은 사도혜에게 연운정의 성취에 대해서 들었기 때문에 지금의 이 상황이 선뜻 이해가 되지 않았다. 정협이 마종의 두어 자 뒤에 들키지 않고 접근한다는 것은 있을 수도 없는 일이었다.

'정협은 그사이에 무언가 기연을 만났다!'

그렇지 않고서는 지금의 저 광경을 설명할 수 없었다. 생각이 거기에 미치자 은기상은 터져 나오는 웃음을 참을 수가 없었다.

"푸핫핫핫핫!"

그가 갑자기 고개를 젖히고 호쾌한 웃음을 터뜨리자 치열하던 싸움이 뚝 그쳤고 모든 사람의 시선이 그에게 집중됐다.

마종은 가볍게 눈살을 찌푸렸다. 바로 그때 그의 뒤에서 청아한 목소리가 들려왔다.

"당신이 마종이오?"

은기상은 마종의 안색이 찰나간에 돌변하는 것을 발견했다.

'급습한다!'

그리고 그가 정협을 급습할 것이라고 직감했다. 정협은 마종에게 너무 가까이에 있었다.

정협의 출현과 그가 기연을 얻었을 것이라는 사실이 기쁜 나머지 급습을 망각하고 있던 은기상이었다.

과연 마종이었다.

후우웅!

그는 앉은 자세로 연운정에게서 쏜살같이 멀어져 가면서 빙글 몸을 돌리는가 싶더니 벼락같이 전력으로 수라혈강기를 뿜어냈다.

삼십여 년 전, 마종의 공력은 백칠십 년이었다. 지난 삼십여 년 동안 정진을 거듭한 그는 일 갑자의 공력을 더해 현재는 이백삼십 년의 공력을 지니게 되었다.

만약 연운정이 사도명의 공력을 받지 않았더라면, 그는 이 일장에 즉사하고 말았을 것이다.

완전히 투명한 강기가 아지랑이 같은 기운을 뿌리면서 연운정에게 곧장 뿜어져 갔다. 사도명이 전개했던 것과는 차원이 달랐다.

은기상은 그 일장에 최소한 수십만 근의 위력이 실렸음을 간파했다.

그의 눈에는 피투성이가 된 연운정의 모습이 선하게 떠올랐다.

그런데 연운정은 피하지 않았다. 대신 우수를 들어 묵직하게 전면으로 밀어냈다.

그우우!

천극신장 이초식 천광폭이었다. 은은히 지축을 울리는 굉음이 흘렀지만 정작 그의 장심에서는 아무것도 발출되지 않았다.

신선 같은 풍모의 마종의 입술 끝이 비틀어지며 악마 같은 회심의 미소가 떠올랐다.

그는 이것으로 이대 정협을 즉사시킬 수 있다고 장담했다.

꽈르릉!

천번지복.

어마어마한 폭발음이 천지를 뒤흔들더니 수라혈강기와 천광폭이 정통으로 맞부딪쳤다.

"우왓!"

"흐악!"

그 여파가 칠팔 장이나 떨어진 군웅과 마예수들에게까지 미쳐 그들을 지푸라기처럼 날려 버렸다.

은기상은 묵직하게 대여섯 걸음이나 물러났다가 신형을 바로 하고 급히 연운정을 쳐다보았다.

연운정은 원래의 자리에서 아무 일도 없었다는 듯 초연히 서 있었다.

반면에 마종은 튕겨져서 몇 그루의 나무와 하나의 커다란 바위를 박살 낸 후 바닥에 나뒹굴어 있었다.

그는 두 발로 땅을 딛지 않고 허공에 떠 있는 상태에서 수라혈강기를 발출했기 때문에 튕겨지는 속도가 더 빨랐고 더 멀리 날아간 것이었다.

은기상은 비틀거리면서 힘겹게 일어서는 마종이 입에서 피를 왈칵 토하는 것을 보고 그가 가볍지 않은 내상을 입었음을 짐작했다.

순간 은기상은 또다시 깜짝 놀랐다.

연운정이 움직이는 것을 보지 못했는데, 그는 어느새 마종의 앞에 우뚝 서 있지 않은가?

"하하! 이렇게 허약해서야 마종이라고 할 수 있겠소?"

연운정은 일 장 앞의 마종을 보며 호탕하게 웃었다. 그것은 평소의 그의 모습이 아니었다.

하지만 그는 지금 이 순간만큼은 도에 지나친 행동을 하고 싶었다.

상대는 마종이었다. 삼십여 년 전에도 헤아릴 수 없을 정도로 많은 인명을 학살하다가 사부 담운정에게 패퇴하여 사라졌거늘, 지금 또다시 야

욕을 포기하지 못하고 재출현하여 천하를 어지럽히고 있는 악마인 것이다.

또한 지금 마종을 무참하게 짓밟아놓아야지만 저기 있는 마예수들의 사기를 꺾을 수 있을 것이고, 나아가서는 마총신군 전체를 장악할 수 있을 것이라는 계산을 하고 있는 연운정이었다.

"으으…… 이노옴!"

마종은 수염을 부들부들 떨며 격노했다.

그럴수록 연운정의 비웃음은 한층 기세를 올려 이제는 아예 조롱으로 변했다.

"하하하! 방금 나는 겨우 육성의 공력으로 천광폭을 전개했을 뿐이오! 그런데도 이 모양이라면, 어찌 내 전력 일장을 감당할 수 있다는 말이오?"

"노부는 네놈의 말을 믿을 수 없다!"

마종은 더 이상 신선 같은 풍모를 유지하지 못했다. 그가 격노하자 모습이 돌변하여 마치 방금 지옥에서 튀어나온 아수라처럼 흉포한 모습이 되었다.

빳빳하게 곤두선 머리카락과 핏빛으로 변한 얼굴과 두 손, 두 눈에서는 줄기줄기 혈광이 뿜어졌고, 그의 주위의 나무와 바위, 돌들이 퍽퍽 부서져 가루로 화했다.

연운정은 고개를 끄덕였다.

"물론 믿지 못할 것이오. 사실 나는 반나절 전까지만 해도 당신의 일 초지적도 되지 못하는 실력이었소."

마종은 암암리에 전신의 공력을 끌어올리고 있었다. 연운정과의 거리는 겨우 일 장. 팔만 뻗어도 닿을 수 있는 거리였으므로, 이번에야말로 실수없이 놈을 참살하리라 다짐하고 있었다.

"반나절 전의 내 공력은 백사십 년 수준이었소. 그런데 지금은 얼마나 공력이 증진됐는지 나 자신도 잘 모르겠소."

연운정은 마종이 다시 한 번 급습할 것이라는 사실을 예감했다. 겉으로 드러나지는 않았지만, 연운정은 그가 공력을 극한으로 끌어올린 것을 이미 감지했다.

"반나절 전에 누군가 내게 자신의 공력을 모두 주었는데, 당신은 그가 누군지 아시오?"

"유언을 남기고 싶다면 말해봐라."

"하하하! 그의 본명은 사도명이라고 하오! 또 다른 이름은 마승이라고도 하는데, 아마도 마총신군의 신군주라는 감투를 쓰고 있었을 것이오!"

"……."

마종은 아무 말도 하지 못했다. 그는 재빨리 염두를 굴려보았다. 연운정의 말이 허무맹랑하다고 단정 짓기에는 다소 무리가 있었다.

정협과 일 대 일 대결을 벌이러 간 제자는 돌아오지 않았고, 대신 정협이 버젓이 나타났다.

"하하하! 그는 내 처남이기도 하오! 당신은 지금 그가 누이동생인 내 아내와 함께 있다고 하면 믿겠소?"

이쯤 되고 보면 마종도 연운정의 말을 믿지 않을 수가 없었다.

"으음! 못난 놈이로고……!"

그는 몸서리를 치며 사도명을 꾸짖었다. 하지만 사실은 쌍장에 파멸마황을 가득 가득 모으고 있는 중이었다.

다시는 후회가 없도록, 이 일장을 발출하다가 목숨이 끊어져도 좋을 정도로, 그는 이 일격에 그의 인생 백육십 년 모두를 걸었다.

그것을 모를 리 없는 연운정이었다. 그래서 그는 마종이 급습을 할 수 있도록 기회를 만들어주기로 했다.

싸움의 결과가 예상 밖으로 드러나고, 또한 극적일수록 마도는 더 깊이 침잠할 터이니까.

"핫핫핫! 마종은 당신을 끝으로 더 이상 존재하지 않을 것이오!"

연운정은 일부러 고개를 젖히고 어깨를 흔들면서 껄껄 웃었다.

순간.

번쩍!

마종에게서 시뻘건 섬광이 뿜어졌다. 암천을 가르는 번갯불처럼 눈부신 섬광이었다. 또한 그것은 사도명의 파멸마황과는 비교할 수 없을 정도의 위력이었다.

"갈(曷)!"

연운정이 마종을 향해 우뚝 선 채 한쪽 발로 땅을 구르며 꾸짖었다.

그것뿐, 그는 아무런 행동도 취하지 않았다.

그러나 은기상을 비롯한 군웅과 마예수들은 똑똑하게 보았다.

한 자루의 눈부신 금검(金劍)이 마종의 정수리에서부터 사타구니까지 절반으로 가르고 있는 광경을.

그것은 마치 환상 같기도 했고 비가 갠 뒤 떠오르는 무지개 같기도 한 광경이었다.

그 누구도 연운정이 손을 쓰는 것을 보지 못했지만, 분명히 금검은 그로부터 비롯되어 마종을 쪼개고 있었다.

천하를 질타하며 마도의 대종사로 군림했던 인물은 이렇게 정협 이대에 걸쳐서 격패당했다.

일대와 다른 것이 있다면, 그는 다시는 마종으로 부활하지 못할 것이라는 사실이었다.

픽!

세로 두 쪽으로 갈라진 마종의 몸은 땅에 닿기 무섭게 먼지로 화해 허공에 흩어졌다.

군웅도, 마예수들도, 아무도 입을 열지 못했다. 그들은 경악에 경악을 거듭하는 표정으로 연운정을 주시할 뿐이었다.

그때 은기상이 헛소리처럼 외쳤다.

"아아…… 방금 그것은 심검(心劍)이었다! 조화지경에 이르러야만 펼칠 수 있다는 심검! 노부가 심검으로 펼치는 천룡팔검 마지막 절초 파천무극을 보게 될 줄이야……."

연운정이 은기상에게 천천히 걸어와 정중히 허리를 굽혔다.

"은기상 대사숙이시지요? 소질 연운정이 인사드립니다."

사부 담운정의 형제에 대한 깍듯한 예의였다.

순간 은기상을 비롯한 군웅 전체가 연운정을 향해 깊숙이 허리를 굽혔다.

"정협을 뵈오!"

그들이 예를 취하고 있는 동안에도 마예수들은 꼼짝도 하지 않았다. 그들의 충격은 필설로 설명할 수 있는 것이 아니었다.

연운정의 계획은 맞아떨어졌다. 그는 마종을 통렬하게 죽임으로써 마예수와 나아가서는 마도 전체를 굴복시킨 것이었다.

"세 분 사숙님, 뒷일을 부탁합니다."

연운정의 음성에 정삼제가 고개를 들었을 때 연운정은 이미 그곳에 없었다.

"형님, 정협께서 어딜 가신 겁니까?"

도림설이 두리번거리면서 의아한 표정으로 은기상에게 물었다.

은기상은 껄껄 웃었다.

"으헛헛헛! 정협께서 어딜 가셨겠는가! 마종을 처리했으니 그 다음은 어디일 것 같은가?"

"아!"

정협이 어디로 가고 있는지 알게 된 사람은 비단 도림설 한 사람만이 아니었다.

＊　　　　＊　　　　＊

독신은 가슴이 설레는 것을 주체할 길이 없었다.

출타에서 돌아온 소련주가 곧장 그를 불렀기 때문이다. 같은 사신 중에서도 언제나 자신만 따돌림을 당한다고 여겨왔던 그였기에 이 일은 그를 흥분과 긴장 속으로 몰아넣기에 충분했다.

"독신."

객잔 이층의 어느 객방 창가의 의자에 앉은 소상이 꼿꼿하게 서 있는 독신을 똑바로 주시하며 불렀다.

"하명하십시오."

"사무독(四無毒)을 만들 수 있겠어요?"

"무형(無形), 무미(無味), 무취(無臭), 무감(無感)의 독을 말씀하시는 것입니까?"

"그래요. 단, 상대를 죽이는 것이 아니라 무공을 폐지시키는 것으로."

"그렇습니까?"

"가능한가요?"

독신은 즉답하지 않았다.

소상은 초조해졌다. 이제는 외길이었다. 독신이 사무독을 만들어내지 못한다면, 머지않아 이곳에 오게 될 연운정이 낭패를 면치 못할 것이다.

독신의 입가에 흐릿한 미소가 걸렸다.

"지금 만들어 드릴까요?"

"지금 즉시."

독신은 자신이 만들게 될 사무독이 당연히 이대 정협에게 쓰일 것이라고 생각했다.

그는 마침내 소련주의 눈에 들 기회를 잡았다.

냉후는 사랑스러운 여제자 소상과 오랜만에 마주 앉아 그녀가 손수 끓여온 차를 마시고 있었다.

그녀는 차를 마시면서 그동안 구련산에서 벌어졌던 일들을 간략하게 보고했다.

물론 냉후가 알아서 이로울 게 없는 일들은 뺐다. 또한 연운정과 함께 행동했던 것을, 그와 한바탕 대결을 펼쳤던 것으로 돌려서 보고했다.

"정협이 마총신군 신군주를 이겼습니다."

소상이 꼿꼿한 자세로 결론을 내리듯 마지막 보고를 했다.

냉후는 손수 차 주담자를 기울여 한 잔의 차를 더 따르며 고개를 끄덕였다.

"원래 마종 따위는 칠천절학의 상대가 못 된다."

그는 자신의 무공, 즉 칠천절학에 대해서 남다른 자부심을 지니고 있었다.

"다향이 좋구나."

그는 두 잔째의 차를 거의 다 마시고는 찻잔을 코 아래에 대고 향을 음미했다.

소상의 눈초리가 짧은 순간 가볍게 떨리는 것을 냉후는 발견하지 못했다.

그녀에게 있어서 냉후는 사부이기 전에 은인이었다. 추악하고 척박한 삶으로부터 그녀를 구원해 준.

그러므로 그녀가 사부를 배신할 결심을 하게 된 것은 결코 쉬운 일이
아니었다.

그러나 그녀는 '사부를 배신한 적이 있는 사부'를 잠시 배신하는 것
이라고 스스로를 위로했다.

"사부님."

"응?"

"왜 사조(師祖)님을 배신했습니까?"

"……."

막 세 잔째의 차를 따르던 냉후의 손이 뚝 멈추었다.

소상은 극도로 긴장했지만 고삐를 늦추지 않았다.

"궁금합니다. 평소 제자에게 충(忠)과 효(孝)를 유달리 강조하셨던 사
부님이 아니십니까?"

"너……."

냉후의 눈에서 은은한 살광이 뿜어졌다.

만약 사무독이 듣지 않는다면, 그래서 냉후가 일장을 발출한다면, 소
상은 살아남지 못할 것이다.

그러나 냉후의 눈에서 살기가 곧 사라졌다. 대신 그는 씁쓸한 얼굴로
나직한 한숨을 토해냈다.

"이대 정협에게 들었느냐?"

"네."

소상은 가슴을 쓸어내리며 대답했다.

"영리한 아이로군, 나를 짐작해 내다니."

그는 세 잔째의 차를 한 모금 마시고 나서 눈을 반개하고 회상하듯이
입을 열었다.

"나는 평생 한 가지 일을 잘했고, 또 한 가지 일을 잘못했다고 여겨왔

었다.”

소상은 그가 차를 너무 많이 마신다고 여겼다. 사무독의 해독약은 그녀의 품속에 있었다. 그것은 때가 되면 냉후에게 복용시킬 것이고, 여의치 않으면 없애 버릴 생각이었다.

“잘한 일은 사부를 배신한 일이고, 잘못한 일 역시 사부를 배신한 것이다.”

알쏭달쏭한 말이었지만 소상은 그 의미를 이해할 수 있을 듯했다.

“나는 사부의 뒤를 이어 이대 정협이 돼서 천하의 온갖 뒤치다꺼리를 하는 일 따위는 성미에 맞지 않았다.”

소상은 연운정의 말을 생각하고 있었다. 그녀는 마음속으로 냉후와 연운정을 비교했다.

“그래서 사부를 배신했고 천사련주가 되었으며, 천하를 일통하기 위해서 지금 여기에 와 있는 것이다. 그래서 이것은 잘한 일이라고 생각한다.”

연운정은 이대 정협이 되어 기꺼이 정파의 뒤치다꺼리를 해주고 있었다. 그는 사부를 배신하는 일 따윈 꿈조차 꾸지 않을 사람이었다.

“사부는 내게 아버지 같은 분이셨다. 일평생 내게 그렇게 잘해준 사람은 사부 한 분뿐이었다. 그것 때문에 나는 그분을 배신했던 것을 줄곧 괴로워했다.”

냉후는 더 이상 차를 마시지 않았다. 그는 창밖을 응시하며 조용히 말을 이었다.

“상아. 나는 사부를 배신했었지만, 너는 그러지 않기를 바라고 있었단다.”

소상은 흠칫했다.

“사부님…….”

"사무독 같은 것으로는 나를 어쩌지 못한다. 너는 사부를 과소평가했구나."

"……."

소상의 온몸에서 힘이 쭉 빠졌다. 사부가 저렇게 말하는 것은, 그가 사무독에 중독되지 않았음을 의미했다.

그러나 소상이 걱정하는 것은 자신의 안위가 아니었다. 연운정을 오히려 호랑이굴로 불러들인 꼴이 되고 만 것이었다.

"사부는 거렁뱅이였던 나를 거두었다. 나는 천한 기녀의 딸인 너를 거두었다. 그리고 내가 사부를 배신한 것처럼, 너도 나를 배신하는구나."

소상은 입술을 깨물었다. 입술이 툭 터져서 피가 턱을 타고 흘러내렸다.

"부디 용서하세요, 사부님. 하지만 소녀가 배신한 이유는 사부님과 달라요."

"다르다?"

"사부님께선 사부님 자신을 위해서였지만, 소녀는 다른 사람을 위해서입니다."

"누구?"

소상의 입가에 잔잔한 미소가 떠올랐다. 자신이 곧 죽을지도 모르는 이런 상황하고는 전혀 어울리지 않는 미소였다.

"남해 산미촌이라는 바닷가의 고향 집으로 돌아갈 어떤 사람들을 위해서예요."

물론 냉후가 그 말뜻을 알 리 없었다.

"상아. 지금이라도 네가 뉘우친다면, 나는 너를 다시 받아주겠다."

파격이었다. 그러나 냉후는 사부 담운정이 하지 못했던 일을 자신은 해보고 싶었다. 그리고 소상은 죽이기에는 너무 아까운 아이였다.

소상의 미소가 조금 더 짙어졌다.

"소녀에게 한 가지 소망이 생겼어요."

그녀의 눈이 꿈꾸듯 아련해졌다.

"소녀도 그 산미촌 바닷가에서 그 사람들과 한평생 더불어 살고 싶다는 것이에요."

"결국 너는……."

냉후는 그런 것 따위는 절대 꿈이나 야망이 될 수 없다고 생각했다.

그는 소상을 향해 팔을 뻗었다.

척!

소상의 몸이 앉은 채 끌려와 그녀의 머리가 냉후의 커다란 손 안에 가득 잡혔다.

"너의 공력은 내가 준 것이니 다시 회수하겠다."

"……!"

소상은 질겁했다. 만약 그녀의 백오십 년 공력을 냉후가 가져간다면, 그의 공력은 상상을 초월하게 될 것이다. 그리고 연운정은 그의 일초지적도 못 될 것이다.

소상은 미친 듯이 발버둥 쳤다. 하지만 그녀의 머리는 송사리가 문어의 빨판에 붙어버린 듯 요지부동이었다.

스우우!

소상의 작은 머리를 온통 덮은 냉후의 손이 빛나기 시작했다. 그녀의 공력을 빨아들이고 있는 것이었다.

소상은 한 가지 외에는 아무 생각도 들지 않았다.

'운정아…… 오지 마……. 오면 안 돼…….'

그녀는 정신이 점차 흐려지는 가운데 환청처럼 누군가의 목소리를 들은 것 같았다.

"그만두시오."

냉후는 움찔 가볍게 놀랐다. 낯선 청년의 잔잔한 목소리가 바로 뒤에서 들렸기 때문이다.

그는 그 목소리의 주인이 이대 정협일 것이라고 본능적으로 직감했다. 하지만 그는 즉시 평정심을 되찾았다.

"상아를 놓아주시오."

그 목소리가 주문했다.

냉후는 소상의 공력을 이미 백여 년 가까이 흡수한 상태다. 자신의 본래 공력과 합쳐서 무려 삼백 년의 공력이 됐다. 그것이면 넘치도록 충분했다.

방가촌 객잔 앞 대로상에 연운정과 냉후가 삼 장 거리를 격하여 마주 서 있었다.

연운정은 한동안 말없이 냉후를 주시했다. 사부 담운정을 배신하고, 끝내 죽음으로 몰아넣은 패륜의 제자가 어떤 인물인지, 충분한 시간을 두고 살폈다.

냉후 역시 묵묵히 연운정을 주시했다. 배신당한 사부가 끈질기게 목숨을 이으면서 만들어낸 이대 정협을 살피는 것이었다.

그는 연운정이 생각했던 것보다 훨씬 강하다는 사실을 직감했다. 하지만 그가 조화지경에까지 이르렀다는 사실은 감지하지 못했다.

이윽고 연운정이 조용히 입을 열었다.

"당신에겐 두 가지 길이 있소."

상대는 마종과 다르다. 마종보다 더 침착하고, 더 강하며, 때에 따라서는 더 교활할 것이다.

"사부님께선 당신을 찾아내서 죽이라는 유언을 남기셨소. 그러나 나는 사부님을 기쁘게 해드릴 한 가지 방법을 생각해 냈소."

냉후는 말하고 있는 연운정에게서 사부 담운정의 모습을 어렵지 않게 찾아냈다. 아니, 연운정은 말하는 품새까지 담운정을 닮아 있었다.

대로에서 멀리 떨어진 곳에는 소상과 천사련의 굵직굵직한 거물들이 둘러서서 지켜보고 있었다.

소상의 시선은 한시도 연운정에게서 벗어나지 않았다. 연운정은 그녀의 은인이며, 꿈이고, 정신이었다.

"당신을 삼대(三代) 정협으로 임명하겠소. 물론 나는 물러날 것이며, 당신에게 천룡팔검의 후반부도 전수하겠소. 이 제안을 어떻게 생각하시오?"

연운정을 제외한 모든 사람들이 경악했다. 누구보다도 놀란 사람은 소상이었다.

냉후마저도 전혀 뜻밖의 제안에 잠시 동안 놀라는 표정을 짓다가 감탄하는 기색을 감추지 않았다.

"사부께선 과연 훌륭한 제자를 남기셨군."

연운정의 제안은, 냉후에게 천하를 주겠다는 뜻이었다. 하지만 그것은 군림이 아닌 봉사와 희생이었다.

"내가 거짓으로 그 제안을 받아들여도 상관없겠느냐?"

뜻밖에도 연운정은 고개를 끄덕였다.

"그렇소."

냉후는 가볍게 움찔했다. 그는 곧 잔잔한 웃음을 흘렸다.

"허허! 너는 대범한데다가 영리하기까지 하구나. 내가 사부를 배신할지언정 가식적인 인간이 아니라는 사실을 간파했군."

"그렇소. 나는 당신이 삼대 정협이 되어 죽을 때까지 천하를 위해 헌신하면서 사부에게 속죄하기를 원하오."

냉후는 고개를 끄덕였다.

"그것도 하나의 방법이 될 수 있겠지."

그는 가슴을 쭈욱 폈다.

"하지만 말이다, 삼십 년 전의 그 상황에 다시 직면하게 되더라도 나는 다시 사부를 배신할 생각이야."

연운정은 가볍게 눈살을 찌푸렸다. 더 이상 그와 나눌 대화가 없다고 판단했다.

"그것으로 대답이 충분하겠지?"

연운정은 고개를 끄덕였다.

"이제부터 나는 사부님의 유언을 집행하겠소. 일 초식으로 승부를 결할 생각이니, 부디 당신은 전력을 다해주시오."

냉후는 자신이 패할 것이라고는 추호도 생각하지 않았다. 상대에겐 천룡팔검의 후반부가 있지만 자신에게는 그보다 훨씬 높을 것으로 짐작하는 공력이 있었다.

그는 가볍게 고개를 끄덕여 수락했다.

"나는 천인강을 전개하겠다."

사부 담운정을 배신할 때 그의 등에 일격을 가한 수법이었다. 그것을 담운정의 진정한 제자에게 다시 사용하겠다는 것이다.

"나는 응징검(膺懲劍)을 전개하겠소."

칠천절학에 응징검이라는 초식은 없다. 그것은 사부 담운정의 유시를 받든 연운정이 패륜한 첫째 제자를 응징하겠다는 뜻이었다.

소상은 눈도 깜빡이지 않았고 숨도 쉬지 않았다. 가만히 있는데도 온몸에서 버적버적 식은땀이 솟았다.

후오오오!

냉후가 공력을 극한으로 끌어올리자 거대한 금광의 회오리가 치면서

대로 양쪽에 있던 객잔과 집들이 산산이 부서지며 허공으로 날아올랐다.

천극정신공이 극한의 경지에 도달한 위력이었다.

반면에 연운정은 그저 우뚝 선 채 아무런 징후도 내비치지 않았다.

순간 냉후에게서 뿜어져 나와 반경 오 장여 일대를 휩쓸었던 금광의 회오리가 뚝 정지했다.

파앗!

냉후의 몸이 빛으로 화해 연운정을 향해 쏘아갔다.

그러나 연운정은 두 발에 뿌리가 내린 듯 꿈쩍도 하지 않았다.

이 장 앞까지 쏘아온 냉후가 쌍장을 모아 전면으로 내밀었다. 거기까지는 싸움에 임했을 때 누구나 취하는 동작이었다.

그러나 그것이 만들어낸 위력은 천하의 그 누구도 흉내조차 내지 못하는 것이었다.

과우우우!

주위의 모든 것들이 백색으로 변해 버렸다. 천지가 만들어지기 전의 고요가 있다면 바로 이런 상황일 것이다.

그리고 그 복판을 수평으로 가로지르는 찬란한 금광의 기둥.

찰나지간 시공(時空)을 정지시킨 채 뿜어지는 그것은 현존하는 모든 무공 중에서 최강이라고 해도 과언이 아니었다.

연운정은 바짝 긴장했다. 그는 냉후가 소상의 공력을 흡수하는 것을 목격했었다. 그러므로 그의 공력은 상상을 초월하는 지경에 도달했을 것이다.

'나는 정협이다! 천하의 수호신인 것이다!'

연운정은 전신에 끌어올렸던 조화의 공력을 한 자루의 심검으로 변환시켜 발출했다.

그 누구의 눈에도 보이지 않았지만, 그는 심검이 천인강의 한복판을 관통하고 있는 광경을 똑똑히 보았다.

이제는 천인강을 막을 차례였다. 심검을 발출했으니 또 다른 초식을 전개할 수는 없는 터. 호신막으로 막을 수밖에 없었다.

꽝─!

하늘이 내려앉는 듯한 폭음.

그와 함께 연운정은 가슴에 뻐근한 통증을 느끼며 선 채 뒤로 쏜살같이 튕겨져 갔다.

'후후! 너는 내 상대가……'

냉후는 연운정이 튕겨지는 것을 보며 회심의 미소를 짓다가 이상한 느낌을 받았다.

무언가 따스하면서도 포근한 것이 미간으로 스며드는 기이한 느낌이었다.

연운정은 칠팔 장이나 밀려가 멈추고 전면을 응시했다.

냉후도 멈춰 서서 묘한 표정을 지으면서 연운정을 주시하고 있었다.

그는 미간에서 시작된 그 느낌이 순식간에 머릿속과 가슴, 사타구니까지 번지는 것을 느꼈다.

그런데 그 느낌은 희한하게도 자신의 몸 한복판을 세로로 쪼갠 얇디얇은 단면의 부위에서만 느껴졌다.

연운정은 입가의 피를 닦으며 조용히 입을 열었다.

"사부님을 뵈면 용서를 구하시오."

"쓸데없는 소리!"

냉후는 아직도 그 느낌이 자신을 사부에게 인도할 것이라는 사실을 모르고 있었다. 그저 일 초식에 연운정을 죽이지 못했기에 다음 초식으로 무엇을 전개할까를 궁리했다.

퍽!

순간 그의 몸이 물방울이 터지듯 갑자기 작게 폭발하면서 흔적도 없이 사라져 버렸다.

심검이 그의 육신을 아예 용해시켜 버린 것이었다.

아무도 입을 열지 않았다. 누구도 이런 결과를 예상하지 못했기에 지켜보고 있던 자들의 경악은 지대했다.

소상의 경악을 일깨운 것은 연운정의 잔잔한 목소리였다.

"상아, 나와 함께 산미촌에 가보지 않겠어?"

*   *   *

송하려와 점소이 한 명. 그렇게 둘이서 꾸려 나가던 운정각에 갑자기 식구들이 붙었다.

정오 나절의 운정각은 분주했다.

점소이가 세 명씩이나 됐지만 고양이 손이라도 빌려야 할 정도로 바쁘기는 마찬가지였다.

"어섭쇼~!"

한 무리의 손님들이 객잔 안으로 몰려들자 손님이 주문한 요리를 양손과 머리에까지 이고 가던 점소이 복장의 청년 한 명이 입구 쪽을 보며 신명나게 외쳤다.

"맛있게 드십쇼!"

청년은 손님들에게 꾸벅 허리를 굽히고 나서 부리나케 어질러진 탁자로 달려가 빈 그릇을 치운다 탁자를 닦는다 부산을 떨었다.

"운정아! 빨리 와봐!"

그때 주방에서 누군가 날카롭게 외쳤다.

점소이 청년 연운정은 빈 그릇을 산더미처럼 안고 엉덩이에서 비파 소리가 나도록 주방으로 달려들어 갔다.

와르르!

그는 안고 온 빈 그릇을 바닥의 큰 함지박에 쏟듯이 내려놓았다. 함지박에는 원래 빈 그릇이 수북이 있었는데 그가 또 빈 그릇을 쏟자 작은 산더미처럼 변했다.

함지박 앞에 쪼그리고 앉아서 부지런히 그릇을 씻던 허름한 옷차림의 여자가 하소연하듯이 말했다.

"운정아! 설거지하는 것 좀 도와줘! 아침밥 먹고 허리 한 번 펴보지 못해서 허리가 끊어지는 것 같아!"

"밖에도 할 일이 태산이야! 설거지는 상아 네 담당이잖아!"

연운정은 생선을 다듬고 있는 여자에게 쪼르르 달려가 누가 보든 말든 쪽! 소리가 나게 입을 맞췄다.

"혜매, 힘들지?"

생선살을 발라내던 사도혜는 땀을 닦으며 미소를 지었다.

"괜찮아요."

"하하! 나는 혜매 미소만 보면 피로가 싹 가신다니까?"

"저두요."

그때 요리를 하고 있던 송하려가 사도혜를 보며 자상하게 미소 지었다.

"아가, 힘들 텐데 좀 쉬었다가 하렴."

그러자 설거지를 하던 여자 소상이 송하려에게 애원했다.

"엄마! 쉴 사람은 혜매가 아니라 바로 나라구요! 이러다가 몸살 나겠어요!"

송하려는 꿈쩍도 하지 않았다.

"혜아는 임신을 했잖니? 두 몸이니까 무리하면 안 되는 거란다."

소상은 잡아먹을 듯이 연운정을 노려보며 쏘아붙였다.

"운정이 이 자식! 뭐? 산미촌의 바닷가가 뭐 어떻고 어드레? 밤이면 화롯불에 감자나 고구마를 구워 먹는다구? 이놈아! 허구한날 설거지나 시키려고 날 데리고 온 거야?"

소상이 한 번 폭발하면 감당하기 어렵다는 것을 알고 있는 연운정은 쏜살같이 주방 밖으로 달려나갔다.

벅벅벅!

"어이구! 내 팔자야! 나도 임신이라는 걸 해서 좀 쉬던가 해야지 이거야 원~!"

소상은 잔뜩 심술이 나서 애꿎은 그릇만 문질러 댔다.

그때 한 청년이 그녀의 옆에 찰싹 붙어 앉더니 빈 그릇 하나를 들고 닦아주는 체하며 은근슬쩍 속삭였다.

"상매. 그 임신, 내가 시켜주면 안 될까?"

"이 웬수덩어리가!"

빠바바박!

"끄악!"

빈 그릇으로 무차별 두들겨 맞은 사도명은 주방 바닥에 길게 뻗고 말았다.

연운정은 이층의 객방 중 한곳의 문을 왈칵 열고 들어가며 목청껏 외쳤다.

"배달입니다! 서두르세요!"

탁자에 마주 앉아서 바둑을 두고 있던 연충조와 사도천 중에 연충조가 반색을 하고 일어났다.

"그러냐? 아비가 가마!"

그는 방금 대마가 잡혔기 때문에 불계패당하기 직전이었다.

"어허! 사돈! 바둑은 끝내고 가셔야지!"

사도천이 재빨리 따라 일어나며 연충조의 옷자락을 붙잡았다.

"배달 다녀와서 합시다!"

"안 되오! 마저 끝내고 가시오!"

연운정은 두 사람이 옥신각신하는 것을 뒤로하고 나오며 한마디 경고를 남기는 것을 잊지 않았다.

"그러시다가 어머니께서 직접 올라오시면 두 분께 이로울 것이 없을 텐데요?"

순간 연충조와 사도천은 동작을 뚝 멈추더니 막 나가려던 연운정보다 더 빨리 그 곁을 스쳐 지나 계단으로 달려 내려가며 아우성쳤다.

"배달이라고 했소? 어디오?"

"진작 부르지! 우리가 얼마나 배달이 하고 싶었는데!"

연운정은 빙그레 미소 지으며 창가에 서서 저 멀리 우뚝 서 있는 연화산을 바라보았다.

연화산 너머 북쪽에는 무림이 있을 것이다.

마종과 천사련주 냉후가 이대 정협에게 죽임을 당한 후 천하 무림은 평화를 되찾았다.

연운정은 될 수 있으면 이곳을 떠나지 않을 생각이었다.

무림에 무슨 일이 생긴다면 그 또한 방법이 있었다.

지금쯤 구련산의 지하 별세계에서 비지땀을 흘리면서 무공 수련에 전념하고 있을 광무와 조제, 곽두가 언젠가는 칠천절학을 완성하여 출도할 것이다.

무림은 그들이 지키면 될 것이다.

그들은 이대 정협의 수하이므로 당연한 임무였다.

그때 누군가 연운정의 뒤에서 그의 허리를 두 팔로 살며시 안았다.

나긋나긋하며 부드러운 느낌이 연운정의 등으로 전해져 왔다.

"대가."

사도혜가 연운정의 허리를 안고 그의 등에 뺨을 묻은 채 눈을 감고 속삭였다.

"응?"

"저, 너무 행복해요."

연운정은 몸을 돌려 두 손으로 사도혜의 뺨을 감싸고 뜨겁게 입을 맞추었다.

때마침 행주치마에 젖은 손을 닦으면서 이층으로 올라오던 소상이 그 광경을 발견하고 눈에 불을 켜는 것은 당연했다.

"내 저럴 줄 알았지! 나는 손이 다 부르텄는데, 저것들은 틈만 나면 뽀뽀를 하고, 이건 정말 불공평해!"

연운정과 사도혜는 만성이 됐는지 꿈쩍도 하지 않고 더욱 입맞춤에 열중했다.

두 사람의 귀에 계단을 달려 내려가는 소상의 급박한 발소리와 그녀의 처절한 외침이 들려왔다.

"사도명! 사도명, 어디에 있어? 지금 당장 네가 필요해!"

〈大尾〉

무한 상상 · 공상 세계, 청어람 신무협&판타지

「표사」, 「소환전기」를 뛰어넘는 참신한 재미와 쾌감을 선사한다!

잠룡전설(潛龍傳說) / 황규영 지음

청바지와 박스티 같은 무협 소설!
쉽고 재미있는, 편한 무협을 즐겨라!

『잠룡전설』
(潛龍傳說)

"주유성?
영웅이지. 하늘이 내린 사람이야.
그 사람 게으르다고?
에이, 난 그런 소문 안 믿어.
게으름뱅이가 어떻게 그런 엄청난 일들을 해?"

강호에 내린 희대의 겁난.
하늘은 엄청 센 놈을 영웅이랍시고 내린다.
하지만…….
젠장! 엄청난 게으름뱅이다!!